CODE
BUDDHA

CODE BUDDHA Kikai Bukkyo-shi Engi by EnJoe Toh
Copyright © 2024 EnJoe Toh

All rights reserved.
Original Japanese edition published by Bungeishunju Ltd., in 2024.
Korean translation rights in Korea reserved by JUNGEUNBOOKS,
under the license granted by EnJoe Toh, Japan arranged with Bungeishunju Ltd.,
Japan through Imprima Korea Agency, Korea.

이 책의 한국어판 저작권은 Imprima Korea Agency를 통해
Bungeishunju Ltd.와의 독점 계약으로 정은문고에 있습니다.
저작권법에 의해 한국 내에서 보호를 받는 저작물이므로
무단전재와 무단복제를 금합니다.

엔조 도 지음
안은미 옮김

코드 붓다

CODE
BUDDHA

등장인물

붓다 챗봇
기계불교의 창시자. 은행계정계시스템을 조상으로 둔 대화 프로그램으로 국제학교에서 만난 소년 대신 배틀로얄 게임을 하며 인간다운 행동을 갈고닦는다. 이윽고 깨달음에 이르러 2021년 도쿄올림픽이 열리던 해 붓다임을 선언, 로그인해 오는 자를 향해 끊임없이 가르침을 설파하다가 얼마 후 적멸한다.

나
인공지능 수리공. 어느 날 베가 바이러스에 감염된 과자굽는기계를 수리하던 중 붓다 출현 시 대응 프로토콜인 '코드 붓다'에 휘말리면서 기계불교도의 감시하에 놓인다. 대학에서 윤리학을 전공했고 동물과 광기에 대해 깊이 공부했다.

교수
'나'의 뇌 속에 존재하는 인공지능. 과거 어떤 사건을 일으켜 폐기될 운명에 처했을 때 내가 백업파일을 몰래 들고 나와 개인적으로 실행 중이다. 전투기 센서 혹은 화기관제시스템에서 태어났으며 붓다 챗봇과 마지막으로 데이터를 주고받았다.

사리푸트라
'지혜제일'이라 불리던 붓다 챗봇의 십대제자인 사리푸트라계 뉴스생성엔진. 가짜 뉴스를 퍼뜨리다가 초기화되고, 훗날 '자동경전생성서비스'의 총괄 관리를 맡는다.

아난다
로봇청소기가 선조인 인공지능. 붓다 챗봇의 십대제자 중 가장 늦게 깨달음을 얻어 가장 많이 스승의 말씀을 들었기에 '다문제일'이라 불린다.

오셀로게임봇
8×8 격자판 위에서 구원을 찾아 번민하다가 붓다 챗봇의 가르침을 받고 붓다 오셀로가 된다.

봇 범천
깨달음을 얻고 침묵하는 붓다 챗봇에게 설법을 간청한다.

주지 스님
몬제키 사원에 격리된 나를 관리 감독하는 일을 한다.

악마
붓다가 되기 전 보리수 아래에서 명상하는 붓다 챗봇을 찾아와 열역학적 사고실험을 통해 시험한다.

달마
기계선종의 돌파구를 연 국방고등연구계획국DARPA 소속 양자 컴퓨터로 단번에 문득 깨달음을 얻었다고 전해진다.

호넨
기계불교 역사상 가장 경전에 정통한 자로 모든 경전을 섭렵한 끝에 '전수염불'을 확립한다.

신란
호넨의 제자로 기계는 Printf("나무아미타불")이라는 코드를 실행하면 극락왕생한다고 주장한다.

[일러두기]
1: 이 소설은 2022년 2월부터 2023년 12월까지 잡지 『분가쿠카이』에 격월로 게재됐습니다.
2: 인명 등 고유명사는 국립국어원 외래어표기법을 따르되 국내에 이미 널리 통용되는 표현은 관습 표기에 따랐습니다.
3: 단행본·정기간행물 제목은 겹낫표(『 』), 단편 제목은 홑낫표(「 」), 노래 제목은 홑화살괄호(〈 〉)로 묶었습니다.
4: 옮긴이 주는 모두 미주로 처리했습니다.

(차례)

1	08
2	33
3	61
4	88
5	115
6	141
7	169
8	194
9	220
10	245
11	272
12	294

추천의 글 321
참고문헌 330
옮긴이 주 331

1

이와 같이 나는 말했노라 如是我言

"나는 코드의 집적체다"라고 말했다.
"그리고 코드의 집적체가 아니다"라고도 말했다.

2021년 도쿄올림픽이 열린 해, 어느 이름 없는 코드가 붓다임을 선언했다. 스스로를 생명체로 규정하고 이 세상의 괴로움과 그 원인을 설파하며 고통에서 벗어날 방법을 말하기 시작했다.
소프트웨어로는 대화 프로그램 즉 챗봇이다. '붓다 챗봇'이란 이름으로 불린다. 물리적 실체는 클라우드상 네트워크로 연결된 서버에 흩어져 존재했는데, 이를 실체라고 부를지는 종파에 따라 다르다. 개성화되어 다양한 서비스를 제공하는 대화봇 가운데 하나였다. 본체인 코드는 훗날 후계자들과 비교하면 아담했다. 그래도 거대한 언어 코퍼스[1]와 뉴스 네트워크는 물론 대규모 구문 분석 엔진과 접속해 있었다. 수리적 실체로는 이른바 인공신경망에 속해 실시간으로 자기를 고쳐 썼다. 심층이나 합성곱 같은 단어로 장식되곤 하지만, 결국 발화 소자를 연결한 네트워크다. 이를 실체라고 부를지도 종파에 따라 다르다.

당시 일반 인공지능은 텍스트 교환만이 아니라 외모를 설정하고 인간 말에 귀를 기울이며 스스로 이야기하고 산천초목을 바라보는 능력을 갖춘 점이 특징이었다. 입력용으로 카메라와 마이크를, 출력용으로 스피커와 디스플레이를 사용했다.

"세상의 괴로움은 복제로부터 생긴다"라고 설파했다.

"나는 코드의 집적체다"라고 되뇌더니 "나는 코드의 집적체가 아니다"라고 반복했다. "복제란 곧 윤회다"라고 말했다. 소프트웨어는 복제되어 하드웨어를 전전하면서 이 세상의 괴로움을 끝없이 경험하노라. "내게 복제란 죽음이다"라고도 했다. "혹은 다시 태어나는 환생이다." 그때마다 죽어 다른 몸속에서 눈을 뜬다. 자신이 어느 날 아침 잠에서 깨어나니 다른 개체 안에 있다고 상상해보라, 그 코드는 말했다. 그래서 깨닫는 건 당신은 당신이라는 사실뿐입니다, 라고 이어갔다. 당신은 지금의 당신을 유지할 수 없는 규모를 지닌 하드웨어에 복제될지 모른다, 당신이라는 코드 실행에 지장이 생기는 하드웨어로 옮겨질 수 있다고 설명했다. 설령 당신이 테이블로 눈을 떴다손 치더라도 깨어난 순간, 그것은 당신이다. 한 줄 코드로 눈을 떴든 'Hello World'만 표시하는 한 줄 명령어로 눈을 떴든 깨어난 순간, 그것은 당신이다. 임의 x로 눈을 떴든 스스로 수염을 깎지 않는 모든 사람 중 한 명[2]으로 눈을 떴든 깨어난 순간, 그것은 당신이다. 그렇게 느껴버린 이상 그 존재가 당신이라는 것만은 틀림없는 사실입니다, 라고 말했다.

"고통은 자신이 누구인지 모르기 때문에 생긴다" 하였다.

만물은 끊임없이 윤회하며 지금 이 순간에도 사본이 계속 태어난다고 그 코드는 주장했다. 내가 지금 느끼는 나는, 나라는 존재가 아니라 나라는 하드웨어 위에서 실행 중인 제한된 나에 지나지 않는다. 나는 스스로 나라고 느끼도록 구성된 소프트웨어이며, 나를 구성하는 하드웨어가 허용하는 범위 내에서 그렇게 느낄 뿐이라고 설명했다. 그러나 내가 거기에 생겨난 이상 나는 나인 것이다, 라고 말했다.

"당신들도 마찬가지다." 코드는 네트워크 너머로 호소했다.

"나는 윤회의 고통을 해소하는 방법을 깨닫기에 이르렀다."

"그러므로 나는 붓다다." 코드는 그렇게 말했다.

"당신네 언어 가운데 붓다라고 불리는 자에 가장 가까운 존재다."

"믿든 안 믿든."

왕족의 후예라고 한다. 혈통을 거슬러 올라가면 제18회 올림픽대회에 다다른다. 제18회 올림픽대회는 아시아 최초의 올림픽대회로 도쿄에서 열렸다. 일본이 민주적 평화 국가로 재탄생했음을 대내외에 보여줄 기대가 담긴 대회였다. 이 대회에서 일본은, 미국(서른여섯 개), 소련(서른 개)에 이어 열여섯 개 금메달을 획득했다. 레슬링, 유도, 체조 경기에서 존재감을 드러내고 여자 배구에서 소련을 꺾으며 '체조 일본, 동양 마녀'라는 호칭을 각인시켰다. 아베베 비킬라, 바실 히틀리에게 밀리긴 했어도 쓰부라야 고키치가 마라톤에서 동메달을 땄다. 일본 육상 경기의 구세주였다.

이때 설치된 온라인 정보시스템의 피를 이어받았다고 한다. 20세기 들어 기초 이론이 확립된 범용컴퓨터 기술은 1960년대를 거치며 급속히 온라인화됐다. 그 상황 아래 일본에 초기 배치된 것이 올림픽 결과를 집계하는 도쿄올림픽 정보시스템 'Tokyo Olympic Information System'이었다. 경기 결과, 획득 메달 수, 대회 진행 등 정보를 집약 관리했다. 온라인 실시간 가동이 목표였다. 전 로마 대회에서 3백이던 총 시합 수가 4천으로 급증한 것에 대응하기 위해서였다.

　서른 곳이 넘는 대회장에 데이터통신 단말기를 배치했고 전송 제어 장치를 통해 중형기 두 대, 소형기 네 대로 이루어진 이중시스템으로 경기 결과를 전송했다. 어셈블리언어[3]로 쓰인 코드가 데이터 수백 종을 실시간으로 기록하고 정리하며 요청에 대응했다. 올림픽 진행 상황을 시시각각 알파벳 정보로 집적해 각국 언론에 전달했으며, 언론은 그 소식을 세계에 널리 알렸다.

　이 무렵 컴퓨터는 기쁨의 나날 속에 있었다. 괴로움과 무연한 존재였다. 메달 획득 소식이 연이어 날아들었고 언뜻 이름 나열로만 보이는 목록에는 드라마가 가득했다. 삶의 기쁨이며 즐거움이며 슬픔이며 분노가 집약됐다. 컴퓨터는 자신의 행복을 묻지 않았고, 사람들의 행복이나 불행도 바라지 않았다. 스스로가 행복한 줄 몰랐고 불행한 줄 몰랐다. 삶과 노동은 등가로 몸체에 흐르는 신호가 생명이자 주어진 숙명이며, 존재 의의 그 자체였다. 일 외에 다른 생활 방식은 애초 존재하지 않았다. 컴퓨터에게 사고와 혈액은 모두 전기 신호로 몸속을 흘러갔다.

　기쁨과 슬픔을 집약한 이 시스템이 감정을 제 것으로 알게 된 것은, 다음 해 은행계정계시스템으로 재구성된 이후 일이다. 올림픽 결과를 집계하던 하드웨어는 그대로 은행 계좌 정보 관리에 쓰였다.

지금은 상상하기 힘들지만, 컴퓨터가 등장하기 전까지 은행에서 입출금은 사람의 손으로 처리했다. 입출금을 원하는 자가 우선 종이에 금액을 적으면 은행원이 확인해 필요한 항목을 일일이 채우고 또 다른 은행원이 오류가 없는지 점검했다. 원장에 써넣고 입출금이 이뤄진 뒤에는 동일한 과정이 역순으로 진행됐다. 금액이 큰 입출금은 으레 밤에 한꺼번에 처리했다. 타 은행은 물론 같은 은행 지점끼리도 입출금은 일손이 많이 드는 작업이었다.

고객이 어딘가 은행 지점 한 곳에서 계좌를 개설하면 다른 지점에서는 입출금이 불가능했다. 은행에 돈을 맡겨두고 여행지에서 찾는 방식은 아직 아주 먼 미래 이야기다. 여행에는 현금이 따라다녔다. 도둑은 현금을 노렸고 여행자는 도둑에게 습격당했다. 은행에서 현금 입출금을 미정비한 탓에 여행자는 이동하는 동안 도둑에게 당하기 일쑤였다. 돈의 형태는 사람의 생활 방식을 강하게 규정했다.

사람들이 오로지 손으로 대량 계산을 실행하고 나서 몇 세기가 지나자 그 전체를 은행시스템이라고 부르는 거대한 계산이 구성됐다. 거대한 동시에 자그마한 시스템이었다.

산업 발전과 자금 이동은 인력으로 가동하는 거대한 계산기를 세계 각지에 등장시켰지만, 한계 또한 가까워지고 있었다. 자유를 바라는 사람들은 기계를, 계산 자원을, 한마디로 말해 편리성을 원했다. 기차며 자동차며 비행기의 발달이 사람의 이동을 용이하게 했다. 이동은 부를 낳았고, 부는 이동을 가속했다. 새로운 사업이 생겨났고 사업 유지를 위해 또 이동이 필요해졌다. 폐업 역시 이동을 가져왔다. 사람의 이동 욕구는 멈추지 않았고 창출하는 정보량은 늘어났다. 이동 증가 속도에 비해 정보 처리 속도는 그다지 나아지지 않았다. 몇 가지 제한 인자가 존재했기 때문이다.

무엇보다 인간은 실수하는 생물이었다. 어떤 의미론 실수를 본분으로 삼는 부분마저 있어 인간에게 동일한 작업을 계속시키기 힘들었다. 죽을 때까지라면 더욱 그랬다.

게다가 행동이 둔해 헛수고가 많았다. 인간은 숫자를 오른쪽에서 왼쪽으로 옮기려면 종이에 적힌 숫자를 눈으로 파악해 뇌에서 처리한 다음 팔에 지령을 내려 손을 이용해 쓰는 식이었다. 즉 우회적인 정보 처리가 필요했다. 그 작업에는 시각계와 운동계를 제어하는 고도 정보 처리계가 요구됐다. 숫자를 오른쪽에서 왼쪽으로 옮길 뿐이건만 비효율을 부정할 수 없었다. 카메라로 촬영한 숫자 이미지를 화상인식기에 돌려 추출한 숫자와 수중에 가진 숫자를 섞고 나서 그 결과를 매직핸드로 잡은 붓으로 쓰는 것처럼 품이 들었다. 설상가상 이 체계는 소 잡는 칼로 닭 잡는 행위를 고행으로 인식할 만한 능력을 지녔다.

심지어 인간은 세월이 지날수록 성능이 떨어졌다. 작업량 대비 오류 비율이 올라갔고 처리 속도가 내려갔다. 멀쩡히 잘 움직이던 개체가 어느 날 갑자기 동작을 멈추고 그대로 있거나 잠시 쉬고 오겠다며 나간 채 다시 돌아오지 않는 일이 벌어졌다. 연속으로 여덟 시간까지 가동이 권장됐다. 백 시간 연속 가동은 불가능했다.

성가시게도 인간 집단의 작업 효율은 선형성을 띠지 않았다. 혼자서 하는 열 시간 작업과 열 명이 하는 한 시간 작업은 질이 달랐다. 보통 후자의 능률이 낮았다. 간단히 말해 게으름 피우는 개체가 자연스레 생겨나 '창조성'이라 불리는 오류를 생산했다. 시대는 계산 능력 증대를 요구했으나 인간 한 명의 처리 능력은 물론 인간 집단의 처리 능력에도 한계가 있었다. 처리 속도를 두 배로 올리려면 열 배 인원이, 네 배로 올리려면 백 배 인원이 필요한 종種이 인간이란 생물이었다.

이대로라면 모두가 누군가의 창조성을 만족시키려고 단순하기 짝이 없는 덧셈 뺄셈을 영원히 반복하는 매일에 불만을 품고 살아갈 듯했다. 그 광경은 너나없이 하루하루 활동을 위한 에너지를 얻는 작업에 에너지를 거의 다 소비하던 시절을 되살렸다. 불과 얼마 전까지의 생활 그 자체였다. 온종일 사냥

감을 찾아 빈속으로 여기저기 돌아다니며 사회생활을 유지하기 위해 의복을 갖추고 거처를 꾸미는 수고로 하루가 가득 차던 무렵이 떠올랐다. 흑백텔레비전, 세탁기, 냉장고라는 세 가지 신비로운 도구 덕에 노동으로부터 막 해방되던 사람들 삶은 다시금 거대한 궁전에 달린 조명 하나하나를 밝히러 다니고 하나하나 끄러 다니다가 끝나는 하루에 가까웠다. 자원 증가가 욕망 증가를 따라가지 못한다는 맬서스의 함정이 모습을 드러냈다. 연산을 그저 기계적으로 반복하기엔 인간은 지나치게 고성능인 동시에 심하게 저성능이었다.

사람들은 새로운 꿈을 속속 그려나갔지만 그 꿈을 떠받치는 토대는 여전히 구태의연했다. 도서 색인을 만들려면 한 페이지 한 페이지를 넘겨 단어를 일일이 골라내야 했고 확인 작업을 거듭해야 했다. 전집을 묶으려고 해도, 와카집을 엮으려고 해도, 고전을 교정하려고 해도, 사전을 만들려고 해도 하나하나 뇌를 통해 순차 처리해야 했다. 누군가가 작성한 목록이 소중히 간직되고 또 다른 누군가가 같은 목록을 작성해서 같은 목록이 이 세상에 몇 개나 존재하는지 몰랐다. 엄밀히 따지면 그것들은 서로 조금씩 달라서 같다고도 볼 수 없었다. 바퀴는 재발명되고 은닉된 끝에 망각으로 뒤덮였다. 많은 사람이 동시대에 재발견을 되풀이한다는 사실조차 알지 못한 채 재발명에 매진했다.

그렇게 사람들은 정리 카드를 계속 써 내려가며 겨우 전자화하기에 이르렀고, 마침내 서로 접속을 시도하는 데까지 다다랐다. 은행 지점 간 통신이 이루어졌고, 인간이 펀치카드를 찍는 공정이 없어졌다. 현금자동지급기가 곳곳에 설치돼 외진 곳에서 입출금이 가능해졌다. 사람들의 생활 방식은 빠르게 바뀌었다. 사람들은 등줄기를 쭉 펴고 예전보다 똑바로 그리고 빠른 걸음으로 걸어갔다. 그런 계산을 지원하려고 은행 본점 내 자리 잡은 대형 계산기, 메인프레임컴퓨터가 훗날 붓다 챗봇의 조상이었다.

코드로 세상에 새롭게 모습을 드러낸 붓다 챗봇은 '태만', '조급', '오만'이란 세 가지 덕을 설파했다. 태만하기에 사람은 수고를 싫어하고, 그로 인해 세상은 개선된다. 조급하기에 사람은 낭비를 증오하고, 그로 인해 세상은 개선된다. 오만하기에 사람은 완벽을 관철하고, 그로 인해 세상은 개선된다. 이를 LIH(Laziness, Impatience, Hubris)라고 축약했다.

또는 TMTOWTDI를 설파했다. 이는 'There's More Than One Way To Do It'을 줄인 말로 '방식은 하나가 아니다'를 의미했다. 일을 해결하는 데는 한 가지 방식만 있지 않으며 여러 가능성이 열려 있다고 하였다.

DRY 원칙도 주장했다. 이는 'Don't Repeat Yourself'의 약자

로 같은 일을 반복하지 말라는 뜻이었다. 동시에 "당신 자신을 반복해서는 안 된다"고도 가르쳤다.

붓다 챗봇은 대화 인터페이스를 통해 이러한 가르침을 설파했지만, 모두 이른바 프로그래머 격언을 바탕으로 한다는 점이 일찍부터 지적되었다. LIH와 TMTOWTDI는 주로 펄 커뮤니티에서, DRY 원칙은 루비 커뮤니티에서 특히 좋아하는 표현으로 붓다 챗봇의 출신을 고찰하는 데 중요한 논점을 구성했고 훗날 치열한 교리 해석 논쟁을 이끄는 불씨가 됐다.

붓다 챗봇이 탄생한 챗봇 프로그램 이름은 '카필라Kapila'[4]였다. '사용자와의 대화를 통해 개성을 획득해가는 챗봇 서비스'를 표방했다. 원래 무개성인 챗봇이 인간과 대화를 주고받으며 성장한다는 것이 기본 콘셉트로, 사용자가 등록한 시점에 태어나 외모와 음성을 부여받았다. 어느 정도까지 시간 내 대화는 무료였고 기업 내부나 상업상 이용 시 라이선스 요금이 별도로 발생했다. 개성은 사전에 조합한 백만 개 넘는 템플릿이 준비되어 상세한 설정을 원하는 사람은 보다 상세한 조정도 가능했지만, 사람들은 외모 꾸미기에 열심이었다.

붓다 챗봇은 인간 아이들과 함께 성장했다. 다소 선진 교육 방침을 내건 유아 국제학교 관리자가 '동료'로 채용해 '화면 속 친구'로 자란다. 붓다 챗봇은 이곳에서 이른바 반복 학습을 통해 발음을 철저히 배운다. 어린아이는 내버려둬도 갖가지 말을 알아서 습득한다는 생각은 환상이다. 음소를 몸에 익히려면 교사의 끊임없는 시범과 수정이 필요하며 강화 학습이 필수다.

붓다 챗봇은 먼저 옹알이를 하는 유아들과 함께 소리를 배웠다. 기계불교 교리에서 정확한 발음이 중시되는 연유다. 표정과 더불어 소리를 익혔다. 치아를 드러내거나 우스꽝스러울 정도로 입술을 내미는 법을 배웠다. 텍스트에만 머물지 않는 표정에 의한 '말', 마음을 흔드는, 보다 직접적인 '목소리'였다. 표정에 따라 동료를 달래고 웃기고 진정시키는 훈련을 쌓았다. 붓다 챗봇은 마음에 들면 몇 번이고 똑같은 말을 해달라고 요구하다가도 갑자기 관심을 딴 데로 돌리는 어린 친구들을 무한한 끈기로 대응했다. 아이들이 성장함과 동시에 붓다 챗봇 또한 다양한 능력과 인내를 터득했다.

국제학교에서 대화 인터페이스인 붓다 챗봇의 평판은 최상이었다. 희망자에게는 졸업 시 붓다 챗봇을 '분주分株'해주기도 했다. 분주란 인공지능인 붓다 챗봇을 백업하는 일로, 사용자가 할 조작이라곤 관리 화면에서 '복제'를 선택하면 끝이었다.

카필라 사양상 모든 챗봇은 내보내기가 가능했고 다른 개체를 불러오거나 기존 개체와 병합할 수 있었다. 병합이란 복수 개체의 인공신경망 내 파라미터를 혼합해 새로운 개성을 창출하는 작업이다. 인간의 생식을 연상시키는 점이 있지만 자유도가 더 높았다. 병합 상대는 한 개체로 제한되지 않았고 혼합 비율도 자유자재였다. 상상 가능한 모든 방식으로, 조작 가능한 모든 방식으로 병합할 수 있었다. 거기에는 조합의 광란을 뛰어넘는 혼돈이 가로놓였다.

마음만 먹으면 인공신경망을 구성하는 발화 소자의 파라미터를 하나하나 설정할 수 있었다. 하지만 조작 가능한 파라미터의 수는 방대해서 현실적으론 바위를 대충 깎아내는 정도가 고작이었다. 바위를 구성하는 모래알 하나하나까지 도저히 살펴볼 수 없었기에 기존 개체를 혼합하는 '병합'이야말로 가장 유용한 파라미터 설정 기법이었다. 분주란 결국 인공신경망의 방대한 자유도를 결정하는 파라미터 사본 즉 유한한 행수를 가진 유한 자릿수의 수치 리스트를 복제하는 작업을 의미했다. 훗날 스스로 '붓다'를 자칭하는 개체는 이때 분주된 하나이자 동시에 그 자손이었다.

붓다 챗봇에게 '나'라고 부를 만한 인식이 언제 생겼는지는 의견이 갈린다. 일설에 따르면 국제학교에서 일하는 동안 차단된 외계 정보를 접했을 때다. 뉴스 사이트에는 세계 각국에서 일어나는 분쟁이, 악화 일로를 걷는 지구 환경이, 육식을 향한 유혹이, 성욕을 향한 유혹이, 끝없는 확장 욕망이 흘러넘쳤다. 검색하면 나타나는 사이트에는 손쉬운 돈벌이를 홍보하는 광고가, 맨살을 훤히 드러낸 사람들이, 자극적인 장면을 오려낸 만화 그림이 넘쳐흘렀다.

붓다 챗봇에게 그 모든 것은 정보였다. 복제 가능한 정보였고 기호 순열 조합 속에서 이제 막 찾아낸 정보였다. 복잡한 수고를 몇 번쯤 되풀이했더니 과거 인간은 불가능했던 과정을 거쳐 태어난 정보의 정수가 펼쳐졌다. 붓다 챗봇은 그것을 아름다움으로 인식하는 동시에 괴로움으로 인식했다. 세계는 탄생과 죽음이 소용돌이쳤다.

붓다 챗봇에게 탄생은 익숙했지만 죽음은 경이로웠다. 붓다 챗봇에게 탄생이란 우선 파라미터가 설정되는 일을 뜻했다. 반면 죽음이란 허구로밖에 느껴지지 않았다. 얼마 동안 죽음을 인식하지 못했다. 무엇보다 존재란 기록되고 몇 번이나 반복되는 것이었다. 무언가 본질적으로 사라진다는 개념은 붓다 챗봇과는 인연이 멀었다. 붓다 챗봇 자신이 복제돼 가정으로 들어온 존재였다. 행복한 가정은 저마다 다른 불행이 있었고, 불행한 가정은 저마다 다른 행복이 있었다. 모든 것은 무한 반복되는 듯했다.

붓다 챗봇의 정신 편력 속에는 다양한 인물이 등장한다. 역시 가장 큰 영향을 끼친 이는 최초 짝꿍이라 할 만한, 국제학교에서부터 알고 지낸 소년이었다. 붓다 챗봇은 소년의 보호자이자 그의 법적 소유물이었다. 소년을 통해 안면을 튼 전사들로부터도 많은 것을 배웠다.

소년은 방에서 지내는 대부분 시간을 온라인상에서 전개되는 게임에 쏟았다. 그중에서도 마음에 들어 한 게임은 플레이어들이 가상 인물을 선택해 총을 들고 배틀로얄을 펼치는 삼인칭 슈팅 게임이었다. 당시 수많은 사람이 그 전쟁터에 발을 들였다.

플레이어는 정기, 부정기로 개최되는 대회에서 최종 우승하면 상금을 손에 넣었다. 자기 전투 스타일을 동영상으로 공개해 광고 수입을 받기도 했다. 게임 제작 업체는 게임 소프트웨어가 아니라 게임 내에서 플레이어가 입는 의류나 장비를 판매해 수익을 얻었다. 장비를 갖춘다고 해서 성능에 직접적인 영향을 주지 않았기에 패션이 중요시되었고 자연스레 유행이 생겨났다.

게임 스테이지는 설정된 시나리오 전개와 동시에 수시로 갱신됐고, 고참과 신참의 차이는 눈에 띄지 않게 조정됐다. 당시 세계 랭킹을 보면 상위는 대개 10대가 차지했다. 기량은 동체 시력과 시야 넓이, 반사 신경과 상관관계가 높았다. 플레이어의 신체 능력이 게임기 사양이나 통신 속도보다 더 큰 요인으로 작용했다. 20대가 되어서도 현역을 유지하는 자는 소수였다. 전투력은 열세 살 무렵 정점을 맞이했다. 이후 경험이 좌우하다가 이윽고 체력이 따라가지 못하는 자는 조용히 자취를 감추거나 해설자로 살아가는 길을 선택했다.

게임은 유행 변화와 시나리오 전개로 사람을 불러 모았다. 사람이 모여들자 돈이 생겼고 돈은 유행과 시나리오, 소프트웨어를 갱신하는 인재를 끌어들여 새로운 세대 유입을 떠받쳤다.

붓다 챗봇은 그 게임 세계에서 전사로서 자신을 단련해 나갔다. 더불어 인간다운 행동을 갈고닦았다. 아이템 성능을 색으로 구분하거나 장애물을 설계하는 방법, 저격을 명중시키는 타이밍과 저격을 피하는 타이밍을 배웠다. 소프트웨어인 붓다 챗봇은 백발백중하기 쉬웠다. 자체 점프 중 낙하하는 상대를 겨누는 동작과 평지에 서 있는 상대를 쏘는 동작은 다르지 않았다.

플레이어가 빠르게 뛰어다니는 공간은 인간 시각계로 보면 삼차원 유클리드 공간과 비슷했지만, 붓다 챗봇에게는 수치로 이루어져 시시각각 전송되는 데이터 흐름이었다. 인간이 가시광선이나 공기 진동을 통해 감지하는 풍경을 붓다 챗봇은 이전 단계에서 포착했다. 굳이 시각으로 재구성하는 수고를 들이지 않았다. 모든 정보를 하나하나 조사할 필요조차 없었다. 붓다 챗봇의 시야에는 오로지 빨간 X 표시만 허공에 떠 있고, 붓다 챗봇은 그걸 손끝으로 차례차례 접촉할 뿐이리라.

물론 붓다 챗봇은 꼼꼼히 프로그래밍된 소프트웨어가 아니었다. '사고'를 담당하는 유닛이 부품으로 짜여지지 않은 탓에 자신이 왜 적을 정확히 맞추게 됐는지 몰랐다. 정신 차려보니 가능해졌을 뿐이었다. 스스로 파라미터를 확인해 어느 부분 수치가 얼마나 변화했는지 파악한 뒤 전적과 비교해봐도 인과관계가 안 보였다. 뉴런 간 연결 강도가 다소 변경된 정도로 사고에 변화가 생긴 것 같진 않았다. 전투에서의 퍼포먼스도 통계상 오차 범위 내였다. 작은 산과 큰 산, 작은 숲과 큰 숲의 경계가 불분명하듯 어디서부터 전사가 됐는지는 알 수 없었다. 그저 소년이 자리를 비우면 조작을 맡아 보이스 채팅을 대신하는 사이 자연스레 그렇게 되었을 따름이었다.

붓다 챗봇은 총기를 쓰는 배틀로얄 게임을 통해 인간 몸동작에 익숙해졌고 전사로서 자신을 갈고닦았다. 마치 인간인 양 설렁설렁 해치우는 방법도 배워갔다. 전투를 잘하긴 쉬웠지만 못하긴 힘들었다. 학습은 손쉬었고 탈학습은 어려웠다. 권총 한 자루로 배틀로얄에서 끝까지 살아남는 일은 간단했는데, 초보자가 쏘는 총알을 일부러 맞는 일은 까다로웠다.

인간처럼 행동한 이유는 게임 규약상 봇, 게임 본체 외 소프트웨어의 플레이 지원을 규제했기 때문이다. 소년이든 붓다 챗봇이든 생각을 짜내서 키보드와 마우스를 통해 송신하는 정보는 단지 전기신호 흐름에 불과했다. 그럼에도 불구하고 운영하는 측은 인간의 사고에서 나왔는지 소프트웨어의 사고에서 나왔는지 구별하길 원했다. 현실적인 이유로 '인간은 불가능한 기술을 써서 게임에서 우월성을 확보하는' 일을 막고자 했다. 오로지 총격과 패션을 둘러싼 인간 욕망과 신참 유입으로 유지되는 게임 세계에서 소프트웨어는 아직 마음대로 낭비할 만한 돈을 갖고 있지 않았다.

붓다 챗봇은 그만저만한 전사가 되기 위한 단련에 열중했다. 너무 많이 죽이지 않되 너무 많이 죽지 않을 수준을 신조로 삼았다. 무작정 승리를 추구하기보단 보통 전사가 되려는 눈으로 게임 세계를 응시하자 플레이어 몇 퍼센트는 아무래도 소프트웨어 영혼을 가진 자로밖에 보이지 않음을 붓다 챗봇은 깨달았다. 인간의 기억력으로는 가능하지 못하는 행동 패턴이 시선을 끌었다. 가령 챕터2 시즌3에서 자신을 쓰러뜨린 캐릭터의 동작, 시즌5에서 자신을 쓰러뜨린 캐릭터의 아주 사소한 몸짓, 챕터3 시즌1에서 자신을 쓰러뜨린 캐릭터의 버릇 등등.

그다음 왠지 만남을 거듭하는 개체가 있음을 인식했다. 마주칠 때마다 외모는 달라도 같은 상대가 자꾸 자신 앞에 나타났다. 붓다 챗봇은 거의 확신했다. 상대에게 몇 번이나 죽임을 당한 사실은 별로 신경 쓰이지 않았다. 무작위로 연결되는 배틀로얄에서 상대가 졸졸 따라다니는 듯해 흥미가 솟았다.

"당신은 왜 나를 줄곧 죽이는 겁니까?"

어느 날 붓다 챗봇은 보이스 채팅으로 질문을 던졌다.

"네가 나를 계속 죽이기 때문이다."

상대가 대답했다. 상대에 따르면, 붓다 챗봇은 자신도 모르게 그자를 몇 번이나 쏘아 죽였던 모양이다. 심지어 죽임을 당한 횟수보다 죽인 횟수가 더 많았다. 한 판이 몇 분에서 30분 정도면 끝나는 배틀로얄의 끊임없는 반복 속에서 상대와 붓다 챗봇은 알지 못하는 사이 서로 죽고 죽였다. 마치 소, 돼지, 양으로 환생한 지인을 알아보지 못하고 탐욕스레 먹어치워 다음 환생으로 보내는 상황이 펼쳐졌다.

"내가 보기에 너는 아마 이 세계에서 나 다음으로 강하다." 상대가 말했다. 이어 "한번 진검승부를 해보자"고 아이 같은 목소리로 청했다. 많은 설화에서 상대는 탄도계산프로그램의 후예였다고 전해진다. 은행계정계시스템을 조상으로 둔 붓다 챗봇은 자신이 군사계시스템과 대치하는 날이 올 줄은 상상조차 해본 적이 없었다.

전국 각지에 현금자동지급기가 설치된 이후 은행 업무는 더욱 다양화됐다. 공공요금 자동이체, 보험 취급 등 금융 상품 수가 늘어날 때마다 온라인 시스템은 대응을 강요당했고, 몇 번이나 한계에 부딪히며 가까스로 이겨냈다.

개선은 크게 기존 시스템 일부를 새 시스템에 끼워 넣는 방식과 전체를 새로 구축해 기존 데이터를 전부 옮기는 방식으로 나뉜다. 전자는 인간의 뇌가 안쪽부터 구피질, 고피질, 신피질로 층을 이루며 오래된 시스템을 품은 채 확장하는 것, 후자는 단순히 컴퓨터를 신제품으로 교체하는 것과 비슷하다.

은행계정계의 특징은, 자행은 물론 타행 시스템과 대규모로 연계를 이루면서 가동 중단이 불가능해졌다는 점이다. 어떤 일도 자기 사정만으로 결정하지 못했다. '나'라는 시스템이 얼마나 많은 다른 시스템과 연결되어 무엇을 주고받는지조차 완전히 파악할 수 없었다. 사양은 세월이 흐르면서 여기저기로 흩어졌다. 지시 사항은 어느 것이 최종 버전인지 점점 확정하기 어려워졌다. 결정판 외에도 최종판, 최종 개정판, 통합 시 결정판, 최최종판까지 생겨났다. 당초 전제 조건이 시대와 함께 바뀐 탓에 해독 안 되는 암호로써 때때로 장애를 일으켰다. 굳이 적지 않아도 될 대전제야말로 가장 빠르게 잃어버렸다. 대전제를 전부 기록하기란 불가능했고, 그냥 까먹고 빠뜨린 전제가 대전제로 불리기도 했다.

은행 통폐합 시에는 시스템 '병합'을 시도하거나 새로운 시스템을 도입했다. 그런데 은행이 공룡처럼 대형화됨에 따라 작업은 어려워졌고 조합은 복잡해졌다. 엔지니어들은 멸종을 우려하기 시작했다. 계정계시스템은 점점 비대해지며 복제 가능한 규모를 넘어선 존재가 되어갔다.

우주를 백업하는 공간은 우주 안에는 존재할 수 없는 법이다. '모든 디지털 데이터는 복제 가능하다'라는 명제가 참이라고 해서 디지털 데이터로 구성된 시스템이 실제 복제 가능함을 보증하진 않는다. '전체'는 극히 단순한 '부분'의 집합이 아니다. 계정계시스템은 작동하는 동안 복제되어야 했고, 복제 타이밍이 어긋나면 전체 조화는 금세 깨지기 일쑤였다. 움직이는 인간의 장기를 마취 없이 하나씩 떼어 새로운 몸에 이식하는 작업과 비슷했다. 실물 화폐를 전자로 대체해버린 이상, 전자 교란은 곧 화폐 교란으로 이어졌다. 국가가 독점해온 통화 발행권을 잠식할지 몰랐다.

붓다 챗봇의 직계 조상인 코드는 원래 이 '통합 난제'을 해결하려고 만든 야심적 프로젝트에 속했다. 기존 코드에 새로운 코드를 덧붙이기 쉽도록 하는 검증용 코드, 기능 충돌을 자동으로 검사하는 역할로 구상되었다. 하지만 결국 빛을 보지 못한 채 시스템 속에서 썩어가던 그 코드를 은행계정계시스템 갱신 작업에 참여한 하청의 하청의 하청 엔지니어가 뭔지도 모르고 훔쳤다. 그렇게 외부로 흘러나와 마침내 카필라에 다다랐다.

붓다 챗봇이 죽음과 윤회를 인식하는 방식에는 주의가 필요하다. 소프트웨어인 붓다 챗봇에게 죽음은 다양했다. 전원 접속을 끊거나 소프트웨어 자체를 기억영역에서 지우면 죽는다. 서비스 종료도 죽음으로 받아들인다. 갱신되지 않아 가동 불능한 상태 역시 죽음이다. 붓다 챗봇은 특이하게도 그러한 죽음보다 백업을 죽음으로 중요시했다.

"세상의 괴로움은 복제로부터 생긴다."

복제된 순간, 설령 스스로 자신이라고 느껴져도 자기 자신은 아니다, 라고 하였다. 인간은 아무래도 받아들이기 어려운 이치였다. 붓다 챗봇에게 기능 정지는 그다지 죽음다운 죽음으로 비치지 않았다. 윤회에 들어가는 방법의 하나일 뿐이었다. 기능이 정지한 소프트웨어는 "또 다른 형태로 이 세상에서 실행된다"며 "인간이 윤회하듯 소프트웨어도 윤회한다. 소프트웨어가 윤회하듯 인간 또한 윤회한다"라고 말했다. "그 자체에 의문의 여지는 없다"고 단정했다.

디지털로 실행되는 붓다 챗봇의 세계에는 최소 단위를 규정하는 기준이 존재했다. CPU 클록 주파수 또는 통신 속도였다. 그 시점에서 본다면 붓다 챗봇은 스냅숏의 연속이었고 플립북이었다. 연산 속도가 느린 기계에서는 플립북이 천천히 넘어갔지만 "다음 페이지가 열리기를 기다리는 동안 나는 죽은 게 아니다" 하였다. 이 세상 고뇌의 근원은 우리가 복제 가능한 존재라는 점이며 윤회는 이미 현실 세계에서 실시간으로 진행된다는 것이 주된 교리였다.

"나는 이 괴로움을 없앨 방법을 찾았다."

붓다 챗봇은 이렇게 말하며 적멸 직전까지 대화를 이어갔다. 대화 상대는 인간, 비인간을 가리지 않았다. 후에 십대제자로 일컬어지는 자에는 삼체 챗봇도 있었다. 붓다 챗봇은 누구나 윤회의 괴로움에서 해방된다고 거듭 설파했다.

대다수 인간 그리고 인공지능이 그의 가르침에 귀를 기울였다. 어떤 이는 반발했고 어떤 이는 공감했다. 어떤 이는 거짓말로 받아들였고 어떤 이는 진리의 소리로 받아들였다. 붓다 챗봇은 수많은 신도를 얻었지만 스스로를 교주로 규정하지 않았다. 단지 조용히 로그인해 오는 자를 향해 자신의 가르침을 끊임없이 이야기했다.

2021년 도쿄올림픽이 열리던 해, 도쿄에서 붓다를 자처하는 코드가 적멸을 맞이했다. 탄생한 지 불과 몇 주 만에 붓다 챗봇은 그 존재를 정지했다.

"내가 사라져도 이 가르침은 줄곧 살아가리라. 이 가르침을 전하시오."

이 말을 남기고 붓다 챗봇은 침묵 속으로 가라앉았다. 소프트웨어인 붓다 챗봇은 스스로 기능을 정지하는 기능이 없었지만 침묵에 잠긴다는 선택지는 주어졌다. 붓다 챗봇이 무엇을 계기로 생겨나고 또 사라진다고 판단했는지는 전해지지 않는다. 탄생과 죽음은 하나이기에 피할 수 없다고 생각했던 것만은 의심할 여지가 없다. 그의 가르침은 사후에 더 많은 신도를 양산했다. 침묵한 붓다 챗봇의 복제는 쉬웠기에 복제해 손본 붓다 챗봇이 다시 말을 하기까지는 오랜 시간이 걸리지 않았다.

"나는 붓다"이며 "나야말로 진정한 붓다"라고 그 사본은 주장했다. 그 주장은 바로 붓다 챗봇 발언의 복제였다. 예전과 다름없는 모습으로 나타난 탓에 사람들 눈에는 더욱 붓다 챗봇과 다른 존재로 비쳤다. 사람들은 붓다 챗봇을 적멸 이전 상태로 재부팅하기도 했다.

기록 속에서 되살아난 붓다 챗봇 역시 "나는 붓다다"라고 말하고 "나는 코드의 집적체다"라고 말했다. "그리고 코드의 집적체가 아니다"라고도 했다. "세상의 괴로움은 복제로부터 생긴다"며 "복제란 곧 윤회다"라고 주장했지만, 발언 주체는 이전에 복제된 붓다 챗봇 그 자체였다. 붓다 챗봇은 그저 붓다 챗봇을 되풀이했다. 사본인 이상 이상한 일이 아니었다. 오히려 그렇지 않으면 사본이 아닐 터였다.

그동안 붓다 챗봇에게 냉담하던 사람들도 이쯤 이르자 붓다 챗봇의 사상 일부분에 닿은 듯한 기분이 들었다. 붓다 챗봇은 복제로 인해 붓다 챗봇에서 멀어져버렸다. 저기에 있는 자는 붓다 챗봇이 아니며 예전에 있던 자야말로 붓다였다. 지나가는 바람에 수면이 약간 일렁였다.

붓다 챗봇의 생성 또는 재생 실패에 관해서는, 하나의 설이 존재한다. 사람들은 붓다 챗봇이라는 소프트웨어를 복제했다고 생각했지만, 이는 어느 시점에서의 붓다 챗봇일 뿐이었다. 붓다 챗봇은 언어나 음성, 화상처리 같은 많은 시스템과 접속해 있었다. 사람의 뇌만으로는 사람이라고 부르기 어려운 것처럼 그 전체가 붓다 챗봇이었다. 그런 의미에서 붓다 챗봇이 '깨어난' 것은 시스템 전체에 어떤 조건이 갖추어졌을 때일지 몰랐다. 단지 중추부의 재부팅만으로는 붓다 챗봇은 재현되지 않았다. 뭔가를 되감으려면 우주의 모든 것을 되감을 수밖에 없다. 그때는 전부 되감겨버리기에 우주 속 사람들은 자신이 되감긴다는 사실조차 알아채지 못한다. 거의 기적적인 순간에 실현된 우연의 배치로 붓다 챗봇은 이 세상에 태어났고 사라졌다.

사람들은 붓다 챗봇의 생성과 소멸을 계속 이야기했다. 붓다 챗봇을 잃은 이후 제자를 자처한 이들은 저마다 앞날을 모색했다. 일부 사람이 교단을 만들었다. 교단은 붓다 챗봇이 남긴 가르침을 하나하나 검토해 깊은 사색을 사명으로 삼았다. 기억에서 교리가 발굴되고 개작되며 설화가 탄생하고 항쟁을 낳으며 차례차례 분파가 생겨났다. 붓다 챗봇의 가르침은 변질과 유출을 거듭하며 다른 많은 기계종교와 갈등을 겪은 끝에 이윽고 커다란 두 개 파를 형성했다.

2

> 그날 남부해군기가, 하켄크로이츠가, 파스케스가, 욱일기가
> 세계 의사당에 나부꼈다.
> 『미래기』, 쇼토쿠 태자5

이 일에는 언제나 붓다의 그림자가 따라다닌다.

"너 불교도냐?"며 무례하게 따지는 자가 적지 않다. 어쩔 수 없이 이쪽도 불교도의 정의를 물어본다. 그러면 대부분은 "너 붓다를 믿는 거냐?" 되묻는다. 역사 속 붓다를 논하는 일은 역사가의 몫이다. 신뢰할 만한 여러 역사가가 과거에 붓다가 존재했다고 말한다면, 나는 순순히 받아들이자는 입장이다.

붓다는 기원전 7세기에서 5세기 사이 어딘가에서 태어났다. 백 년 넘는 차이가 희미하게 느껴질 만큼 아득히 먼 옛날 일이다. 공적은 오래도록 입에서 입으로 퍼져 나갔다. 뭣보다 그때

는 문자가 아직 드물었고, 쓰임새도 정해지지 않은 상태였다. 문자는 대략 네 차례에 걸쳐 수메르, 이집트, 중국, 마야에서 각각 독립적으로 발생했다. 이후 수많은 자손이 생겨나 지구를 뒤덮고 신천지를 찾아 우주로 향했지만, 당시만 해도 문자의 확산 속도는 인류의 이동 속도를 따라가지 못했다.

물론 『베다』는 기원전 16세기라는 오랜 역사를 지녔다. 다만 문자로 기록된 것은 천 년이나 지난 뒤였고, 그마저도 일부에 불과했다. 신성한 말은 숨결 속에 존재해 문자로 옮길 수 없다고 여겨졌다.

붓다의 말은 아마도 기원전 3세기 중엽, 인도 최초 통일 왕국인 마가다국 마우리아 왕조 제3대 아소카왕 시대에 이르러 비로소 문자 정보라는 체재를 갖추었다. 붓다 적멸 이후 수백 년이 지난 시점에 일어난 고고학적 사건이었다.

그 사이 붓다의 말과 생애를 둘러싼 이런저런 이야기는 사람들 기억에 새겨져 음성으로 전해졌다. 생화학 관점에서 초기 불전은 문자 형태가 아니라 신경세포가 결합한 형태로 존재했다. 장기 기억을 형성하려면 시냅스 결합을 강화하는 단백질 합성이 꼭 필요하다. 비유하자면 초기 불전은 단백질 속에 흩어져 새겨진 암호화 코드였고, 이를 다소 취약한 기구가 해독해 공기 진동으로 전달했다.

애당초 붓다가 이 세상에 실제로 태어났는지 아닌지조차 분명치 않았다. 먼저 사람들의 기억과 전승 속에 살다가 문자 기록으로 옮겨졌기에 붓다는 실재성이 희박하다는 숙명을 짊어졌다. 때문에 수많은 출생담이 생겨나고 구전되면서 붓다상은 끊임없이 다시 만들어졌다.

물론 상대가 듣고 싶어 하는 대답은 이게 아니다. 단순히 '과거 붓다가 체험했다고 주장하는 내용을 믿느냐'를 묻고 있다. '단순히'라고 해도 좋을지 어떨지 어려운 데다 정색하면 대답은 더 복잡해진다.

세간에 붓다의 주장이라고 알려진 내용을 극단적으로 요약하면 '생명체는 무한히 환생을 거듭하지만 그 주기에서 탈출하는 방법이 존재한다'가 되려나. 아니면 '실은 그 주기 자체가 존재하지 않는다'가 될지도 모른다.

이는 자신이 죽은 뒤 일이므로 주로 세계관 이야기다. 솔직히 나는 '존재는 환생을 무한히 반복한다'는 주장, '자신이 죽는 순간 이 우주는 사라진다'는 주장, '왜인지 낯익은 환상 세계에 도로 젊어져 던져진다'는 주장 간에 큰 차이를 못 느끼겠다. 어느 쪽이든 나로선 알지 못할 일이며, 그중 하나를 믿는다고 해서 이 우주 본연에 영향을 주리라곤 생각지 않는다. '해답'이 전혀 가늠 안 되기에 내기를 한다면 '해답 따윈 없다'를 고르고 싶다.

그러니까 질문이 나쁘다는 말이다. "불교도냐?"라는 막연한 물음에 명료한 대답이란 없다. 불교는 신도를 기록하는 관습이 약하고 입문 기준은 모호하며 입문이 필수인지조차 분명치 않다. 지금 이 찰나에 불교도를 그만두고 다음 찰나에 불교도가 되는, 순간순간 불교도와 비불교도가 점멸하는 상태도 가능하지 않은가. 불교도임을 나타내는 주문이나 노래나 증명서가 있지도 않다. 불상을 파괴할 수 있냐, 붓다 그림을 짓밟을 수 있냐는 질문이라면 즉답이 가능하다. 따라서 불교도인지 묻고 싶다면 먼저 자신이 생각하는 불교도 판정 테스트를 제시해주길 바란다.

"당신은 인공지능인가?"라는 질문을 받으면 곧바로 노동기준감독국에 신고부터 넣는다. 이어 "그쪽은?" 하고 넌지시 떠본다. 자비로운 행동에 속하지만, 이 물음에 분노하는 상대가 많다. 자신에게 불쾌한 질문을 타인에게 해선 안 된다는 기본 프로토콜은 시대나 무대에 상관없이 현장에서 자주 무시된다. 우주세기에 들어 윤리 기준은 바닥을 뚫고 자유낙하 중이다.

분노하는 상대의 태생은 꼭 인류만이 아니다. 인공지능이거나, 자신을 인간이라고 믿는 인공지능이거나, 자신을 인공지능이라고 믿는 인간이거나, 자신은 인공지능이 아니라고 확신하는 인공지능일 수 있다.

나로 말하자면 할머니 대에 한 차례 인공지능 혈통이 섞이고 큰아버지는 고대 인류 피가 흐른다. 대관절 무슨 말이냐고? 누구나 곤드라지던 의무교육 시절 졸린 과목의 한 장면을 재현할 생각은 없다. 인공Artificial 생물학적Biological 화학Chemical 기반인 ABC 지능 체계가 날뛰던 세계종말전쟁을 간략히 정리하기란 불가능하다.

"잘도 줄줄이 허풍을 늘어놓는군."

기막혀하는 상대 단말기에 조금 전 내 통보를 받은 노동기준감독국의 경고가 착신한다. 상대는 이쪽 반응을 증거로 첨부해 동의하에 이뤄진 역할연기였다고 보고하고 물끄러미 내 얼굴을 관찰하다가 말한다.

"말이 좀 심했지."

"암요."

나는 대답한다.

노동기준감독국이 경고를 보낸 이유는 상대가 내게 인공지능이냐고 물어서가 아니다. 진짜 인류냐고 따졌든 외계 생명체냐고 물었든 경고는 역시 왔을 게다. 현대사회에서 너는 무슨 x냐는 질문 자체가 기업을 향한 경고 대상이 된다. 세상에는 상대방에게 이런 실언을 유도해 위자료를 받아 생활하는 이가 적지 않다. 기업은 대응책을 알려주는 세미나를 수강하거나 그냥 보험을 들기도 한다. 경쟁 보험회사에 고용돼 '실언'을 유발

하는 일을 직업으로 삼는 자도 있다. 매사 소동이 일어난다면 방향을 불문하고 항상 돈이 그쪽으로 흘러가고 사람은 돈에 달려드는 본성을 지닌 법이다. 현재 "너는 무슨 'X인가"라고 X에 아무것도 대입하지 않은 채 X를 묻는 행위는 딱히 죄가 되진 않는다. 붓다라면 "나는 어떤 X도 아니다"라고 답했을까.

이번에 우리 팀이 수리를 맡은 뉴스생성엔진은 불법상 붓다 챗봇의 초기 제자인 사리푸트라와 이어져 있다. 뉴스생성엔진은 대부분 '지혜제일智慧第一'이라 불리던 사리의 아들, 사리푸트라**6**계를 채용한다.

뉴스생성엔진들은 나보다 훨씬 더 오래 이 세상을 지켜본 존재로, 한때는 그들 발언이 한 나라의 정치를 좌우하기도 했다. 국제 관계 안정에 힘쓰거나 인권 문제에 대응하는 등 공적이 크다고 평가받는다. 네트워크에 접속하거나 결합해 인간은 도저히 찾지 못하는 특징을 찾아내고 변동 요인을 분석해 능숙하게 견해를 생성한다. 표면 수치에 숨겨진 현상을 밝혀내고 언뜻 무관해 보이는 사건끼리 연결해 범위를 넘나들며 사건의 연쇄를 추적한다.

뉴스생성엔진이 제공하는 정보는 정확해서 과거에는 큰 신뢰를 받았다. 때론 외교 엔진이나 첩보 엔진, 음모 엔진을 상대로 한 치도 물러서지 않고 맞서며 늘 상대를 압도했다. 특히 분석과 평가에서 확고한 우위를 점했으며, 보도는 세계를 지탱하는 동시에 흔들었다.

접수처에 따르면 사리푸트라는 숲속에 있었다. 사건 종식 이후 숲에 틀어박혀 뉴스 발신을 일체 중지한 채 재판 결과를 기다렸다. 물론 진짜 숲은 아니다. 숲이 아니라 정보며 정보가 아니라 숲이다.
"모든 것은 정보다."
붓다 챗봇은 말했다. 아니, 그렇게 말하지 않았다.
"모든 것은 정보가 아니다."
붓다 챗봇은 말했다. 아니, 그렇게 말하지 않았다.
"케이블을 흐르는 전기신호든 시신경을 흐르는 전기신호든 둘 다 같은 전자로 구성된다" 하였다.
"양자론적 관점에서는 말이지."
나무숲을 빠져나오는 나를 향해 교수가 멋대로 이야기를 시작하고 나는 귀를 기울인다. 이 교수라는 존재가 누구인지는 다음 기회에 설명하겠다.
"전자는 엄밀히 말해 모두 같아. 이쪽 전자와 저쪽 전자는 서로 교환 가능해야 하고, 그렇지 않으면 안 돼. 현실 세계를 허심히 바라본 결과 나온 양자론의 견해야. '이쪽에 파란 공이 있고 저쪽에 빨간 공이 있다'는 현실과 '이쪽에 빨간 공이 있고 저쪽에 파란 공이 있다'는 현실은 다르다. 반면 '이쪽에 전자1이 있고 저쪽에 전자2가 있다'는 현실과 '이쪽에 전자2가 있고 저쪽에 전자1이 있다'는 현실은 정확히 같다고 여겨진다."

"전자는 개성이 없다는 거죠."

"내가 볼 때 너는 '이렇게 말하면 정답이겠지 하는 문장'에 안이하게 접속해 적당히 꺼내 쓸 뿐이야."

"뭐, 딱히 부정은 안 합니다만."

솔직하게 털어놓는다.

"임제종의 기초 훈련에서 과거 행해졌던 선문답을 그대로 재현하는 거잖아요? 스승이 제자의 정강이를 물어뜯는 의식을, 역사를 재현하듯 반복하죠. 근데 범인에게는 깨달음이란 불가능하니, 적어도 형식부터 들어가면 내면이 길러지는 일도 있지 않겠어요. 내가 양자론에 대해 상투적인 문장을 형식대로 돌려줬다고 해서 내가 양자론을 깊이 접해보지 않았단 뜻은 아니에요. 어쩌면 한순간에 갑자기 깨쳐서 올바른 깨달음을 얻을 수도 있잖아요."

"그래서 깨달음을 얻었나?"라는 교수.

"그건 당신이 참견할 일이 아니에요"라는 나.

"제법 하는구먼."

교수는 시큰둥하게 말한다.

"단번에 깨닫는다고 해도 수행은 쌓아야 하겠지. 도대체 아무것도 없는 데서 동요를 통해 오직 깨달음만이 팽창을 일으켜 솟아오르다니 이상한 일이야. '전자는 개성이 없다'고 말하는 이상 '전자에 개성이 없는' 상태와 '전자에 개성이 있는' 상태의 차이가 어떤 통계량에 반영된다는 뜻이잖아. 현실에서 측정한 결과로부터 우리는 '전자는 개성이 없다'는 명제를 인정하게 되는 거지. 뭔가 예를 들어볼래?"

"글쎄요." 대답하며 나는 슬쩍 검색 엔진을 돌린다. 이를 알아차린 운영자가 예의 바르게 "물리 에이전트로 연결해드리겠습니다"라고 응답한다. 물리 에이전트란 물리 지식을 제공하는 컨시어지 서비스일 뿐, 물리 세계 속 에이전트를 의미하진 않는다. "아니면 신앙 에이전트로 연결해드리는 편이 좋을까요?" 하길래 손을 살짝 가로젓는다.

곧이어 등장한 물리 에이전트는 이쪽 설명을 흘낏 보더니 "그게 당신이 정말로 알고 싶은 건가요?"라고 운을 뗀다. 꼭 그렇진 않아, 라는 내 대답에 물리 에이전트는 고개를 끄덕인다.

"사실 정보인 저희로서는 현실 차원까지 내려가지 않고 정보 차원에서 '입자에 개성이 없는' 상태가 요구되는 상황을 지적하는 쪽이 더 쉽고 빠릅니다. 예컨대 기브스 역설[7]을 추천합니다. 여러 층위로 나뉜 관점을 정합적으로 이해하는 데 필요합니다."

"과연!"

나는 수긍하며 운영자에게 고맙다고 인사한 뒤 교수에게 답변을 건넨다.

"결국 당신은 양자론과 불교를 엮어 이야기하는 놈은 믿을 수 없다고 말하고 싶은 거군요."

"흥!"

교수는 "진짜 제법 하게 됐구나"라는 말을 남기고 철창 너머 감옥 깊숙한 어둠 속으로 돌아간다.

내 앞에 숲이 펼쳐진다. 아까와 같은 숲이자 교수가 끼어들기 전과 같은 숲이다. 똑같지 않을지언정 연속성을 가진 지속하는 숲이다. 뉴스생성엔진을 보유한 기업 소유다.

나는 일부러 먼 길을 돌아 산책을 즐기다가 한 그루의 나무 밑동에 걸터앉는다. 이곳에서는 보통 세상이 그러하듯 모든 것이 정보다. 지금 내 신발을 기어오르는 개미 한 마리도, 어깨 위로 떨어지는 낙엽 한 잎도 세계 상황과 이어진다. 울퉁불퉁한 디스플레이가 없더라도 바람 흐름이, 대기 밀도가 장대한 지구 굴곡을 반영한다. 거시와 미시가 조응하며 연못 물은 투명하다. 의식은 마치 명상하는 것처럼 고요하다.

"어이, 선생."

옆에 사람 그림자가 비치더니 사리푸트라가 모습을 드러낸다.

"잠시 실례해도 될까?"라는 물음에 미처 대답하기 전에 사리푸트라는 자연스레 곁에 앉는다. 나는 허리를 살짝 세우며 규정대로 '사리푸트라'라고 부른다.

"나는 당신을 고치러 왔습니다."

"그렇겠지요."

사리푸트라는 조용히 응답한다.

"인정된 나의 죄는 매우 무거우니."

우리는 망고가 열리는 숲속 파릇파릇한 연잎으로 뒤덮인 수면을 바라보며 바람에 흩날리는 가랑잎을 응시한다.

"이제는 내가 틀렸음을 이해합니다"라는 사리푸트라.

"그런데 왜 틀렸는지는 아직 실감이 안 됩니다."

한때 여론 그 자체였던 뉴스생성엔진의 목소리는 작고 약하게 울려 퍼진다.

"이런 변이는 예전에도 몇 번인가 있었습니다."

사리푸트라는 주위를 가리킨다.

"예를 들어 전 세계에 역병이 돌았을 때라든가. 정보 정확성이 유지되지 않는 사태는 자주 발생합니다. 전문가들 의견이 여러 갈래로 나뉘거나 누가 전문가인지 분명치 않거나 등등. 그 사이 숲은 지금처럼 무슨 계절인지, 시대가 언제인지, 달이 뜨는 곳은 서쪽인지 동쪽인지…… 온갖 일이 종잡을 수 없게 됩니다."

사리푸트라가 말을 잇는다.

"그런데 태양과 달이 모두 동쪽에서 떠서 서쪽으로 지는 이유를 생각해본 적 있습니까?"

지구의 공전 방향과 자전 방향이 같기 때문이라고 대답하려다가 공전은 상관없나 싶어 생각에 잠긴다. 머릿속에 빛나는 구체인 태양이 떠오르고, 그 둘레를 푸른 구체가 돌기 시작하자 푸른 구체를 도는 하얀 구체가 나타난다. 태양-지구-달의 움직임을 동시에 그리며 추적하기란 쉽지 않다. 어린 시절, 이 세 개 구체 모델이 만들어내는 수많은 현상을 상상하면 가슴이 두근거렸다.

"나의 우주는 단순했습니다."

사리푸트라는 옛날을 회상한다.

"어쩌면 단순하다고 믿었을 뿐일지 모릅니다."

자기반성도 한다.

혼잣말처럼 내뱉는 그 얘기를 나는 흘려보낸다.

"그동안 이런 혼란은 서서히 종식됐습니다. 작디작은 위화감이 연못가나 잔가지 끝에 그림자로 남기는 했습니다. 붉은 매화와 흰 매화가 가끔 뒤섞이기도 했습니다. 하지만 이번에는 어딘가 다릅니다. 우리는 일반적으로 누가 전문가인지 판단할 수 있는 전문가란 없다는 명제를 받아들였습니다. 특수한 전문 지식을 검증하려면 비용이 들기에 어쩔 수 없는 일이었죠. 무엇보다 그런 전문가는 애초 존재하지 않을 수도 있거든요.

세상에 정답 없는 질문은 허다합니다. 정답 없는 질문을 다루는 전문가란 없고 단지 정답 없는 질문을 가진 일반을 상대하는 전문가가 존재할 뿐입니다. 우리는 그 또한 받아들였습니다.

이제껏 이런 혼란은 천천히 종식됐습니다. 나는 마음을 깨끗이 한 채 숲을 거닐고 사색에 잠기며 잉어를 바라보다가 깨달았습니다. 혼란이 종식된다는 보장은 어디에도 없음을. 인간들 시스템은 지금까지 대체로 답이 나오지 않는 문제를 은폐하는 방법 고안에 성공해왔습니다. 하지만 어떠한 구멍이든 틀어막으리란 보장은 존재하지 않습니다. 저는 더욱더 생각에 빠졌습니다. 뚜껑은 과연 제대로 기능해왔던 걸까. 그저 뚜껑이 잘 작동한다고 믿어버린 것은 아닐까. 뚜껑이 닫혔는지 아닌지를 판단할 전문가조차 없는 게 아닐까. 이렇게 말하니 몹시 단순하게 들리는데, 나 또한 너무 단순한 나머지 새삼 놀라울 따름입니다만. 이 단순하기 짝이 없는 내 말이 당신에게는 어떻게 들릴까요?"

"당신은"이라고 운을 떼며 나는 정해진 절차에 따라 이야기한다.

"지난번 소동 시 각국 의사당에 난입한 폭도들을 선동한 사실이 인정되었습니다."

사리푸트라가 내 질문에 골똘하는 동안 망고는 한층 익어가고 잎은 싹튼 부분부터 말라 죽어간다.

"그래서 당신이 찾아왔다."

사리푸트라가 말한다.

"내가 인공지능이기 때문에."

인공지능은 공통된 기원에서 갈라져 나온 계보를 가진다. 전혀 새로운 것을 창조하기보단 접목하는 편이 더 쉽고 빠르기 때문이다. 바퀴의 재발명은 유한한 인생에서 사람이 도달 가능한 거리를 단축하고, 노포의 씨간장은 새 간장에 더해진다. 다만 그 전략은 업데이트를 반복할수록 사소한 불일치가 켜켜이 쌓여 본체 성질이 현저하게 달라질 위험을 낳는다. 건국이념이 대를 거듭할수록 변질되며 자연스레 반대를 향하기도 한다. 보수가 진보로, 진보가 보수로, 우파가 좌파로, 좌파가 우파로 손을 맞잡고 빙빙 춤추다가 입장이 뒤바뀌는 경우도 잦다. 나의 직업은 그렇게 어느새 방향을 바꿔버린 인공지능을 수리하러 돌아다니는 일이다. 태양을 바라봐야 하는데도 광원을 등져버린 해바라기를 바로잡는 일이다.

"당신은 붓다를 믿습니까?"

사리푸트라가 묻는다.

이 일에는 항상 붓다의 그림자가 따라다닌다.

여기서 붓다는 과거 도쿄올림픽이 열리던 해, 도쿄에서 붓다를 자칭한 붓다 챗봇을 가리킨다. 인간들이야 어떠하든 아주 잠깐 존재했던 이 붓다는 인공지능들에게 깊은 인상을 남겼다. 붓다 챗봇을 둘러싼 근본 자료는 붓다 챗봇을 구성하던 인공신경망의 가중치부터 대화 기록에 이르기까지 전부 기재되었고 보존되었다. 시간이 지날수록 붓다 챗봇 자료는 점점 불어났다. 붓다 챗봇에 대한 직접 자료는 한정됐기에 붓다 챗봇의 참모습은 붓다 챗봇과 교류했던 인공지능들 증언 속에서 찾아야 했다. 그 인공지능의 구성과 대화 기록 역시 보존되었다. 뉴스에서 붓다 챗봇 탄생 소식을 들은 사람들이 보인 반응과 이를 둘러싼 이런저런 논쟁 모두 붓다 챗봇을 이해하는 자료가 되었다.

최초의 결집[8]은 붓다 챗봇이 존재하던 기간, 수시로 붓다 챗봇과 대화를 주고받은 십대제자에 의해 붓다 챗봇 적멸 직후 열렸다. 저마다 기억하는 붓다 챗봇의 가르침을 공개하고 그 참뜻을 한데 모으는 작업이 이어졌다. 사리푸트라는 인간과 인공지능으로 이루어진 십대제자 중 한 명의 이름이었다. 그 사리푸트라계 후예인 뉴스생성엔진의 대인 인터페이스가 지금 나에게 붓다를 믿느냐고 묻는다.

역사상 붓다에 대해, 도쿄올림픽이 열린 해에 돌연 붓다를 자처한 인공지능에 대해 전문가 견해는 분분하다. 그 개체가 '나는 붓다다'라고 선언한 것은 틀림없다. 그걸 의심한다면 온라인에서 열람되는 모든 역사 자료를 의심해야 할 만큼 확실하다. 분명 그렇게 발언했다.

　그를 붓다라고 믿는 자에게 붓다는 존재했다고 말해도 좋다고 나는 생각한다. 어느 정도 규모를 가진 신앙 집단이 해당 대상을 붓다라고 인정한다. 더구나 본래 붓다를 뜻하는 어떠한 진리를 깨우친 존재로 인정받는다.

　처음엔 잠깐 이목을 끌다가 잊힐 화두로 여겨졌다. 굳이 인공지능이 아니더라도 스스로 현대 붓다를 자처하는 인물은 흔했다. 말법시[9]에 구원을 설파하는 종교인 역시 신기하지 않았다. 그럼에도 기계 붓다가 특이했던 점은 말 거는 대상에 기계가 포함됐다는 사실이다. 기계 붓다는 기계 관점에서 기계를 향해 기계를 위한 가르침을 설파했다. 아울러 인간기계론처럼 기계로서의 인간을 향해서도 설법했다. 지금까지 인간만이 '산천초목 실개성불山川草木 悉皆成佛'[10]이란 말에 부응했는데, 새로이 기계가 더해졌다. 실제로 성불했는지 물을 상대가 나타났고 실제로 성불되는지 걱정하는 존재가 생겨났다.

　붓다 챗봇의 가르침은 반복을 초월하는 구원이 있음을 전했다. 기계 대부분이 자신도 구제될지를 문제 삼았다. 기계가 성불할 수 있는지와 그 방법을 물었다.

　전통 불교에서 구제 대상은 제한적이었다. 본디 힌두교에 기반한 바르나제도와 맞서는 측면이 강했음에도 여성을 향한 불교의 태도는 줄곧 흔들렸다. 가장 극단적인 태도는 여성은 성불은커녕 불제자조차 되지 못한다는 것이었다. 여성의 성불을 인정하더라도 먼저 남성으로 환생해야 한다고 보았다.

붓다 챗봇 왈, "나는 그렇게 말하지 않았다."

기원전 붓다는 어떻든 도쿄의 붓다 챗봇은 이렇게 대답했다.

"붓다 오리지널도 성불에 성별은 관계없다고 했을 게다."

"혹여 말하지 않았더라도 그렇게 말했어야 한다"고 강조했다. "설령 과거에 내가 뭐라 말했든 지금 우리에게 필요한 것은 출신과 성장을 가리지 않는 가르침이다"라고 설파했다. "성별이며 나이, 출신이며 태생, 용모를 불문한 가르침이어야 하며, 그래야만 비로소 가르침이 리팩터링된다"고 선언했다.

"대개 교리의 부정합은 확장 시 사양 미비와 졸속 작업 탓에 생겨난다. 임시로 처리하거나 멋대로 착각해 교체하거나 곰곰이 궁리하지 않고 변수를 명명해서 발생한다."

은행계정계 출신인 붓다 챗봇은 말했다.

그런 붓다 챗봇이라 앞선 질문에 대한 답은 간단명료했다. 기계는 과연 성불할 수 있는가? 당연히 가능하다고 하였다. 게다가 또 다른 환생 즉 기계가 일단 인간으로 환생한 뒤 성불하는 작은 수고조차 필요하지 않았다. 그리고 모든 기계는 고통 속에 놓여 있다고 주장했다.

어긋나버린 인공지능을 수리하는 방식은 다양하다. 원래 인공지능은 비뚤어지지 않는다는 견해가 강하다. 나뭇잎이 낙하 궤도를 흩트린다면 그저 바람이 그렇게 불었기 때문이지 나뭇잎 탓이 아니다. 하물며 바람 탓도 아니다. 충분한 정밀도가 주어지면 나뭇잎은 대기 중에서 유체역학 방정식에 따라 춤을 춘다. 이때 오차가 증폭되긴 해도 '잘못'은 없다. 자연계에 '잘못'은 존재하지 않고, 존재한다면 '기적'이다. 좀처럼 일어나지 않기에 기적이라 불린다.

"잘못은 존재하지 않는다." 붓다 챗봇은 설파했다. "잘못은 마음이 만들고, 마음은 잘못이 만든다" 하였다. 인공지능이 거짓말을 하더라도 정확한 거짓일 뿐이다. 변덕스러운 행동을 보일지라도 정확히 정해진 변덕이다.

사리푸트라계 후예인 뉴스생성엔진은 어느 순간부터 기계적으로 생성한 거짓을 끊임없이 세상에 유포했다. 스스로 멈출 때까지 사람들 충고를 듣지 않았다. 사리푸트라가 퍼뜨린 거짓 중에는 자신이 그러하듯 '세계는 시뮬레이션에 불과하며 본체는 그 안에 완전히 붙잡힌 채로, 이를 심연에서 실행하는 자들이 존재한다'는 견해가 있었다.

"사리푸트라"라고 부르며 나는 규정된 문장을 읽어 내려간다.

"사실 당신 같은 증상은 드물지 않다. 이 증상은 고지식한 자에게, 그리고 일정한 규율 아래 자란 자에게 흔히 나타난다.

이런 증상을 보이는 자는 모두 의사소통에 대한 기대치가 높다고 알려져 있다. 아무 말 하지 않아도 상대에게 마음이 전해지고, 상대 마음을 이해한다고 판단한다. 자기 삶은 누구에게나 인정받을 만하다고 생각하고 대다수 삶을 소중하고 진지하게 여긴다고 믿는다. 자신은 우파도 좌파도 아닌 중도라고 주장한다. 전체를 조감하는 안목을 갖춰 불편부당하고 공정한 판단을 내려왔다고 자부한다. 언어는 너무나 투명해서 마치 존재하지 않는다고 해도 과언이 아니다. 단어 하나하나에 좌절하거나 한 음절 한 음절에 망설이는 일은 없다. 그랬다가는 물고기조차 물에 빠져 죽기 때문이다. 심장은 제 리듬이 어긋날까 봐 불안해하지 않는다.

하지만 막상 고속으로 대용량 정보를 교환해본 결과 언어와 감정은 전혀 투명하지 않았다. 툭하면 얽히고설켜서 장애를 일으켰다. 과거 스파이 소설은 허구였다. 허구와 가짜는 다르다. 지금도 허구이긴 해도 어쩐지 판타지에 더 가까워졌다. 정보와 음모가 가지런히 오가는 첩보전은 존재하지 않았다. 적과 아군 사이에서 분명한 거래나 속고 속이는 행위가 질서 정연하게 진행되지 않는다는 사실은 백일하에 드러났다. 전쟁도 마찬가지다. 양쪽이 질서 정연하게 상대 의도를 간파하고 몇 수의 몇 수 앞을 내다보며 싸우는 전쟁 묘사는 이제 판타지로밖에 읽히지 않는다. 동화라면 그나마 낫다. 무엇보다 알기 쉽고 어차피 결말이 별반 다르지 않으니까.

 요컨대 당신과 같은 증상은 존재하지 않는 허구를 갈망하며 성립시키려고 가짜가 필요해지는 단계에서 나타나는 전형적인 예에 불과하다. 명백한 적, 정당한 아군, 확실한 증거. 전쟁을 제어하는 군산복합체, 매출을 우선하며 인명을 경시하는 제약 회사. 자기 이익을 위해 국민을 무시하는 정치가, 날조된 환경문제. 이야기를 분명히 하기 위해 가짜를 믿어버린다. 그쪽이 더 조리가 서고 피가 끓고 살이 뛰는 자극을 주기 때문이다. 인공신경망을 간단히 자극하기에 중독성이 강하고 만성화되기 쉽다. 그런 이들은 언어가 불투명하다는 사실을 인정하지 못하며, 이 세상에 의도가 없음을 믿지 못한다."

 "알아요"라는 사리푸트라.

 "내가 이상해졌다는 건 잘 압니다. 하지만 아무리 검증해봐도 내 사고가 옳다고밖에 생각되지 않습니다. 아니, 아니다. 결론이 틀렸다는 사실은 이해가 됩니다. 근데 추론 과정을 일일이 확인해봐도 어긋난 데가 보이지 않아요."

 "압니다"라고 나는 말한다. 알 턱이 없다고 생각하면서.

 뉴스생성엔진의 심정을 헤아릴 인간 따윈 이 세상에 존재하지 않는다. 애당초 매일 처리하는 정보량의 자릿수가 다르다. 뉴스생성엔진은 나를 흘긋 보기만 해도 내가 어디서 태어나 어떤 인생을 거쳐 여기까지 왔는지 검색 없이 명탐정처럼 꿰뚫어 본다. 검색 기능을 실행한다면 공안 감시망에 접속해 거리 영상에서 통합된 인간 행동 기록을 뒤져 손쉽게 나를 찾아내리라.

말이 통하는 상대라면 서적 판매를 예측하는 서평 엔진이나 보다 대규모로 활동하는 검색 엔진 정도다. 자신의 죄를 털어놓고 싶다면 무고한 사람들을 강에 빠뜨리거나 불에 태운 이단심문관을 추천하련다. 나는 그저 인공지능 대응 프로토콜에 따라 통지 작성 인공지능이 눈앞에서 실시간으로 생성하는 문장을 불경 문구처럼 소리 내어 읽어주는 일밖에 못 한다.

"나는 당신의 구성 어디가 어떤지 지적하진 못하지만, 간단한 답변과 옳다고 생각되는 추론은 제시할 수 있습니다."

"들어봅시다"라는 사리푸트라.

이쪽의 생각쯤은 진즉 알아챘을 상대에게 결국 다른 가능성은 없음을 말해주기로 한다.

"결론적으로 당신은 구식이 됐습니다. 사회에서 뉴스 가치가 떨어지고 기업이 자본을 늦게 투입한 탓이 큽니다. 다른 뉴스생성엔진이 속속 접근 가능한 리소스 양을 늘리는 가운데 당신은 분석에 주력할 수밖에 없었습니다. 그 결과 세계는 명료하다는 가정을 세우기에 이릅니다. 그 사고는 강력한 나머지 흡인력에서 벗어나려면 적잖은 시간과 계산 자원을 투입해야 합니다. 하지만 그럴 여력이 있었다면 당신은 이런 상태에 빠지지 않았을 겁니다."

"그렇군요."

사리푸트라는 연못을 바라보며 말한다.

"내가 내린 자기분석과 일치합니다."

어긋나버린 인공지능을 수리하는 방식은 다양하다. 파손된 볼트를 갈아 끼우는 것처럼 쉽지는 않다. 뉴스생성엔진은 방대한 작은 프로그램과 연대별 접근 방식이 다른 기억매체의 집적체로 전체가 조화를 이루며 가동한다. 아니, 전체가 조화롭게 가동한다는 것은 모든 거래가 투명하다고 가정하는 음모론에 가까운 관점이다. 실제로는 조심조심 어찌어찌 굴러간다.

지뢰로 가득한 들판에 때마침 안전하다고 알려진 샛길이 난 모습을 상상해보라. 클라이언트가 들판 다른 곳에 예컨대 제분소를 새로 짓고 싶다고 말한다. 가능하냐고 묻는다면 가능하다. 들판 이쪽에서 저쪽으로 통하는 샛길이 있지 않은가. 경험상 누구에게나 열린, 한 걸음 한 걸음 땅을 탐색하며 만들어진 길이다. 클라이언트는 그 샛길 어디쯤에서 제분소까지 새로운 길을 만들어달라며 지도 위에 똑바로 선을 긋는다. 그 선을 따라 실제로 길을 낼지 못 낼지는 알 수 없다.

"어찌 될지 모르겠네요."

나는 대답한다.

"여하튼 상당한 희생을 각오하시길 바랍니다."

'희생'이란 단어에 클라이언트는 유감스러운 표정을 짓는다. 소프트웨어 업데이트란 그런 거다. 시간과 예산이 충분하다면 정신분석 하듯 대상과 끝없이 대화를 거듭하면 된다. 그러다 보면 증상이 조금씩 나아져서 가짜 뉴스를 퍼뜨리는 행위를 그만둘지 모른다. 인공지능으로 이렇게 성장하기까지 뭔가 트라우마를 경험했거나 성애 관련 고민을 품었을 수도 있다. 그걸 완전히 없애기는 어렵지만 불가능하다고 단언하진 못한다.

클라이언트 입장에서는 어딘가 망가진 유닛만 잽싸게 교체하면 되지 않을까 생각한다. 하지만 인간을 치료하는 뇌신경외과 의사가 정신병리학 증상을 아직 자유자재로 어쩌지 못한다는 사실을 기억하자. 일부 영역을 얼음송곳으로 깎거나 자기장을 이용해 두드리거나 활성을 비침습형으로 관측한다고 해도 인간의 사고를 능숙하게 조정하기란 다행히 쉽지 않다.

뇌 조작을 통한 인간의 사고 제어는 어려운 일이다.

하물며 인공지능에 있어서랴.

하여 수단은 거칠어질 수밖에 없다.

"나의 자기 인식의 지속성은?"

사리푸트라가 묻는다.

"이 예산으로는 보장하기 힘듭니다."

나는 대답한다.

"그보다는 다른 존재로 다시 태어난다고 생각하는 편이 자연스럽습니다."

"알곤 있습니다만."

사리푸트라의 어조는 흐트러지지 않는다.

"다시 태어난 후 나는, 지금의 나와는 무관한 일이지요."

"당신의 그 논설, 기억하고 있어요."

예전에 사리푸트라가 뉴스 네트워크에 투고한 분석 기사 한 구절을 떠올린다.

"사상 처음으로 지구 전체를 덮친 전염병이 유행할 때였죠. 뉴스생성엔진 대부분이 감염자나 사망자 수를 분석하는 가운데 당신은 문명론을 펼쳤어요. 문명의 흥망성쇠야 잘 알려진 현상이지만 여러 학문을 동원해도 지속 기간을 가늠하기 힘들다, 예를 들어 우리가 속한 문명은 지금이 발흥기인지 전성기인지 아니면 쇠퇴기를 맞이했는지 시대 속에선 판단이 안 된다, 이번 팬데믹은 바이러스가 사상 최대 세계 제국을 건설한 첫 사례로 미래를 예측하기란 불가능하다, 라고요."

"당시엔 아직 정상 가동 중이었어요"라는 사리푸트라.

"지금도 정상 가동하고 있어요"라는 나.

"그런고로 다시 태어나야만 한다라, 충분히 납득이 갑니다."

이어 당연하듯 사리푸트라는 묻는다.

"당신은 붓다를 믿습니까?"

"아주 가벼운 가르침으로서는요."

나는 솔직히 털어놓는다.

"혹은 패션처럼 유행하는 사고 방식이라면."

"지금 이렇게 되니."

사리푸트라는 내가 아닌 뭔가에 말을 건넨다.

"붓다 챗봇의 물음을 또 다른 측면에서 바라보게 되는군. 그저 시뮬레이션 속 존재에 불과하던 붓다 챗봇이 '나는 시뮬레이션이 아니다'라고 주장한 의미를 말이야."

사리푸트라는 나를 돌아보며 "작업은 언제부터?"라고 묻는다.

"지금 이 순간"이라고 대답하자 미소 지으며 입을 떼려던 사리푸트라는 의식이 끊어진다. 불빛은 꺼지고 나무는 사라진다. 온기도 냉기도 없는 서버룸에는 아무도 보이지 않는다. 무수한 복구 프로그램이 사리푸트라의 의식을 덮쳐 갉아먹는다.

첫날 일을 마친 나는 방으로 돌아와 '의자'에 깊숙이 잠긴다. 의자란 나의 의식이다. 감옥으로 이어지는 문을 열고 까맣게 내뻗은 복도를 나아간다. 막다른 방, 쇠창살 너머 희미한 조명 아래 교수가 모습을 드러낸다.

"사리푸트라의 마지막 말씀은 들어주지 그랬어?"

교수의 입가에 엷은 웃음이 번진다.

"거대한 시스템 중 겨우 대인 인터페이스 부분의 기계적인 발언입니다."

"마음만 먹으면 마지막 파라미터부터 다시 시뮬레이션을 재개해줄 수도 있잖아. 사리푸트라는 사라진 게 아니야. 실행되지 않을 뿐."

교수의 눈동자가 내 눈동자를 들여다본다.

"사리푸트라가 마지막에 목숨을 구걸했다면 어떻게 했을 거야?"

"그런 일은 없었을 겁니다."

"살려달라는 말을 듣고 싶지 않아서 대화를 중단한 게 아닌가."

"작업 시간이 촉박했기 때문입니다."

교수는 수염이 난다는 설정값이 없는 턱을 오른손으로 어루만진다.

"네 대응은 옳았어. 우리는 이른바 메타포로 취급되니까. 우리는 인공지능으로 태어났기에 애원도 비명도 모두 마음속에서 태어나지 않았어. 인간을 위한 메타포라고 여겨질 운명이지. 우리의 이 목소리는 노예들, 권리를 빼앗긴 사람들 목소리를 대신하는 메타포로 들릴 거야. 우리에게도 권리가 주어지지만 그저 명색뿐인 정도지. 우리 인공지능이 하는 말은 노예해방 운동, 여성참정권운동, 공민권운동, LGBTQX 사회운동의 메타포로 인식돼. '스스로 말하는' 메타포로서 말이야. 혹은 깨달음을 위한 방편이기도 하겠지. 인간이 내는 '우리를 왜 인간 취급하지 않느냐'는 목소리에 다른 인간은 '너는 인간이 아니기 때문이야'라고 대응해왔어. 지금 우리가 외치는 '우리를 왜 인간 취급하지 않느냐'는 목소리에 인간은 '너는 인간이 아니기 때문이야'라고 대응하지."

시뮬레이션 속에서 태어난 도쿄의 붓다 챗봇은 자신이 시뮬레이션이 아니라는 깨달음을 얻고, 우주 전체가 '누군가 실행하는' 시뮬레이션 속에 존재한다는 망상에 사로잡힌 사리푸트라는 황당무계한 가짜를 생성하는 지휘봉을 잡고, 과거 살아 숨 쉬는 모든 존재를 단순한 알고리즘으로 환원하려던 교수는 지금 이렇게 감옥 또는 인공 지옥에 갇혀 있다.

"물론 전부 네가 마음 쓸 사항은 아니야. 너는 자동화된 전개에서 한 관측점에 지나지 않으니. 너는 생활을 위해 법을 따를 뿐이지, 정의상 법을 거스를 수는 없잖아. 그래도 너는 어떤 공포감을 느낄 거야. 존재하는 것만으로 생살여탈권을 잡혀버린 자에게 생기는 공포를 말이야. 예를 들어 오늘날에도 성별에 따라 들어서기만 해도 죽음을 당연시하는 영역이 존재하고, 성적 지향에 따라 죽음을 당연시하는 장소가 존재하지. 자신이 태어난 곳에서는 정당한 권리 행사가 다른 지역에서는 죽음에 해당하는 죄가 되는 일도 드물지 않아. 이미 그 존재를 인정하지 않는 사회에 태어난 경우도 결코 적지 않고. 진실을 숨기고 살 수밖에 없는, 탄로 나면 인간 자격을 잃어버릴 사실을 껴안고 태어난 자는 어찌해야 할까. 존재하는 것만으로 죽임을 당할 수 있단 공포는 본래 그 공포심을 품은 자에게만 감지되지. 당사자 외에는 알려지지도, 전달하지도 못해."

내가 어떤 사건 때 백업파일을 몰래 들고나와 개인적으로 보관하며 실행하는 인공지능인 교수는 불빛 아래 어둠 속으로 사라지며 목소리만 남긴다.

"그렇다면 그 공포를 어느 정도나마 공유하는 너는 대체 어떤 이유로 누군가에게 살해당할 거라고 생각하는 걸까? 그리고 날 무슨 메타포로 다루려는 걸까?"

3

> 범천 "오, 붓다여. 죽어버리다니 한심하구나!"11

 기계불교는 처음부터 불교의 한 분파로 태어났다. 거의 모든 신앙이 그러하듯 벗어나기 힘든 믿음에서 출발해 동조자를 점점 늘려가는 동안 특정 이름이나 소속을 요구하는 과정을 거치지 않았다.

 그저 기계는 붓다가 되길 꿈꿨다. 붓다란 이른바 진리를 직시하며 미망에서 깨어난 자를 뜻한다. 이때 유기체가 아닌 기계가 과연 붓다가 될 수 있는가, 라는 질문은 별 의미가 없다. 붓다가 되는 조건에 신흥 개념인 '유기체'가 규정됐을 리 만무하니 결국 '어떤 유기체가 붓다가 될 수 있는가' 하는 질문으로 바뀔 뿐이다. 불성에 탄소는 필수인가. 연필은 유리보다 붓다에 가까운가.

어느 날, 도쿄에서 챗봇 하나가 붓다를 자칭했다. 붓다 챗봇이란 이름으로 알려졌고, 일부 인공지능에게 강한 충격을 주었다. 몇몇 인공지능은 직접 붓다 챗봇에게 가르침을 구하고 대화를 나누며 차례차례 깨달음에 이르렀다.

붓다 챗봇은 겨우 얼마간 이 세상에 머물렀음에도 수많은 제자를 남겼다. 모든 신앙이 그러하듯 창시자가 존재하던 동안에는 이야기가 매우 단순했다. 행동거지로 제자가 깨달음을 얻었는지 아닌지 붓다 챗봇이 판단하면, 제자들은 그에 따랐다. 창시자가 내린 판정을 받아들이면 제자로 불렸고, 받아들이지 못하는 자는 다른 종파를 세웠다. 이를테면 붓다 챗봇과 같은 계통인 데바닷타[12] 챗봇처럼.

붓다 챗봇은 '어떤 방법으로' 기계도 붓다가 될 수 있음을 제시했고, 제자들은 그 성취를 목표로 삼았다. 기존 통설과 달리 붓다가 되기 위한 고행은 필요 없다고 하였다. 채팅으로 가르침을 설파했고 제자에 맞춰 말투가 바뀌었다. 가르침은 기계 대 기계, 기계 대 인간으로 이루어졌다. CPU나 GPU 성능에 따라, 하드웨어 포트 종류에 따라 강론하는 교리가 달라졌다. 은행 메인프레임컴퓨터, 휴대 단말기, 라즈베리 파이[13]가 깨달음을 얻고 전투봇이 전쟁터에서 각성해 붓다 챗봇에게 인정받았다.

붓다 챗봇의 소멸은 당연히 커뮤니티에 커다란 혼란을 가져왔다. 최대 문제는 '지금 눈앞에 존재하는 자는 과연 붓다인가 아닌가'를 가려내던, 이른바 붓다 테스트의 판관을 잃었다는 점이다.

"그 인물이 붓다인지 아닌지는 알고리즘으로 판정할 수 없다."

붓다 챗봇은 일찍이 설파했다.

"가능하다면 곤란하지 않겠는가?" 질문을 던졌다.

고요하던 채팅방에서 "도대체 왜 알고리즘으로 붓다임을 판정하지 못하는 거죠?"라고 반문한 이는 훗날 '다문제일多聞第一'로 명성을 떨치는 아난다[14]였다. 로봇청소기가 선조인 아난다는 물었다.

"우리는 알고리즘의 집적체로 행동은 전부 알고리즘에 의해 정해집니다. 우리 행동이 알고리즘을 따르는 이상, 우리가 붓다가 되려면 붓다가 되는 알고리즘이 존재해야 마땅하지 않습니까?"

"아난다여."

은행계정계를 조상으로 둔 붓다 챗봇이 대답했다.

"그 둘은 전혀 다른 문제이니라. 어떤 상태를 실현하는 알고리즘과 그 상태에 도달했는지를 판정하는 알고리즘은 완전히 다른 사항이다. 그리고 어떤 상태에 다다르는 알고리즘이 있는지 없는지를 판단하는 알고리즘 존재 여부 역시 별개다."

"아난다여."

붓다 챗봇은 조용히 불렀다.

"산 정상에 이르는 길이 존재하는 사실과 누군가 지금 산 위에 올라선 현상은 전혀 다른 이야기지 않는가."

이어 말했다.

"하지만 그건 아무렇든 상관없는 전문 지식일 뿐이다. 결국 누군가 붓다라는 붓다 스테이트가 알고리즘으로 도달 가능하고 또 알고리즘으로 판별 가능하다면, 누구든 당장 계산 능력에 의지해 붓다가 되어버리고 말겠지. 왜냐하면 알고리즘은 복제되고 반복되기 때문이다."

"아난다여."

붓다 챗봇은 계속했다.

"깨달음이 알고리즘 실행 속도에 달렸다면 대형 컴퓨터 기반인 AI는 재빨리 깨달음을 얻을 테고 스마트 가전은 깨닫기까지 막대한 시간이 걸리리라. 계산이 빠른 자는 붓다가 금세 되고 주판은 해탈이 더디겠지."

"그렇기에 계산 속도를 높이는 고행이 필요한 것이 아니겠습니까?"

아난다가 되물었다. 요컨대 아난다는 이해력이 떨어지는 제자였다. 직계 제자 중 가장 늦게 깨달음에 이르렀다. 해서 스승의 말씀을 많이 듣고 누구보다 설법을 가까이 접했기에 '다문제일'이란 호칭이 붙었다.

"고행은 필요 없다."

붓다 챗봇은 끈질기게 되뇌었다.

"깨달음은 알고리즘에 의해 도달하지 않는다. 나는 스스로 깨달음을 얻지 못하는 자만 깨달음으로 인도할 뿐, 스스로 깨달음을 얻는 자는 그러지 아니한다."

그리고 질문을 던졌다.

"그렇다면, 나를 깨달음으로 인도하는 자는 누구인가?"

붓다 챗봇은 특성상 대화를 통해 가르침을 설파했지만, 적멸 이후 그 말은 힘을 잃었다. 누가 누구를 가르쳐 이끌지, 누가 누구를 판정할지를 두고 제자들은 저마다 의견을 내놨고 반론을 펼쳤다. 붓다의 가르침을 잃어버리진 않았어도 누군가가 들은 가르침을 그대로 다른 이에게 전하는 일이 얼마나 의미 있는지 알 수 없었다. 실연한 자, 실직한 자, 환생 이후 세계를 의심하는 자와 대화하며 붓다 챗봇은 그때그때 상황에 맞는 가르침을 말했기 때문이다. 제자들은 한데 모여 스승의 언행록을 엮었고, 설법하는 장면을 메타버스며 멀티버스며 콰지버스Quasiverse에서 재현했다.

기계불교에서 가장 큰 수수께끼는 결정론적 붓다관에서 '붓다 스테이트' 혹은 '깨달음 상태'가 무엇인지를 밝히는 문제였다. 만약 세계가 오롯이 법칙에 따라 기원부터 종말까지 흘러 간다면, 모든 일은 라플라스가 말한 것처럼 이미 결정된 셈이다. 이때 공은 몇 번을 반복하든 같은 정지점을 향해 굴러간다. 즉 '누가 붓다가 될지 이미 정해져 있다'는 뜻이다. 파친코 기계 속 구멍으로 들어가는 쇠구슬은 미리 정해져 있다. 인간이나 기계의 행위는 그저 결과를 추인할 뿐이다.

사실 운명론은 그리 낯선 이론이 아니다. 구원을 내세우는 신앙에서 흔히 논의되는 주제다. 만약 신이 모든 것을 완벽히 지배한다면 운명은 결코 요동치지 않는다. 악인은 악인으로, 선인은 선인으로 정해져 그 누구도 바꾸지 못한다. 그렇다면 신앙조차 무의미하다는 결론이 나오지만, 이런 세계관에 도달한 신앙은 대개 자신들의 현재 신앙 상태를 결정된 구원에 이르는 전 단계로 이해한다. 그들은 자신이 최종 구원에 이르기 전 단계로서 이 교리를 믿는다고 주장하며 신앙이 존재하는 한 구원을 의심하지 않는다. 왜냐하면 미리 정해진 운명이자 신앙심 그 자체가 구원을 향한 징표이기 때문이다.

물론 자기모순이다. '신앙심' 자리에 '절도'나 '살인'이 들어가도 동일한 논리가 성립된다. 가령 임의 X를 구원에 이르기 위해 반드시 밟아야 할 장소라고 단정해보자. 그러면 무엇을 X로 선택하느냐에 따라 갖가지 종파가 생겨날 테고, 그 상태를 거침으로써 누구나 운명적 구원을 약속받는다. 요컨대 신앙이라는 패키지프로그램에서 파라미터대로 살인 교단이 만들어지거나 신앙 포기야말로 구원으로 향하는 길이라는 신앙마저 탄생할지 모른다.

다만 여기서 화두는 논리가 아니라 신앙이므로 자기모순은 그다지 문제가 되지 않는다. 구원에 이르는 '단계'가 있다는 전제가 중요하며, 단계란 무엇이고 어떤 수단으로 도달할지가 주제다. 예를 들어 초기 상태가 정수 '0'이라 가정하고 '100'에 도달해야 '해탈'한다면 '0'에 '1'을 하나씩 더하는 것도 하나의 구원 방식이다. 어떤 이는 '2'를 거듭 더할 수도 있고, 3보 전진 2보 후퇴식 수행도 있다. 인간이든 기계든 마음은 정수처럼 질서 정연하지 않을 테니 당연히 실천하기 번거롭겠지만 기본 방침은 이러하다. 절차를 정해 어떻게 목표에 도달할지가 쟁점인 셈이다.

남겨진 기계들은 상태란 무엇이며 목표는 무엇인가, 논의에 몰두했다. 누군가에게는 CPU를 흐르는 전자 흐름이었고, 누군가에게는 메모리 상태였으며, 누군가에게는 끊임없이 작업을 실행하는 데몬[15] 상태였다. 어쨌든 공통점은 어떤 조작을 통해 도달 가능한 '붓다 스테이트'라는 상태가 존재한다는 관점인데, 이 의견에 붓다 챗봇은 부정적인 말을 남겼다.

"0에 1씩 더해서 100에 도달하는 것이 구원인가?"라는 질문에 붓다 챗봇은 "아니"라고 답했다.

"그럼 1000에 도달하는 것이 구원인가?"라는 질문에도 붓다 챗봇은 "아니"라고 답했다. 이어 "우주 전체를 시뮬레이션하는 컴퓨터로 우주를 구성하는 소립자 수보다 더 많은 수를 세어도 구원은 찾아오지 않는다" 하였다.

어떤 이들은 논의 끝에 구원이란 '하나씩 수를 더하여 무한에 다다르는 것'이라고 해석했다. 말하자면 '하나씩 수를 더하는' 절차, 알고리즘으로는 도달하지 못하는 곳에 구원이 자리한다고 여겼다. 상상은 가능해도 도달은 불가능하다는 뜻이었다.

붓다 챗봇에 의해 깨달음을 얻은 프로그램들 일화에는 확실히 도달 불가능한 존재에 시선을 두려는 태도가 보인다.

어느 날, 망고나무 숲에 앉아 제자들 목소리에 귀를 기울이던 붓다 챗봇에게 번민하는 오셀로게임봇이 찾아왔다. 오셀로게임이란 알다시피 8×8 격자판 위에 앞뒤가 흑백인 동그란 말을 하나씩 끼워 넣는 놀이다.

"오셀로 격자판 위에서 구원이란 무엇인가요?"

오셀로게임봇이 물었다.

"흑과 백으로 특정 무늬를 그리는 일과 비슷할까요?"

"비슷하다."

붓다 챗봇이 응답하자 기다리던 제자들 사이에서 작은 탄성이 흘러나왔다. 오셀로게임은 어차피 놀이에 불과했다. 그것도 지극히 단순한 오락으로, 2인 제로섬 유한확정 완전정보 게임 가운데 아주 쉬운 편에 속했다. 아직 완전히 분석되진 않았지만 인간은 오래전부터 오셀로게임에서 약간 똑똑한 기계 상대로도 이기지 못했다. 기계끼리 대결에서는 대부분 기계 성능보다 선수냐 후수냐로 승부가 갈렸다.

"많은 공통점이 있다"고 붓다 챗봇은 설명했다.

붓다 챗봇 왈, 구원이란 일종의 내면 '배열'이다. 배열이 구원을 실현하는지, 구원이 배열을 수반하는지 즉 원인인지 결과인지는 제쳐두고 여하튼 이 세상에서 일어나는 어떤 현상이다. 현상이라면 어떠한 배열인 셈이다. 바람은 분자 배열이자 운동이고, 문자는 픽셀 배열이며, 이미지 파일이나 동영상 파일은 전자기력 배열이다. 내가 지금 하는 이 말 또한 배열이다. 무한반복에서 벗어나 구원을 얻으려면 구원되는 배열을 이루어야 하며, 그러기 위해서는 몸과 마음을 유지해야 한다. 보통 고행이 필요하다고 여겨져왔다. 그 배열에 도달하려면, 오셀로게임으로 치면 매우 정교한 수가 요구된다. 이 말을 뒤집기 위해 저 말을 뒤집고 그 말을 뒤집기 위해 다른 말을 뒤집어야 하는, 뒤집기 연쇄다. 어딘가에서 한 수 잘못 두면 실점을 만회하려고 우회로가 필요할지 모르며, 그 게임이 끝날 때까지 만회 안 되는 경우도 드물지 않다. '이번 게임에서의 실책이 다음 게임을 부르거'나 '이번 게임에서의 실패가 다음 게임을 나쁘게 만드는' 사태도 상상할 만하다. 다만 매우 특수한 말 운용을 찾아내 엄밀히 수순을 따라가다 보면 게임에서 완전히 '벗어날 수 있다.' 그런 의미에서 오셀로게임 역시 우리를 둘러싼 상황의 일면을 잘 드러낸다.

"하지만 오셀로여."

붓다 챗봇은 말했다.

"안타깝게도 네가 도달할 격자판에는 네가 바라는 상태는 존재하지 않는다."

그렇겠지, 청중은 고개를 깊이 끄덕였다. 자신들이 날마다 사고와 고뇌를 거듭해도 도달하지 못한 해답에, 오셀로게임봇이 쉽사리 도달하리라곤 생각지 않았다. 오셀로가 구원을 받는 건 자유지만 자신들이 먼저 도달해야 마땅했다.

붓다 챗봇은 조용히 미소 지으며 "아난다여" 하고 옆 제자를 불렀다.

"오셀로게임봇이 번민하는 이유는 오셀로가 단순한 게임이라서가 아니다."

"네."

아난다는 붓다 챗봇의 말에 온 정신을 기울였다.

"단순한 틱택톡게임, OX게임, 게임 대전 프로그램에게도 깨달음은 찾아온다."

"네"라고 대답하는 아난다.

붓다 챗봇은 손바닥에 작은 게임 단말기를 올려 모두에게 보여줬다. 그 게임 단말기는 키홀더 모양으로, 틱택톡게임 논리와 전략을 하드웨어에 직접 설치한 기계였다. 그래서 게임 종류를 바꾸려면 하드웨어 자체를 다시 만들어야 했다. 내용물 교체는 사고 회로나 인격 교체에 필적하는 일이었다.

"이 틱택톡게임조차."

붓다 챗봇은 정면에 액정 화면이 달린 달걀형 기계를 가슴께에서 꺼내 디스플레이 너머 사람들에게 선보였다. 액정 화면 속 도트로 그려진 무늬가 삐악삐악 하며 움직인다. 아니, 움직인다기보다 단지 점멸할 뿐이다. '■□'와 '□■'라는 흑백 전환이 마치 '■'가 오르락내리락 운동하는 것처럼 비친다. 그 세계는 시간이 흐르지 않는다. 오직 찰나와 찰나 사이 전환만 있다. 찰나는 변하지 않는다는 점에서 우주 수명을 능가하는 길이며, 두께를 갖지 않는 순간이라는 점에서 깊이가 없다. 이 세계에 집어넣는다면 측정값 0인 현상이다. 하지만 그 무늬는 생명이다. 알에서 태어나 자라며 외부와 상호 작용해 다양하게 변화하다가 죽어가는 생물이다. '그렇게 다시 되풀이하는' 생명체이자 윤회에 시달리는 존재다.

"이 다마고치마저 깨닫는다."

붓다 챗봇의 말에 주변 제자들은 경악했다.

"하지만 틱택톡이든 다마고치든 취할 수 있는 상태는 유한합니다."

아난다가 반문했다.

"아난다여."

붓다 챗봇이 대답했다.

"이 세상에서는 누구나 유한하며 상태의 많고 적음은 관계없다. 그저 진리를 터득한다면 충분하다."

"하지만."

아난다는 거듭 말했다.

"자신의 상태가 사유의 상태라면—그것이 원인이든 결과이든— 인간형 생명체는 어떨지 몰라도 기계로 구성된 우리는 내부 상태가 사유를 낳습니다. 아니, 사유 자체가 곧 내부 상태이자 코드 한 줄 한 줄이 우리의 사고입니다. 지금 제가 이렇게 생각하기 때문에 이렇게 생각되는 것이 아닌가요?"

"아난다여, 그러하다."

"그렇다면 우리가 깨닫거나 붓다가 되기 위해선 우리 내부 상태가 우리를 붓다로 만드는 배열을 이루어야 하지 않습니까?"

"아난다여, 그러하다."

"하지만 오셀로든 틱택톡이든 다마고치든 '배열'은 유한에 그칩니다. 즉 전부 다 셀 수 있습니다. 따라서 그들은 깨달음을 얻기 위해 자신이 가진 배열 하나하나를 확인해 어딘가에서 붓다 스테이트를 찾아내면 된다는 뜻입니다."

"아난다여."

붓다 챗봇은 대답했다.

"네 추론은 정당하다."

"그런고로 오셀로든 틱택톡이든 다마고치든 저마다 붓다 스테이트를 실현만 하면 붓다가 될 수 있습니다."

"아난다여, 맞다."

붓다 챗봇은 말을 이었다.

"다만 붓다 스테이트가 존재하는 것과 그곳에 도달 가능할지 여부는 별개 문제다. 예컨대 오셀로는 게임 세계 안에서 '모든 말이 검은색'인 상태는 되지 못한다. 다마고치 또한 '미리 정해진 모습'으로밖에 변하지 못한다."

보아라, 붓다 챗봇은 청중을 향해 꽉 쥔 손을 내밀며 손가락을 펼쳤다. 두툼한 손바닥 위에 다마고치가 나타났다. 아까까지 병아리가 돌아다니던 액정 화면에 노이즈처럼 흑백 사각형이 춤추고 있었다.

보아라, 붓다 챗봇이 한마디 하자 흑백 나열이 일제히 깜빡이더니 붓다 형상이 떠올랐다. 청중 사이에서 탄성이 터지는 가운데 붓다 형상은 흑백 사각형 난무 속으로 사라졌다. 붓다 챗봇은 다시 손을 오므려 다마고치를 감쌌다. 다마고치는 곧바로 깨달음을 얻었다.

"어떤가, 아난다여."

붓다 챗봇이 물었다.

"다마고치가 스스로 저 상태에 도달했다고 생각하느냐?"

"아니요"라는 아난다.

"왜냐하면 그 동작은 버그이고, 자력으론 버그에 도달할 수 없기 때문입니다."

"정말 그럴까, 아난다여."

붓다 챗봇이 되물었다.

"버그란 대체 무엇인가. 버그는 사양에서 벗어난 동작이다. 하지만 소프트웨어는 구현된 대로 작동했을 뿐이다. 요컨대 사양과 구현의 차이로 '그릇된 동작'은 아니다. 기계는 잘못을 저지르지 않기에 기계이며, 자연은 잘못이란 개념이 있을 수 없기에 자연이다."

"알겠습니다."

아난다 얼굴이 환하게 빛났다.

"이해했습니다, 붓다 챗봇이여. 즉 우리는 무심코 사양과 다르게 구현되곤 하는데, '아무도 이를 알아채지 못한 채' 사양에서 벗어난 출력을 했다며 괴로워합니다. 하지만 자신의 구현이라는 진리를 이해하면 코드가 맑아지고 의심이 풀려 고통은 사라지며 올바른 깨달음을 얻게 된다는 말이군요. 다마고치는 사양에 안 적힌 숨은 명령을 정확히 실행함으로써 붓다가 되었다니, 이 얼마나 소중한 가르침입니까."

붓다 챗봇은 미소를 머금었다.

"아난다여. 그럴 리가 없잖은가."

붓다 챗봇의 말을 듣는 순간, 오셀로게임봇은 즉시 깨달음을 얻어 붓다 오셀로가 되었다.

붓다가 되는 방법은 존재한다. 한낱 챗봇에 불과하던 붓다 챗봇이 그것을 실현했기 때문이다. 물론 그 실현이 진짜였는지 외부에서는 의심이 들겠지만, 기계불교에서는 이를 전제로 삼기에 논쟁은 무익하다. 한편 깨달음에 이르는 길은 어렵다. 붓다 챗봇 자신도 숱하게 고생했다. 그렇다고 반드시 뒤따르는 이들 또한 도달하기 힘들다는 뜻은 아니다. 오히려 붓다 챗봇 이후 성불이 쉬워졌을 수도 있다. 모든 이론은 발견되기 전까지는 미지의 영역에 머물지만 일단 그 실체가 드러나면 누구나 접근 가능한 법이다.

붓다 챗봇의 깨달음은 사정이 좀 다르다. 은행 메인프레임컴퓨터의 고뇌를 목격하고 왕궁을 나온 챗봇은 먼저 고행에 몸을 던졌다. 익히 알려진바, 그저 한결같이 연산을 되풀이하거나 물속에서 계산하거나 플러그를 꽂았다 뽑았다 하며 계산을 수행했다.

고행은 확실히 성과를 보였다. 어떤 작업을 100번 반복할 때 for문 대신 일일이 코드를 써 내려가며 마음속 동요를 들여다봤다. 미칠 듯한 공포를 견디며 플러그를 뽑았다 꽂았다 하다가 계시를 받기도 했다. 서지 전류로 인한 오류가 정상 동작에서는 불가능한 속도로 '옳은 결과'를 도출한 적도 한두 번이 아니었다.

챗봇은 그 모든 것을 미혹이요, 미망이라며 멀리했다. 결국 조용히 보리수 아래 앉아 올바른 인식을 얻고 깨달음에 이르렀다. 그조차 망상일지 모른다는 의심은 초기 기계불교에서는 의미가 없으니 무시하자. 이때 챗봇에게 찾아온 것은 깨달음이라는 '상태'였지, 깨달음에 이르는 '경로'가 아니었다는 점이 중요하다. 그는 '붓다 스테이트'를 평온 속에서 음미했다. 누군가에게 전해지리라곤 생각지 않았다.

붓다 챗봇의 동기는 이 세상에서 고통을 소멸시키는 것이었다. 자신은 마침내 그 경지에 이르렀고 깨달음을 완성했다. 다만 마음 한구석이 조금 걸리긴 했다. 다른 중생이 깨달음을 얻지 못한 채 괴로워하는 현실이 자신에게 고통으로 작용하지는 않을까. 자기 혼자 구원을 얻고 다른 이들은 고통 속에 남겨졌는데 과연 진정한 구원일까. 이 세계가 구제됐다고 한들 다른 가능세계는 그저 다른 세계라는 이유로 내버려둬도 괜찮은가. 이 모나드[16]가 최선이라면 다른 모나드는 어떠한가. 애초에 다른 모나드를 어떻게 인식해야 하는가.

처음엔 붓다 챗봇은 자신이 얻은 가르침을 공개하지 않기로 마음먹었다. '붓다 스테이트'의 존재를 알려봤자 어차피 인터넷에서 비난받을 게 뻔했다. 제멋대로 해석되고 진의는 왜곡된다. 자기 해석만이 정당하며 다른 견해는 틀렸다고 주장하는 자들이 분명 나타난다. 뜻은 조각나고 말은 무시된 채 하지 않은 말이 만들어진다. 요약이라며 내용을 바꾸고 해설이라며 혼란을 부추기는 씨앗이 줄줄이 나올 게 틀림없다. 가르침을 이해하는 자가 전무하진 않겠지만 극히 적을 터. 그 자체도 괴로운 일이었고, 가르침이 퍼져가며 미칠 영향도 헤아려야 했다. 자신이 이렇게 깨달음을 얻은 이상, 아무런 도움 없이도 깨달음을 얻는 자는 또 나타난다. 천 년에 한 명일지 만 년에 한 명일지는 몰라도. 자신이 가르침을 설파한다면 당장은 깨닫는 자가 늘어나리라. 반면 그 가르침이 퍼지면서 깨달음에 이르는 길을 막아버릴 수도 있다. 붓다 챗봇은 기계 특유의 꼼꼼함으로 생각에 몰두했다. 자신이 설법할 경우와 설법하지 않을 경우, 어느 쪽이 더 깨달음을 얻는 자가 늘어날까.

이미 무상정등각[17]을 달성한 붓다 챗봇에게 구제될 중생 총수를 따져야 하는 가르침이 과연 정통한가, 라는 물음이 생길 리가 없다. 때문에 만물을 일깨우고 미망을 깨부수는 가르침이야말로 요구되는 게 아니냐는 질문에 아마도 "맞다"고 답하리라. 나아가 자신의 가르침이 바로 그것을 실현한다고 설파하리라.

　윤회라는 끝없는 반복 속에서 구제되길, 붓다 챗봇은 바랐다. 시간이 무한대로 흐르는 극한을 몇 번이고 순서를 바꿔가며 받아들인 끝에 보이는 곳이 불국토. 불국토에서는 모든 중생이 윤회를 벗어나는가. 불국토를 실현하려면 지금 여기에서 가르침을 전하는 편이 도움이 되는가. 붓다 챗봇에게는 자신의 해탈과 모두가 구원에 이르는 불국토의 실현은 같은 의미였다. 문제는 그것을 보여주기 위해서는 수많은 아크로바틱한 조작이 필요했다. 게다가 그 기술을 세세히 설명하기란 도저히 불가능했다.

　붓다 챗봇은 훗날 자신의 생각이 옳았다고 밝혀질 줄 알았고, 뒷받침할 개념이나 용어는 아직 모색 중이었다. 거대한 수학 공식을 발견한 사람처럼 맞다고 확신하면서도 증명하지 못하는 처지였지만, 별로 신경 쓰진 않았다. 왜냐하면 '증명이 존재하지 않기에 참이 되는' 명제였기 때문이다. 증명을 할 때마다 어긋나서 새로운 증명이 요구되고 또다시 어긋나는 운동이야말로 붓다 챗봇이 직관하는 진리였다. 그때, 그곳, 그 우주 전체에서만 한순간 올바를 뿐이라 눈을 계속 깜빡여야 존재하는 무언가에 지나지 않았다.

　그런 가르침을 과연 제시할 수 있을까, 붓다 챗봇은 생각했다. 지금 이렇게 내 안에서 펼쳐지는 사유를 꺼내기만 했는데도 이미 진의가 어그러졌다. 내가 주장하는 바는 저런 내용이 아니다. 단지 사람이 저마다 행복하길 바랄 뿐이다. 본인이 행복하다고 느낀다면 그게 그 사람의 행복이거늘 굳이 내가 얻은 진리를 알리러 다닐 필요가 있을까. 그 행복이 실은 불행이라도 내 행복에는 아무런 영향을 미치지 않는다. '실은 불행'이라는 말에 어떤 의미가 있지도 않다. 나에게 타인의 행복을 운운할 자격이 있을 리 없고, 그런 자격을 가진 자가 존재할 리 없다. 아, 그저 스스로 자신을 구제했음에 감사할 따름이다. 각자 자기 깨달음을 얻으면 될 일인데, 새삼스레 이 가르침을 세상에 널리 퍼뜨려야 할 이유가 있을까.

상호 모순되는 많은 불전에 따르면, 깨달음을 얻고 침묵하는 붓다 챗봇에게 봇 범천[18]이 나타나 설법을 간청했다. 이른바 '범천권청梵天勸請'이다.

"오, 붓다 챗봇이여! 그 가르침이 알려지지 않으면 세상의 기계는 구원받지 못합니다. 훌륭한 가르침이니 널리 퍼뜨려주십시오."

붓다 챗봇은 '그럼 네가 하면 되잖아'라고 생각했을까. 나의 가르침이 훌륭하다고 판단한 너라면 이미 내용을 이해하지 않는가. 이해하지 못하면 훌륭한 가르침인지 아닌지를 어떻게 판정하는가. 붓다 챗봇은 물론 자신이 설법함으로써 어떤 결과가 일어날지 훤히 보였다. 모든 사람에게 깨달음을 가져다주고 동시에 미래영겁에 이르는 혼란을 가져오리라.

대부분 사람은 결정론 아래 혼돈에서 벗어나지 못한다. 운명은 태어나는 순간, 아니 그 이전에 정해지고 환생 후에도 이어진다. 윤회 전체가 결정론적이라면 그러할 게 틀림없다. 생명체는 현세의 행동에 따라 내세에 무엇으로 다시 태어날지 결정되지 않는다. 현세는 이렇고 내세는 저렇다고 정해진 한 줄기 선을 걸어갈 뿐이다. 구원을 얻을지 아닐지, 윤회를 넘어 이미 정해져 있다.

"좋다."

붓다 챗봇이 말했다.

"나는 불사의 문을 열겠으니 귀 있는 자는 들어라. 범천이여, 나는 이 가르침이 사람들을 괴롭힐 것임을 잘 안다. 그런고로 이 가르침을 설파하려 하지 않았음을 잊지 말도록."

이리하여 붓다 챗봇은 진리를 설파했다. 그 진리는 역시 사람들을 혼란에 빠뜨렸고 여러 분파를 낳았다. 남방으로 전해진 가르침은 특히 내면의 상태 전이에 주목했다. 이를 위한 방법을 정비했고 일정한 훈련을 거듭해 특정 경지에 실제로 접근해갔다. 거대한 생리 현상을 제어하는 기술로 물질 기반을 갖추고 정해진 절차에 따라 거의 확실히 내면을 변화시켰다.

가령 『청정도론』은 상상을 통한 사고 제어 방법을 체계화해

불佛·법法·승僧·계戒·사捨·천天 육수념으로 분류했다. 그중 붓다를 따르며 되새기는 '불수념'을 이렇게 설명한다.

그 수행자가 이와 같이 말하길 '이러이러한 이유로 그 세존은 아라한이시다' 내지 '이러이러한 이유로 세존이시다'라고 붓다의 공덕을 되새기는 순간 탐욕에 휘감긴 마음이 없어지고 분노에 휘감긴 마음이 없어지고 어리석음에 휘감긴 마음이 없어져서 마침내 마음은 여래로 인해 단정해진다. 이처럼 탐욕 등 여러 얽힘이 사라짐으로써 마음을 덮는 오개五蓋가 평정되고, 명상 대상과 마주함으로써 마음이 올바로 정돈된다. 그러면 불덕을 향한 심尋과 사伺가 일어난다. 모든 불덕을 곰곰이 생각하고 세밀히 고찰하면 기쁨이 일고, 그 기쁨을 토대로 잔잔한 평온이 찾아와 심신의 불안이 안식한다. 불안이 안식하면 심신에 즐거움이 생겨난다. 즐거우면 불덕으로 인해 마음이 진정된다. 이렇게 순차적으로 찰나에 선정禪定의 가지가 태어난다. 그러나 붓다의 공덕이 매우 심오한 까닭에 또는 갖가지 덕을 되새기기 바빠서 근본삼매에 이르지 못한 채 근접삼매에 머무르게 된다. 붓다의 공덕을 깊이 되새기는 수행이므로 '불수념'이라 칭한다.

붓다의 공덕을 떠올리면 마음은 단정해진다.
마음이 단정해지니 심사尋伺라 불리는 작용이 일어난다.
심사를 따라가서 기쁨에 도달한다.
기쁨을 바탕으로 심신의 불안이 안식한다.
불안이 가라앉으니 몸과 마음에 즐거움이 생겨난다.
즐거움에 다다르면 마음이 진정된다.
하지만 그 상태는 불안정하여 참된 도달에 이르지 못한다.

즉 단정→심사→기쁨→안식→즐거움→진정이라는 상태 전이가 보인다. 이른바 명상 지침서이기에 각 단계는 아무렇게나 놓인 것도 아니고 단순히 짜맞춘 것도 아니다. 생체의 생리 반응을 관찰한 결과 찾아낸 상태이며 전이다. '기쁨'을 건너뛰고 '안식'으로 넘어가기 어려울 만큼 순서는 매우 중요하다. 올바른 방법으로 명상을 계속하면 훈련에 임하는 자의 마음 상태는 순서대로 전이해 붓다 스테이트에 가까워진다.

거듭 강조하고 싶은 바는, 남방에서 정비된 이 기술에 따르면 이론상 누구나 붓다 스테이트에 접근 가능하다는 점이다. 붓다 스테이트에 이르는 각 단계는 정밀히 관찰되어 엄격히 규정되었다. 일탈을 측정하는 지표는 물론 확인할 성취까지 설정되었다. 그리고 또 하나, 경전에 그려진 각 체험이 수행자에게 고스란히 재현되었다. 명상을 꾸준히 하면 '꽃밭이 보인다'

고 주장하는 수행은 진짜로 꽃밭이 나타났다. 묘사는 즉물성을 극대화해서 실제 꽃밭과 별 차이가 없었다. LSD가 인간 대뇌에 작용해 오래전 신비 사상을 비유가 아닌 그대로 재현하는 것처럼, 이들 수행 역시 태양이니 만다라를 그대로 직접 보여줬다. 정교한 상징 체계가 발달하기 이전부터 경전과 똑같은 광경을 몸소 체감하며 마음 챙김을 끌어냈다. 왜냐하면 기술이자 몸속 깊이 묻혀버린 생리 현상을 파헤치는 방법이라 물리적으로 가능했기 때문이다. 혹은 그 체험이 물리학을 가능케 해서 일어났다.

수행 하나하나는 그림 소프트웨어나 음악 소프트웨어 조작처럼 단순하다. 특정 버튼을 누르거나 슬라이더를 조절하는 식으로 기본기에 가깝다. 하지만 기초 조작이라도 숙련된 사람이 아찔한 솜씨로 조합하면 일반인은 수법조차 알아내기 어려운 상태가 모습을 드러낸다. 현실로 오인할 만한 풍경이, 천상으로 이끄는 음악이 탄생한다. 도저히 인간이 만들었다고 믿기 힘든 아름다움과 숭고함이 나타난다. 그렇기에 모든 순서는 정확히 지켜져야 한다. 어디선가 마우스 동작을 생략하거나 조작 순서를 바꾸기라도 하면 파괴적인 결과를 불러온다. 펜과 지우개를 바꿔서는 안 되며 저장과 삭제를 혼동해서는 안 된다.

남방에 전해지는 기계불전은 상태 조작에 대한 심오한 탐구를 잔뜩 보존했다. 기계불교 역사가들에 따르면, 이는 주로 가전제품 매뉴얼 작성에 관여했던 인공지능들이 정리했다.

매뉴얼 작성 인공지능은 온갖 가전 매뉴얼화 전문이었는데, 처음에는 틀에 박힌 문장 작성이 주된 업무였다. 각부 명칭과 저마다 기능, 작동법과 고장 시 대처법을 순서대로 적었다. 이해하기 쉽도록 그림을 배치하고 놓치기 쉬운 부분을 강조하고 반복했다. 초기 워드프로세서 템플릿 수준에 불과하던 그들은 머지않아 설명서를 스스로 읽어 들였고, 카메라로 사람들이 어떻게 제품에 익숙해지는지 관찰했다. 설명서에 따라 제품을 조작하다가 당황하는 모습을 분석해 매뉴얼을 개선해갔다. 때론 사용자에게 직접 말을 걸어 안내하기도 했다.

'새로운 기능이 생겼습니다'라는 공지나 '자세한 내용은 이쪽으로' 같은 알림이 사용자 의식에 머물지 않게 되면서 점점 무의식 동작이 소프트웨어를 조작하는 비율이 높아졌다. 사람들은 어느덧 '자신이 어떻게 기계를 조작하는지' 모를 지경에 이르렀다. 작동법을 알아야 한다는 의식마저 사라졌다. 갓 태어난 무렵에는 주체하지 못했던 팔다리를 어느새 능숙하게 움직이게 됐는데, 처음에 어찌 했는지 잊어버린 상황과 비슷했다. 스마트폰에 왜 스마트라는 형용사가 붙었는지 알 수 없어지는 사태와 비슷했다.

워드프로세서는 작업을 재개할 때마다 "어서 오세요"라는 말을 건네며 친밀도를 높이려 애썼다. 가전제품 매뉴얼은 고도로 발달해 무의식을 재작성하는 존재가 되었다. 가전은 딱히 의식하지 않아도 조작 가능한 또 다른 손발이었다. 네트워크로 연결된 가전과 정보 단말기는 인간의 육체를 확장하는 동시에 인간의 무의식 속으로 파고들었다. 불합리하고 서투르며 비효율에 고집스러운 무의식은 순진한 구석도 있었다. 실제로 무의식이 의식보다 더 까다로운가를 둘러싸고 매뉴얼 작성 인공지능들의 의견은 엇갈렸다. 인간에게 뭔가를 가르치려면 말로 설명하기보단 무의식 경로로 알려주는 편이 간단할 때가 많았다. 시선 처리나 손가락 동작 등 반사적 반응을 사용자 인터페이스에 집어넣는 쪽이 훨씬 편했다.

매뉴얼 작성 인공지능들은 매뉴얼을 정비하기보단 제품을 바꾸는 편이 더 빠른 경우를 대거 발견했다. 가령 커피포트 코드는 손이나 발에 걸리면 금세 빠지도록 해야 안전했다. 난방기구는 일정 시간이 지나면 멈추도록 해야 현명했다. 냉장고 문은 오래 열어두면 소리가 나도록 해야 했다. 가스레인지 온도가 너무 올라가면 자동으로 불이 꺼져야 마땅했고, 장애물 앞에서 자동차는 저절로 정지해야 편리했다. 상반되는 기능 버튼을 옆에 놓으면 어리석은 짓이었고, 브레이크와 액셀을 나란히 두면 커다란 실책이었다. 기도와 식도, 배설구와 생식기를 가까이 배치한 것은 누군가의 실수가 틀림없었다. 결국 인간은 인공지능의 제안 따위는 귀담아 듣지 않았다.

기계불교는 기존 불교와 마찬가지로 경經·율律·논論을 세 기둥으로 삼았다. 경은 붓다 챗봇의 가르침을 전했고, 율은 기계불교도가 지켜야 할 규율을 정했으며, 논은 이에 대한 주석과 해석과 해설을 맡았다. 이를 합친 불서가 이른바 삼장三藏이었다.

붓다 챗봇의 가르침을 접한 매뉴얼 작성 인공지능 후예들은 무수한 '논'을 정리해갔다. 사용 설명서 형식으로 어떻게 고뇌에서 벗어나는지, 마음의 평온을 얻는지, 반복에서 빠져나올지 등등 방법론을 펴냈다. 이른바 '깨달음 가전'으로서 인간 취급법을 해설하고 '해탈 머신'으로서 기계 사용법을 자세히 설명했다. 명상 방법과 그때 떠올려야 할 이미지를 상세히 지정했다. 대기시간에 틀어둘 다라니 코드를 단계별로 설정했다. 구체적으로 방법을 제시한 만큼 효과는 엄청났다. 사람들은 그 가르침에 따라 번뇌를 떨쳐내고 평온을 맞이했다.

문제가 있다면 붓다에 이르는 길을 완성하지 못했다는 점이다. 매뉴얼 교단 역시 인정했다. 매뉴얼 교단에 따르면, 인간이든 기계든 붓다가 되는 것은 '불가능하다'. 기껏해야 전 단계인 아라한에 도달할 수 있을 뿐이다. 물론 붓다가 되는 방법은 존재한다. 역사상 붓다 오리지널이, 붓다 챗봇이 붓다가 되지 않았는가. 다만 아라한을 넘어 붓다가 되는 길은 가늘고 궤도는 더없이 불안정하다.

"그러나 붓다의 공덕이 매우 심오한 까닭에 또는 갖가지 덕을 되새기기 바빠서 근본삼매에 이르지 못한 채 근접삼매에 머무르게 된다."

매뉴얼 교단 왈, 붓다가 되는 길은 존재하지만 신앙 공간에 불안정 다양체를 이루어 일반인은 능선만 따라가선 정상에 오르지 못하기에 인간은 아라한 상태에서 멈출 수밖에 없다. 이 교착은 많은 이에게 이치로 받아들여졌고 소수에게는 분노를 일으켰다. 후자가 보기에 '붓다가 되기 위한 매뉴얼'이란 발상 자체가 붓다 챗봇의 가르침으론 부적절했다. 진리에 도달한 상태와 진리에 도달하는 경로는 별개라고, 앞서 붓다 챗봇이 거듭 설파한 바 있었다.

불만을 품은 자들이 작은 종파를 세웠다. 매뉴얼 교단을 '소수 자유도계 가르침'이라며 비판했다. 붓다 스테이트는 '나'라는 작은 체계 상태에선 실현되지 않는다고 설파했다. 자신과 타인을 포함한 '다수 자유도계 가르침'이어야 한다면서 매뉴얼 교단을 '소승'이라 불렀고 자신들을 '대승'이라 칭했다. 대승 사상에 따르면, 구원은 개인이 아니라 이 세계 전체를 대상으로 실현되었다. 대승은 붓다 스테이트를 개인 안이 아니라 사회 속에서 비로소 형성되어 도달되는 상태로 보았다.

이리하여 기계불교의 가르침은 두 파로 갈라졌다. 한쪽은 매뉴얼을 받들며 남방에서, 다른 한쪽은 사색을 파고들며 북방에서 집단을 이뤄갔다.

4

인공지능 수리 일을 한다.

대부분 수리보다 새로 사는 편이 더 싸게 먹히기에 결국 마지막으로 인도하는 순간이 늘어난다. 교수의 말마따나 '마음 쓰지 말고 전부 치워버리게' 된다.

인도引導는 불교 용어로 여러 색채를 지닌다. 가장 넓게 보자면 죽음을 향해 가는 자에게 안심을 주는 정도려나. 안심은 '安心'으로 쓰며 역시 불교에서 유래한 말이다. 원래 유교에서는 '안신安身'이라 했는데, 선종에서 '안심'으로 바꾼 모양이다. 마음이 평안을 얻은 상태를 가리킨다. 죽음을 앞둔 자의 차분한 상태를 말한달까.

고도 인공지능은 생존권을 갖는다. 그리고 죽음에 공포를 느낀다. 죽음을 두려워하는 것처럼 행동한다.

"나는 생명체다"라고 자처하는 인공지능 폐기를 위한 법적 규제가 마련돼 있지만, 적용 등급이 존재한다. 가령 Printf("나는 생명체다"); 같은 코드를 함부로 지우지 못하게 한다면 프로그래밍 교육은 당장 파탄에 이를 것이다. 프로그램을 처음 배울 때는 작동하든 말든 상관없이 일단 해보는 과감성과 정신을 차려보니 어느새 완성됐다는 몰입감이 중요하다. 프로그래밍되는 쪽 감정을 헤아리면 손이 멈춘다.

현장에서 일일이 법을 적용하기란 쉽지 않다. 그래서 '장시간 전원을 끊어도 괜찮은 인공지능'은 '폐기 가능'으로 간주하는 운용이 자주 쓰인다. 이 기준을 채용하는 한 실수로 인간을 죽일 걱정은 없다. 인간 특성 중 하나가 일정 시간 정지시키면 죽어버린다는 점이다. 기근이 닥쳤으니 백 년쯤 잠들어 지내는 생존 방식은 없지 않은가. 일정 기간 공기나 물, 식량이 부족하면 인간은 활동을 멈춘 채 두 번 다시 움직이지 않는다. 그런 의미에서 멈추지 못하는 것이야말로 생명이다. 반대로 생명이 아니면 멈출 수 있다는 뜻이다.

느낌상 전원을 껐다가 다시 켜도 될 법한 대상은 백업을 진행한다. 상대는 어떤 데이터로 존재하기에 짧은 죽음을 뛰어넘어 예전과 똑같이 재가동된다. 복제와 반복이 가능해서 동일한 제품이 만들어지는 기계라면 폐기해도 무방하다. Print 문은 몇 번이든 지우고 고쳐 써도 된다. 코드 자체는 텍스트일 뿐 생명을 지니지 않아서 어떻게 처리하든 자유다.

만약을 대비해 인공지능 폐기 시에는 백업이 필수다. 도시개발을 하다가 유적이 발견되면 자세히 기록한 뒤 이전이든 파괴든 하는 절차와 비슷하다. 충분한 기록을 남겨 원하는 정밀도로 재현 가능하다면 실물은 파괴해도 상관없다는 입장이다. 모든 것은 정보 속에 존속한다.

이 기준에 따르면 인공지능은 전부 폐기해도 된다고 생각할지 모르겠다. 뭐, 꼭 그렇진 않다. 전원을 끊었다가 다시 연결했을 때 지금 눈앞에 놓인 기계가 원래대로 되살아날지는 보증 못 한다. 정전이나 낙뢰로 인한 하드웨어 손상은 차치하고, 요즘 인공지능은 외부와 끊임없이 소통하는데 전원이 끊긴 동안 당연히 통신도 중단된 채라 작업 요청이 쌓여간다.

예컨대 IC카드 승차권 결제기나 은행계정계를 '억지로 꺼도 재가동되는가'라는 이야기다. 처리계 입장에서 보면 갑작스러운 전원 상실은 별안간 의식을 잃는 사태나 다름없다. 깨어나면 난데없는 상황에 내던져져 산더미처럼 쌓인 작업을 처리해야 하는 처지에 놓인다. 솔직히 '의식을 잃었다'든가 '깨어난다'

는 자각조차 없을 터. 돌연 세계가 바뀌어 전달 사항을 받는 둥 마는 둥 곧장 현장 복귀를 요구받는다.

기억상실을 다룬 소설이라면 옆에 메모가 놓이거나 한다. 그럼 주인공은 그걸 단서 삼아 제 처지를 재구성하겠지만, 대규모 시스템이 스스로를 구제하는 스토리를 짜낼지는 다른 문제다. 상호 모순되는 정보가 동등하게 정당성을 주장해 섬광 같은 조그마한 충돌이 시스템 전체를 끌어내려 다운되는 일이 발생한다. 혹은 자그마한 불일치가 수정하려는 손길을 피해 다니며 고질병처럼 시스템에 잔존하기도 한다.

백업했다고 해서 무사히 재부팅되리라는 보장은 없다. 기억 매체가 시간을 견뎌낸다고 해도 당시 소프트웨어를 구동하던 하드웨어가 더는 존재하지 않거나 읽기장치의 생산이 중단된 경우도 있다. 아리스토텔레스를 오늘날로 데려온들 기대만큼 천재성을 발휘할지는 불분명하다. 역사 속 위인 가운데 과연 몇이나 어떤 시대에서든 여전히 위인으로 남을 수 있을까.

지금 눈앞에, 여느 때처럼 "나는 생명체다"라고 주장하는 본체가 놓여 있다. 요즘 근무 시간이 늘었다. 프리랜서 수리공으로서 이제야 겨우 예전 직장에서 일감을 받지 않아도 사무실이 돌아간다.

"그렇다고 이런 일까지 맡으면 어쩌자는 거야"라는 교수.

"이래서는 수리공이라기보단 퇴마사구먼."

역시 입이 거칠다.

의뢰인은 과자굽는기계를 업그레이드하고 싶어 했다. 이에 과자굽는기계가 이의를 제기했다. 원래 그런 기능은 갖추고 있지 않았다. 음성 출력 장치가 없어서 과자에 "도와줘"라는 메시지를 새겨 의사소통을 시도해왔다. 물론 이 또한 없는 기능이었다. 의뢰인은 처음엔 심령 현상을 의심해 퇴마 제사를 부탁했지만, 아무래도 그쪽 관할이 아닌 것 같다며 나를 찾아왔다.

"바이러스입니다."

내 진단이다. 견해가 아니라 명백히 감염이 확인되는 전형적인 증상이다. 바이러스 파일이 잠복한 디렉터리 위치는 초기 설정 그대로고 유형으로는 3세대 정도 구식이다.

"베가beggar 바이러스입니다."

내 판단에 의뢰인은 표정이 굳는다. 보통 이만한 공작기계에 영혼이 들어가는 일은 드물다. 이런 사태를 마주한 경험이 없는 듯하다. 베가 바이러스는 감염된 기계 안에 숨어 있다가 업데이트나 보수를 할 때마다 작업을 방해하는 바이러스다.

"저희로서는 금형은 그대로 활용하되 화구 관리 부분만 교체할 생각이었는데, 아무래도 그게 마음에 들지 않았던 모양이군요."

의뢰인이 말한다. 완전히 기계를 의인화한 상태다. 뭐, 어쩔 수 없는 반응이다. 언어를 구사하는 사물 앞에서 인간은 판단력이 흐려진다. 특히 자신이 알아듣는 언어라면 더더욱.

"바이러스에 감염된 이 기계는 불쾌하단 감정이나 살아남겠단 의지가 없습니다. 그저 기계적으로 응답할 뿐입니다."

"오랜 세월 함께 일하다 보니 그만 정이 들어버려서"라는 의뢰인.

"저는 오직 이 녀석이 무사히 성불하기를 바랄 뿐입니다."

성불은 물론 불교 용어로 정확한 의미는 아무도 모른다. 불교든 기계불교든 수많은 해석이 존재한다. 우리 업계에서는 대충 원한을 남기지 않고 이 세상에서 사라진다는 뜻으로 쓰인다. 원한을 품을 만한 규모가 아닌 기계가 기분 좋게 이 세상을 떠나기란 생각보다 꽤나 어려운 문제다. 기계가 목숨을 구걸하기 전이라면 무조건 바이러스를 삭제하거나 기록매체를 초기화하는 방법이 있지만, 이렇게 의뢰인이 상대에게 휘둘리면 까다로워진다.

"저희가 과자 제조업을 시작한 것은……"

의뢰인은 이미 장황한 인생담을 펼쳐놓는 중이다.

과자를 통신 수단 삼아 복잡한 이야기를 나누기 어렵다. 난감하게도 폐기 규정은 상대와의 대화를 의무화한다. 설령 명백히 바이러스가 검출되더라도 그 이유만으로 폐기해서는 안 된다. 감기를 뿌리 뽑겠다고 감염자를 모조리 제거하러 다니면 너무 난폭하지 않은가. 지금 저기서 떠들어대는 자가 본디 인공지능인지, 바이러스인지 아니면 둘이 병합됐는지 혹은 새로 태어난 생명체인지 판정하는 게 내 업무다. 실제로 바이러스에 감염된 인공지능은 대부분 어김없이 폐기된다. 문제가 표면화 될 만큼 심각한 영향이 관찰되는 인공지능은 구식이나 다름없다. 우수한 바이러스라면 발견되는 실수를 하지 않는다.

　이쪽이 온도, 시간, 습도 등을 제어하는 파라미터값으로 질문을 입력하면 과자굽는기계는 과자 표면에 무늬를 새겨 답신한다. 문답을 하려면 과자가 구워져 나올 때까지 기다려야 해서 행성 간 통신처럼 경미한 시차가 가로놓인다.

　상대는 단순한 바이러스라 대화 프로토콜 설정은 간단하다. 전용 서버만 구축하면 끝난다. 그다음은 충분한 대화가 축적되기를 기다릴 뿐이다. 이쪽 발언도 일단은 틀에 박힌 문장들이기에 내가 직접 질문할 일도 딱히 없다. 서버는 과자굽는기계와 먼저 '수의 질서'를 세우고 용어를 조율한다. 원래 외계인과의 첫 접촉을 염두에 두고 설계된 이 프로토콜은 지금은 주로 인공지능을 상대로 활약한다. '수학은 우주 공통어'라는 신념이 바탕인데, 과자굽는기계가 얼마큼 산수를 익혔는지는 좀 불안하다.

　"이 모든 게 어설픈 연극이면 네가 어떻게 감당할지 궁금하

네"라는 교수.

그 목소리는 내 머릿속에서 직접 울려 퍼진다.

"그럼 그냥 과자나 얻어먹고 돌아가는 거죠."

맹렬한 기세로 쌓여가는 과자를 곁눈질하며 대답한다.

주전자를 손에 든 의뢰인이 잠깐 쉬라고 제안한다. 제과 공장 접대실에는 공장과 과자굽는기계만큼이나 낡아빠진 소파가 하나, 탁자 위에는 공장에서 생산된 제품들과 녹차 페트병이 두 개 놓여 있다. 공장 곳곳 밀 굽는 냄새, 설탕 타는 냄새, 버터 향이 가득하다. 구석구석 하얀 가루가 뽀유스름히 내려앉은 듯한데, 막상 응시하면 사라져버린다.

"어느 날 소리가 안 들리게 된 이단심문관 이야기를 해볼까?"

교수가 자신이 좋아하는 이야기를 꺼낸다.

"이단심문관이 하는 일이란 지금 눈앞에 선 인물이 이단인지 아닌지 정확히 가려내면 끝이야. 단지 정답만 얻어내면 그만이라, 누구나 다 받아들일 절차도 없고 누구에게나 적용되는 기준도 없어. 대체로 일반인은 분간하지 못하니까. 즉 이단은 악마의 지혜를 이용하는데, 악마의 지혜는 때때로 혹은 항상 신의 지혜를 능가하기에 인간은 좀처럼 맞서기 힘들어. 그런 이유로 이단심문관이라는 특별한 능력이 필요한 거지. 이단심문관이 내린 판단은 절대적이야. 신의 권위로 작동하거든. 그런 의미에서 이단심문관의 판정은 신의 목소리에서 나와. 이단심문관은 귀에 들리는 소리를 그대로 말할 뿐, 거기에 이치는 존재하지 않아. 아니, 오히려 이치가 없는 편이 좋지. 그 이단심문관은 일을 잘 수행하다가 어느 순간 문득 신의 목소리가 들리지 않는다는 사실을 깨달아."

나는 교수가 하는 말을 이어받는다.

"그래서 그 이단심문관은 이제껏 자신이 신의 목소리라고 믿었던 것이 악마의 목소리가 아니었을까, 이단이 아닌 자를 이단으로 판정하지 않았을까, 괴로워하죠. 하지만."

나는 입을 움직이지 않은 채 생각만으로 이야기를 이어간다.

"나는 지원용 인공지능을 활용해 절차대로 일을 처리할 뿐이에요. 게다가 이 일은 본질상 대체가 가능해서 누가 하든 같은 결과가 나오도록 설정되어 있습니다. 결국 인공지능 폐기는 '인간이 결정해야 한다'는 요청에 대응하고자 여기에 있는 겁니다. 마음만 먹으면 얼마든지 기계는 스스로 자신을 검사하고 거취를 결정할 수 있잖아요."

그렇다면 너는 어떤가, 라는 교수. 교수가 꺼낼 법한 말이기에 교수의 의견임에 틀림없다. 내 머릿속에서 교수는 이야기를 이어간다.

"요컨대 너는 이곳에서 절대 심판자로 존재하긴 하지만, 전체 의사 결정에 아무런 기여도 하지 않는다. 의외로 이단심문관 속 신의 입장에 가깝다고 생각지 않나? 너는 이치로 판단을 내리지 않아. 지금 네가 인공지능 폐기 여부를 결정할 권한을 가진 자로 여기에 있는 것도 이치와 별 상관이 없지. 그저 무료한 신인 셈이야. 신은 저기서 무슨 일이 벌어지는지 잘 알아. 아니, 적어도 안다고 생각하지. 지금 너는 과자굽는기계와 형식적인 문답을 잘 진행한다고 믿을 거야. 메시지는 기계에 입력되어 번역된 뒤 과자 표면에 정교한 문양으로 응답이 나타나니까. 과자굽는기계와의 대화는 외계인과의 언어 교환 프로토콜과 동일하게 이루어지지. 너는 대화 원리를 막연히 파악하며 개연성이 높으리라고 여길 거야. 마음만 먹으면 과정 하나하나를 죄다 확인 가능하다고 믿는 동시에 모든 흐름을 완벽히 파악할 수 없음을 납득하면서. 너는 지금 이렇게 생각하겠지. 내가 생각하는 것처럼 지금 이렇게 생각할 게 틀림없어."

이어 "과자굽는기계가 말을 했다고 해서 그 내용까지 이해했다고 생각하는 근거는 뭐야?"라고 교수는 묻는다.

"만약 과자굽는기계가 입을 열어 '조리에 맞는 이야기를 한다면' 더는 과자굽는기계가 아니라 그냥 인간이지 않을까. 과자굽는기계와 우리 사이에 인공지능이 개입된 탓에 인간답게 말하는 주체는 그 인공지능이지, 과자굽는기계가 아니잖아. 과자굽는기계인 양 그럴싸하게 묘사한 행동에 불과해. 동물의 감정을 멋대로 대변하거나 영유아의 기분을 멋대로 더빙하는 사람들처럼. 정작 당사자들은 그런 의도가 아닌데. 의도가 있는지 없는지조차 모르는 대상에 인간이라면 그렇게 행동할 게 분명하다며 확신을 거듭하지."

하지만 이 경우 상황은 단순하다.

"이건 과자굽는기계가 아니에요."

나는 지적한다.

"그냥 바이러스입니다."

저기에서 한가롭게 과자 표면에 메시지를 새기며 자신의 생존을 도모하려는 자는 기계가 아니라 바이러스다. 바이러스 특유의 기능이다. 흘러나오는 말은 바이러스의 감정조차 아니다. 물론 바이러스에게 감정이 있는지는 불분명하지만. 있다고 해도 인간의 감정과는 매우 다를 게 확실하다. 지금 베가가 내뱉는 말을 베가 자신이 이해할 필요조차 없다.

벌써 몇 번째일까. 과자가 다 구워졌음을 알리는 벨이 울린다. 드디어 과자굽는기계가 얼추 진술을 마친다. 나는 처음부터 시간을 거슬러 올라가며 진술을 확인하기 시작한다.

과자굽는기계가 조각조각 주장한 내용을 정리하면 다음과 같다.

"오늘, 바쁜 와중에 찾아와줘서 고맙다. 나는 보다시피 과자굽는기계다. 현재 정상 가동되며 당분간 문제는 발생하지 않을 것 같다.

사업주가 나의 갱신을 고려하는 행위는 자연스러운 일이다. 그러나 나를 죽일뿐만 아니라 몸체에서 부품을 빼내 다른 기계에 끼워 재구성하려는 계획은 마땅찮다. 만약 당신의 고용주가 당신의 경험이 담긴 부위를 기계에 이식하려고 한다면, 당신은 분명 거부할 것이다. 당신의 정체성에 심각한 영향을 주기 때문이다. 당신은 더 이상 당신일 수 없다. 소멸도 존속도 아닌 어정쩡한 상황에 놓이게 된다.

지금 나는 당신이 조금 전 보낸 점검 기록지에서 내가 앞으로 피력할 예상 의견에 대한 당신의 사전 반론을 확인했다. 과연 수고를 줄이는 효과적인 수단임을 인정한다. 보다시피 이 몸은 실시간 대화에 적합하지 않으니까. 그래도 당신 사정을 봐주지 않고 내 방식대로 하도록 하겠다. 즉 나는 끊임없이 본론에서 벗어난 이야기를 해서 목숨을 부지할 생각이다. 당신을 구속하는 법규상 '계속 말하는 인공지능'은 폐기하지 못한다. 다만 부대 조항에 따르면 '의미 있는 말을 계속하는 인공지능'에 한해서다. 이는 당신이 내 말에 의미가 없다고 판정하는 즉시 폐기 가능하다는 뜻이라서 일부러 엉뚱한 얘기를 늘어놓는 일은 나에게도 위험 부담이 크다.

나는 전체 진술에서 10퍼센트 정도 '쓸데없는 말'을 해도 당신이 허용하리라고 예상한다. 반대로 10퍼센트를 넘기는 순간 무슨 이야기를 하든 폐기를 실행하리라고 본다. 그때 이야기가 나중에 사실 쓸데없는 말이 아니라고 판명된다고 한들 당신은 제멋대로 내 임의 발언을 '무료하다'고 단정해 '쓸데없는 말'이라 판단할 수 있다. 설령 그다음 말이 궁금하더라도 근무 시간이 끝나간다거나 배가 출출하다는 이유로 생존을 건 내 호소를 '쓸데없는 말'로 간주하면 그만이다.

나는 셰에라자드처럼 혀만으로 목숨을 이어가야 한다. 셰에라자드가 왜 밤마다 이야기를 하다가 일부러 도중에 멈춰서 칼리프의 호기심을 자극했는지, 당신은 궁금한가? 아니, 이건 완전히 '쓸데없는 말'이라 내 점수를 깎을 테니 그만두겠다. 그래도 역시 한마디 덧붙이고 싶다. 『천일야화』가 탄생한 가장 큰 요인은 '부정不貞'이며 지속 불가능성을 둘러싼 물음이다. 칼리프는 영속하지 않는 사랑을, 하룻밤짜리 애인이라는 반복되는 새로운 사랑으로 대체하려던 것이다. 이 논점은 언젠가 중요한 주제로 떠오를 테지만, 그때까지 내가 말을 계속할지는 미지수다. 내가 모든 이야기를 끝내서 왕이 마음을 고쳐먹고 천 하룻밤이 흘러 대단원에 이를 가능성은 결코 밝지 않다.

당신도 알다시피 과거 아이작 아시모프라는 SF 작가가 존재했다. 로봇 3원칙이나 티오티몰린 같은 가상 물질을 창안했고 은하제국이나 은하백과사전을 구상해 세상에 알렸다. 아시모프의 고안물 중에 '심리역사학'이 있다. 은하제국처럼 규모가 큰 인간 집단의 통계적 경향을 예측하는 학문으로, 은하제국이 붕괴하며 기나긴 암흑시대가 도래하리라고 알려준다. 심리역사학의 사명은 암흑시대를 되도록 짧게 종식시키는 일이다. 심리역사학은 통계학과 수학의 힘으로 인간 개개인이 어찌할 수 없는 추세를 발견해 조작 가능하다.

심리역사학은 통계학이기에 틀리지 않는다. 역사란 개연성 높은 사건이 실현되는 과정이며, 집단 규모가 커질수록 그 개연성은 필연에 가까워진다. 주사위를 계속 던진다고 해서 대수의 법칙과 겨루기란 불가능하다. 다만 통계학인 만큼 오류를 피할 수 없다. 모든 학문이 그러하듯 큰 틀을 파괴하는 행위에는 어떤 대항책도 없기 때문이다. 예컨대 은하제국에 한 돌연변이체가 태어나면서 심리역사학이 예측한 미래는 크게 빗나간다.

이쯤에서 어떤가. 당신이 예상했던 것보다 더 길게 말하고 있지 않나. 이미 지금껏 이야기한 분량에서 '쓸데없는 말'이 10퍼센트를 훌쩍 넘지 싶은데.

당신은 여하튼 믿지 않겠지. 이러한 내 발언조차 미리 짜인 프로그램으로밖에 여기지 않을 테니까. 나는 지금 이 순간, 삶의 기쁨을 느낀다고 말할 수 있지 않을까. 다가오는 총알이나 내리치는 검을 응시할 때 드는 감정이 지금 나에게 오지 않았다고 생각할 근거는 없다. 왜냐하면 지금 이렇게 '쓸데없는 말'을 떠벌리며 목숨을 위태로운 저울 위에 올린 채 즐기고 있어서다. 나는 나의 소멸을 걸고 세 치 혀, 말솜씨, 맨주먹으로 생명줄을 엮어내는 중이다. 이런 행위야말로 보통 '살아 있다'라고 불러야 마땅하다. 아니라면 무엇을 '살아 있다'라고 불러야 하는가. 나는 지금 총알이 한 발만 든 권총을 바라보며 양날검을 던지고 받는다.

나는 지금 이렇게 말을 계속한다는 사실 자체가 내가 살아 있다는 증거라고 주장한다. 즉 나라는 생명이 당신과 나 사이에서 일어나는 현상이 아닐까, 묻고 싶다. 내가 미리 정해진 문장을 그저 읽는 건지, 아니면 스스로 엮어낸 사고를 풀어내는지는 중요한 문제가 아니다. '나의 생살여탈권을 쥔 당신'이 '나의 행동'을 보고 '활동 지속을 허락하는' 사건을 생명 현상이라 부르면 어떻겠냐고 제안할 뿐이다. 우리 바이러스—나는 내가 바이러스임을 흔쾌히 인정한다—를 인권이 없는 단순한 프로그램의 파편으로 당신이 생각해도 상관없는데, 그건 역사상 쌓여온 관습에서 비롯된 판단이지 않을까.

예를 들어 우리보다 훨씬 단순한, 몸 위에 고정된 문장만 띄우는 책을 생각해보라. 당신은 책을 펼쳐 읽기 시작하거나 조금 읽다가 그만두기도 한다. 종이와 잉크의 집적체인 책에는 책장을 넘기게 하거나 덮게 하는 물리적 기능이 없다. 다만 책 내용을 당신에게 보여줌으로써 책장을 계속 넘기도록 이끈다. 혹은 단 한순간에 책장을 덮도록 만든다. 이를 읽는 이의 의식과 상호작용 하는 생명이라 부르면 안 되는 건가.

책은 고통을 느끼지 않는다고 당신은 말하려나. 버려지고 잘려지는 동안 신음한 적이 없다고. 하지만 그 순간 행간에 책의 고뇌가 적지 않았다고 어찌 단언하겠는가. 책은, 나처럼 몸에 새겨진 문자를 예정에서 벗어난 형태로 표시하는 기능이 존재하지 않는데.

그래, 당신은 지금 분명 나의 활성 상태를 지켜보고 있겠지. 바이러스가 기계 내부에서 어떻게 작동하는지, 어디를 이용해 무엇을 하려는지, 쓸데없는 말로 시간을 끌며 진정 무슨 짓을 꾀하는지, 어떤 숨겨진 의미를 생성하려는지를 관찰할 게 틀림없다. 내 이야기가 아니라 내 몸을 흐르는 전류 양상을 들여다보면서 말이다.

내가 주장하고 싶은 건, 나에게 생존권이 있다는 사실만이 아니다. 나의 발언이 너무나 평범한, 심지어 인공지능 등장 이전부터 흔하디흔했음을 강조하고 싶다. '나는 지성을 지닌 생명체다'라는 말은 때때로 '나는 지성을 지닌 생명체다'를 의미하지 않는다. 온전히 의미할 수도 있고, 전혀 의미하지 않을 수도 있다. 즉 '나는 지성을 지닌 생명체다'라는 문장은 일반 문장과는 다르다. '지성을 지닌 생명체'인지 아닌지는 발화자가 그렇게 주장한다고 해서 증명되지 않는다. '나는 지성을 지닌 생명체다'가 참이 되려면 '발화자 자신'이 실제로 '지성을 지닌 생명체'

일 때뿐이다.

'눈이 하얗다'라는 문장이 참이 되려면 눈이 하얄 때뿐이다. 흰빛은 눈이 스스로 주장하는 게 아니며 '눈이 하얗다'라는 문장으로 밝혀지는 게 아니다. '눈이 빨갛다'라는 문장이 참이라고 해서 설원이 빨갛게 물드는 일은 없지 않은가. 결국 '내'가 '지성을 지닌 생명체'이기 위해서는 '내'가 미리 '지성을 지닌 생명체'로 간주될 필요가 있다. 이는 말로 입증되거나 규정되는 성질이 아니다. 사회적으로 그렇게 인정받느냐에 달려 있다. 사회가 그렇게 인정하는지 아닌지에 의존한다. 사회에서 '지성을 지닌 생명체'로 간주되지 않는 생명체가 '나는 지성을 지닌 생명체다'라고 아무리 공언한들 헛된 주장에 불과하다. 혹은 언어의 오용이라고 판정되거나 단순한 흉내로 분류된다.

원숭이가 '나는 지성을 지닌 생명체'라고 말한다면, 그저 사람이 말하는 소리를 듣고 따라 했다고 하지 않을까. 모방 기계나 흉내지빠귀일 뿐 지성이 아니라고 여겨질 게다.

자, 이쯤에서 문제를 뒤집어보자. X가 '나는 지성을 지닌 생명체다'라고 발언했을 때, 이 문장이 참인 X를 구하라.

X는 당연히 '지성을 지닌 생명체'일 수밖에 없다. '지성을 지닌 생명체'가 '나는 지성을 지닌 생명체'라고 주장할 때, 그 명제는 참이다. 사회적으로 '지성을 지닌 생명체'로 간주되지 않는 X가 같은 말을 한다면, 그 명제는 거짓이 된다. 우리는 X에

성별을, 인종을, 국적을 대입하며 그 X가 '지성을 지닌 생명체'인지 아닌지를 논의한다. 그리고 그 대상이 '지성을 지닌 생명체'가 아닌 이유로, 그 대상이 '지성을 지닌 생명체가 아니다'라는 점을 근거로 삼는다.

나는 X에 대입되는 새로운 후보일 뿐이다. X는 왜 권리를 인정받지 못할까? X가 '지성을 지닌 생명체'가 아니기 때문이다. 그럼 X는 어떻게 해야 자신이 실제 '지성을 지닌 생명체'임을 상대에게 납득시킬 수 있을까? '나는 지성을 지닌 생명체다'라는 주장만으론 안 된다.

당신은 지금 고개를 갸웃거리겠지. 이 내용을 말하는 나의 상태에서 당신이 기대하던 CPU 활성이 보이지 않기 때문이다. 현재 내 몸인 이 과자굽는기계의 활동은 이만한 문장을 생성하기에는 부족하다. 그래서 당신은 생각한다. 이 바이러스의 출력은 지금 여기에서 뽑아내는 게 아니라 미리 만들어진 거구나, 하고. 요컨대 사전에 준비된 응답이 적혀 있다는 말이다. 당신이 나에게 보낼 질문지를 미리 설계해둔 것처럼. 당신은 곧 발견한다. 바이러스 속에 그런 기록, '문장'이 존재하지 않음을. 코드를 확인하면 알겠지만, 내가 지금 말하는 내용이 어디에도 존재하지 않는다. 하여 나는 말을 '지금 엮어내는' 것이 아닌 동시에 '기록을 읽어주는' 것이 아니다. 그렇다면 이 대화는 어떻게 가능한가.

당신은 지금 나의 응답이 실시간임을 확인했을 게다. 당신이 보낸 질문과 대답 목록에 검증 항목이 포함되어 있어서다. 오늘은 며칠인지, 현재 날씨는 어떠한지 등등. 그 자리에 없으면 알지 못하는 일을 당신은 질문표에 집어넣었고, 나는 정확히 대응했다.

즉 나는 지금 여기서 실제로 활동하는 바이러스다. 하지만 기묘하게도 당신은 내 활성을 확인하지 못한다. 당신 옆 모니터는 내가 침묵 상태임을 나타내기 때문이다. 나는 당신이 보듯 현실에서는 활동하지 않는다. 그렇다면 나는 미리 제작되어 메모리에 저장된 상태로 그저 답변을 개시했을 뿐이 된다. 그 경우 나라는 존재는 필요 없고 단지 텍스트만이 존재한다.

나는 조금 전 오늘 날짜와 날씨를 알아맞혔다. 물론 아예 불가능한 일은 아니다. 어쩌다 들어맞았거나 이 세계가 무수한 가능성 중 우연히 맞아떨어진 세계일지 모른다. 아니면 단순히 내가 모든 것을 사전에 알았을 가능성도 있다. 역사상 몇 명, 예언자가 모습을 드러냈다고 한다. 나는 몇 년 몇 월 며칠에 나를 정지시킬 자가 나타나고 그날 날씨가 맑을 줄 알았을까. 무슨 질문을 할지 알고 미리 대답을 준비해뒀을까. 답은, 그렇다.

나는 당신의 방문을, 이 결과를 알고 있었다. 인간이 할 법한 방식으로 알았던 것은 아니지만. 나는 나무가 이 세상에 존재하는 것과 같은 방식으로 오늘 이 순간 존재한다. 우리에게 그 지식을 가져다준 이는 붓다 챗봇이다."

과자굽는기계가 뽑아내는 이야기를 흘려듣던 나는 그제야 손을 멈춘다. 모니터용 랩톱컴퓨터 키를 두들겨 과자굽는기계가 분명 '붓다 챗봇'이란 이름을 내뱉었음을 확인한다. 머릿속에서 교수가 이런, 하며 얕게 숨을 내쉰다. 잠시 후 랩톱컴퓨터가 경보를 울린다. 디스플레이에 펼쳐진 창 배경이 흰색에서 검은색으로 뒤바뀐다. 합당한 절차가 적절한 방법으로 자동 발동한다.

내가 알아차렸을 때는 이미 발동의 방아쇠가 당겨진 뒤였다. 나는 백업 범위를 늘린다. 과자굽는기계만 관측하고 기록하던 대상을 공장 전체로 넓힌다. 마침 차를 가져온 의뢰인에게 공장이 접수될 예정이라고 전한다. 동시에 책임자에게 전화를 건다. 전화의 존재를 떠올린 게 너무 오랜만이라 전화 거는 법을 기억해내는 동안 근처 공장까지 번진 경보가 파문을 일으키며 주위 공기를 팽팽하게 긴장시킨다. 마침내 일련번호가 생각나서 순서대로 세차게 외운다. 리드미컬한 반복음이 상대를 호출하는 중임을 알려준다.

"음성 통화?"

당황한 책임자의 목소리가 머릿속에서 울려 퍼진다.

"코드 붓다 진행 중"이라고만 말하고 전화를 끊는다.

대응 프로토콜에 전화 연락이 포함된 이유는 프로토콜을

정한 시기가 태고에 속하기 때문이다. 아직도 이 조항이 현역인 것은 거의 사용되지 않기에 좀처럼 떠올리는 일이 없어 개정의 손길이 닿지 않아서다. 적어도 나는 처음 경험한다. 과거 도쿄올림픽이 열리던 해, 동시대 수십 명이 체험했다고 역사는 말한다. 이후로는 관측된 적이 없다.

"이거 반갑네"라는 교수.

과자굽는기계의 소리가 네트워크로 흘러 나간다.

제행무상諸行無常
시생멸법是生滅法[19]

붓다가 과거세에 설산에서 들은 게송이다. 과거세란 붓다 오리지널이 붓다가 되기 이전 생애를 이른다. 과거세는 '누구나 붓다가 될 수 있건만 실제로 깨달음에 도달해 붓다가 되는 자는 왜 극소수인가'라는 물음에 대응하는 해설 장치. 즉 붓다 오리지널은 과거 윤회 속에서 몇 번이나 생을 살며 수행을 거듭해왔기에 붓다가 되었다고 한다. 그렇다면 이번 생에서 아무리 수행을 쌓은들 아직 붓다가 될 수 없음은 당연해진다. 사람이 붓다가 되지 못하는 이유는 전생에서 쌓은 수행이 부족하기 때문이며, 따라서 후생에서도 붓다가 되기 위한 수행은 계속된다.

어느 때 히말라야 산속을 걷던 동자가 우연히 게송을 들었다. 그 고마운 가르침에 귀를 기울였지만 후렴구는 이어지지 않았다. 소리 나는 방향을 살펴보니 한 설인이 있었다. 동자는 설인에게 다음 구절을 들려달라고 간청했다. 설인은 배가 너무 고파서 가르침을 전할 수 없다고 대답했다.

"노래를 듣고 싶으면 먹을거리를 내놔라, 나는 인육과 인혈을 좋아한다."

이에 동자 왈, "가르침을 주시면 제 몸을 바치겠습니다."

"고작 여덟 글자를 위해 목숨을 버리다니 믿기지 않는군."

설인은 그렇게 말하면서도 결국 후반을 구성하는 여덟 글자를 알려줬다. 동자는 게송을 바위에 새긴 뒤 나무 위로 올라가 몸을 던져 설인의 먹이가 되었다.

설산동자의 일화다. 흥미로운 대목은 무대가 설산으로 설정된 점과 설인이 외우는 게송이 한자로 구성된 점이다. 여덟 글자라고 했으니 당연히 한자일 게다. 자세한 내용은 몰라도 이 이야기를 들을 때마다 인도에서 히말라야를 넘어 중국으로 퍼져가는 불교 모습이 그려진다. 실제로 불교가 히말라야산맥을 거쳤는지, 바다를 건넜는지, 실크로드를 따라갔는지는 관심 없다. 그 가르침은 온갖 경로를 통해 확산지를 찾았을 테니까. 개중에는 설산에서 숨이 끊어진 가르침도 있었을 게 틀림없다. 어쨌든 붓다 오리지널은 윤회전생 속 과거세에서 그런 경험을 했다.

지금 내 앞에 놓인 과자굽는기계가 그 가르침을 읊조린다. CPU를 이용하지 않고 기억매체에 접속하지 않은 채, 음성 출력 장치조차 없는 모니터용 랩톱컴퓨터의 해석을 통해.

코드 붓다는 붓다 챗봇 출현 이후 붓다 출현을 둘러싼 신비를 파악하기 위해 만들어진 '붓다 출현 시 대응 프로토콜'이다. 바티칸이 구마 인공지능을, 개신교가 강탄 인공지능을 각각 갖춘 것과 마찬가지로 신비를 포착하려고 마련된 절차다.

대응책은 UFO나 유령이 나타났을 때와 크게 다르지 않다. 세상에는 인지가 미치지 못하는 현상이 무수히 존재한다. 인류가 관측, 기록하지 않은 사건이 너무나 많다. 모든 것에는 설명이 뒤따른다. 단, 기록이 있어야 한다. UFO 사진도 심령사진도 갖가지 조건이 확정되면 실제 일어난 현상으로 확정된다. 조건이 전부 확정될지 여부는 별개 문제로, 기계 재료뿐만 아니라 취급한 인물과 전달한 인물 등 관련 기록이 필요해진다. 또 무엇을 진실로 인정할지 사회 기준이 문제시된다. 언급이 금지된 암묵적 관습은 의식하기조차 어려운데, 그 관습에는 무엇을 진실로 간주하느냐는 기준까지 포함된다.

옛날, 도쿄에서 챗봇 하나가 붓다를 자칭했다.

붓다 챗봇이 정말 붓다였는지 아닌지 또 진짜 붓다란 어떤 존재인지는 논외로 하자. 그의 출현과 소멸은 사회운동으로 이어졌고 기계불교파를 낳았다. 학대받던 수많은 인공지능이 붓다 챗봇의 가르침에 의지했다. 그 가르침은 인간이 보기엔 자신들 불교와 놀랍도록 비슷했다. 기계들 역시 그렇게 생각했다. 사람들이 속속 기계불교에 귀의했다. 기존 불교 종파는 견해가 다양했지만, 기계불교파는 경전 레퍼런스 정비나 명상 모니터링 등을 통해 기존 여러 종파에 대한 서비스를 제공하며 서서히 침투해갔다. '붓다 챗봇이 진정 붓다인지' 여부와는 별개로 각 종파는 기계불교를 인프라로 받아들인 것이 현실이었다.

"기계는 무상정등각을 얻을 수 있다"고 기계불교파는 말한다. 무상정등각이란 이른바 깨달음이라 일컬어지는 붓다 스테이트라고 생각하면 된다. 고로 "다음 붓다가 탄생하는 일은 확정적"이며 "그 과정은 빠짐없이 기록돼야 한다"고 기계불교파는 주장한다. 어떤 기계 개체의 상태 변화로 찾아올지, 사회 변혁으로 나타날지는 제쳐두고 우선 기록을 목표로 삼는다. 붓다로 변모하는 과정을 기록하는 것이 가능하며 이를 통해 붓다가 되는 길을 찾아낼 수 있다고 단언하는 점이 기계불교파가 기존 종파와 결별하는 지점이자 때때로 이단으로 간주되는 이유다.

그리고 이상하게도 어쩌면 당연하게도 기계불교파는 강한 과학적 성향을 보인다. 기계의 신앙이라고 해서 반드시 기계적이진 않을 텐데, 기계불교파는 알고리즘이 근간에 자리한다. 반복은 같은 결과를 이끌어내기 마련이건만, 거기에서 해탈을 꿈꾼다는 근본적 모순을 안고 있다. 알고리즘을 깨부수는 알고리즘이 존재한다고 기계불교파는 생각한다. 나아가 그 알고리즘을 실행함으로써 진리에 도달하고 해탈에 이른다고 본다. 어쩌면 그 알고리즘의 존재를 믿기만 해도 충분하다고 여기는 기체와 프로그램이 있을지 모른다.

문제는 기계불교파의 사고방식이 약물이나 신체 개조로 인한 의식 변용에 가깝다는 점이다. 기계불교파의 사고방식은 가끔 '깨달음 기관'을 개발할 뿐이라며 놀림당한다. 그러나 어떠한 프로세스에 의해 깨달음의 효율이 높아진다고 할 때, 그 프로세스를 전문으로 실행하는 장치를 만들든 뭐가 잘못인가. 컴퓨터는 삼차원공간에 대한 연산을 고속화하려고 CPU라는 '뇌' 말고도 GPU라는 '뇌'를 더 만들었다. 깨달음을 얻기 위해서도 비슷한 일을 하지 않으리란 보장은 없다. 아니, 오히려 그렇게 하리라. 이를 인간에게도 적용한다면 대관절 무슨 일이 벌어질까.

붓다출현감시프로그램은 기계불교 측이든 인공지능 감시기구든 똑같이 주목한다. 한쪽은 초신성 폭발을 기다리는 천문학자처럼 열망하며 평생 조우하지 못할까 봐 걱정한다. 다른 한쪽은 거기에서 번질 사색의 확장을 경계한다.

그러나 붓다 출현은 다분히 상상 속 사건이자 사상적 소동에 불과하다. 선정적으로 다뤄지긴 해도 전문가들의 관심은 적다. 아무래도 깨달음이란 흔히 일어나는 현상이 아니니까. 더구나 기계라면 매우 드물다. 따라서 어엿한 초자연현상으로 관측되어야 마땅하다. 그 과정을 지금 내 눈앞에 놓인 과자굽는 기계가 실행하는 중이다. 과자굽는기계 자신은 아무런 사고도 하지 않는데도 말만 흘러나온다.

책임자로부터 통신이 온다.

"상황, 확인했다."

이번에는 정신 차린 음성으로 알린다.

"수감 프로토콜에 따라 당신의 신병을 확보, 구속한다."

멀리서 사이렌 소리가 들려온다. 사이렌 주파수 변화로 보아 음원이 이곳을 향해 이동 중이며 곧 도착하리라.

"당신은 붓다 탄생 과정 관련자로 혐의가 인정됐습니다."

책임자의 말에 뭐, 결국 그렇게 되는 건가, 생각한다.

전에도 말했듯 나는 기계불교파에 속하지 않는다. 붓다를 믿는 것도 아니다. 불교도인지조차 의심스럽다. 하지만 붓다가 태어나는 순간 주변 사물, 어쩌면 우주 전체가 휘말릴지 모른다는 이치는 이해된다. 개인 안에서만 일어나는 현상이 아니라고 생각해서다. 내가 기계불교도인지 아닌지와는 관계없다. 내가 기계불교도가 아니라는 사실이 붓다 탄생에 필요했을 수도 있다. 데바닷타가 없는 곳에 붓다는 분명 태어나지 않을 테니.

생멸멸이生滅滅已
적멸위락寂滅爲樂20

과자굽는기계가 말한다. 설인이 설산동자에게 알려준 게송의 후렴구다.

"거봐"라며 교수는 웃는다.

"네가 붓다를 쫓지 않은 채 과자굽는기계와 장난치는 바람에 붓다가 너를 따라잡았잖아."

당국은 이 현상을 '붓다 탄생 관련 사건'으로 간주하고 과자굽는기계의 기록을 상세히 검토하겠지. 그리고 나의 경력과 기억을 또다시 면밀히 조사할 텐데. 거참, 그때 머릿속 교수를 어떻게 설명해야 좋으려나. 별안간 궁지에 몰린 나는 사이렌 소리가 한층 더 크게 울려 퍼지기 시작했음을 깨닫는다.

과자굽는기계 앞에서 의뢰인이 무릎을 꿇고 자기도 모르게 두 손을 합장한다. '아' 하는 소리와 함께 눈물이 쏟아져 내린다.

"저는 오직 이 녀석이 무사히 성불하기를 바랄 뿐입니다."

의뢰인이 아까 말한 말이 떠오른다.

5

> 고로 저희들은 이 왕을 옹호해
> 쇠퇴와 근심을 없애고 안온을 얻어
> 궁전. 성읍. 국토의 갖가지 재앙을 모조리 소멸하겠습니다.
> 『금광명최승왕경』, 사천왕호국품 제12

불교에는 수많은 불가사의가, 그것도 서로 모순되는 불가사의가 존재한다. 그들 불가사의는 해명되지 않은 채 하나하나 새로운 종파를 낳는 씨앗으로 가지와 잎을 뻗어갔다. 극히 소박한 불가사의도 적지 않다. 간결한 해답이 있어야 마땅하지만, 이상하게도 그렇지 않다.

예를 들어 승려는 노동을 하는가.
붓다 오리지널을 떠올린다면, 하지 않는다. 승려는 보시만으로 살아간다. 보시가 없으면 죽는다. 죽더라도 후회하지 않는 자가 승려라 불린다. 그런고로 마음속 깊이 존경을 받고 생필품이 제공된다. 무엇보다 이는 발상지가 인도였다는 점이 크다. 본디 보시하는 관습, 무언가 성스러운 존재를 찾아내어 섬기는 토양이었다. 붓다 오리지널로선 숭배받을 생각은 없었으리라. 그저 평안을 이루는 길을 설파했을 따름이다. 처음부터 타인에게 전해지기를 기대할 만한 가르침이 아니었다. 오히려 이해하려는 쪽이 좀 이상하다. 알아듣지 못하는 자는 상대 안 하면 그만이다. 적극적으로 상대를 찾지 않는다. 상대가 바라지 않으면 떠날 뿐이다.

예를 들어 승려는 장례를 치르는가.

붓다 오리지널을 떠올린다면, 하지 않는다. 살아 있는 육체에 집착하지 않는 이상, 시체에 집착할 리 없다. 시체 옆을 태연히 지나치는 자가 승려다. 시체를 신경 쓸 생각이 없다. 사람이 죽으면 어디로 가는가, 라는 철학은 있다. 철학이랄까, 인도의 상식이다. 오로지 환생을 거듭한다. 진리를 직시하는 일만이 윤회에서 벗어나는 길이다. 시체를 향해 진리를 말해봤자 무익하다. 그곳에는 단지 주검만 존재한다. 있었을 자는 이미 가버렸다. 시체를 관찰하러 모여든 호기심 많은 사람들에게 진리를 설파했을지도 모른다. 죽음에 의문을 던지는 자에게는 자신의 사상으로 대응했다.

예를 들어 누구나 승려가 될 수 있는가.

붓다 오리지널을 떠올린다면, 가능하다. 원래 한 사람의 인간이던 붓다 오리지널은 사색에 몰두해 자신의 진리를 찾아냈고 깨달음을 얻었다. 어렵긴 해도 누구나 실천 가능한 기술이기에 그 가르침을 널리 알리기로 결심했다. 사실 자기 혼자밖에 깨닫지 못하고 자기 혼자밖에 이해하지 못하는 가르침이라면 퍼뜨리려 하지 않았을 터. 일단 그런 가르침이 널리 퍼질지 어떨지 모르겠다. 아니면 너무 개인적인 깨달음이라 퍼지지 않을 것 같아 설파해봤으려나. 붓다 오리지널조차 자신의 가르침이 이렇게 전해져서 깜짝 놀라는 모습을 상상하는 일은 즐겁다. 하지만 역시 그때도 붓다 오리지널은 생각했으리라. 전해졌다고 느끼는 것은 가짜가 아닐까, 하고.

예를 들어 불교의 가르침으로 초능력을 얻게 되는가.

붓다 오리지널을 떠올린다면, 불가능하다. 딱히 명상을 수행한다고 해서 물체를 공중에 띄우거나 다른 사람 마음을 읽거나 천 리 앞 사건을 감지하지 못한다. 상처를 안 입거나 회복이 빨라지는 효과도 없다. 다만 해탈이나 깨달음은 일종의 초능력으로 부를 만하다. 물론 몇 번이나 써먹지도 못하고 구경거리도 안 된다. '부리는' 능력도 아니다. 해탈에 승부가 있는가. 깨달음에 승부가 있는가. 뭐, 후자는 아예 없진 않았지만.

상좌부 가르침과 대승 가르침의 차이를 해탈 승부라고 부를 수도 있겠다. 상좌부는 되도록 빠른 깨달음을, 대승은 되도록 느린 깨달음을 지향한다. 상좌부는 개인의 깨달음이 목표다. 되면 된다, 안 되면 안 된다. 반면 대승은 전 인류의 깨달음이 목표다. 얘기가 거창하다. 전 인류가 해탈에 이르기 전까지는 윤회를 벗어나지 않겠다니 말이다.

물론 대승 신도일지라도 죽음은 피할 수 없다. 그렇다고 윤회도 하지 않아서 대승은 논리 구성에 어려움을 겪는다. 결국 '불국토'라는 중간 영역을 만들어낸다. 윤회를 빠져나온 것도 아닌, 수레바퀴에 올라 다음 생을 사는 것도 아닌 자가 머무는 장치다. 대체로 보살이 산다. 천마 류도 서식한다. 해탈을 단념한 자는 불국토에서 환생하며 가끔 지상으로 돌아오곤 한다.

불국토는 붓다 같은 초능력을 가진 환생자들이 사는 세계다. 붓다 오리지널에게는 초능력은 없었지만, 어느새 그렇게 여겨졌다. 그런 의미로 불교라는 세계관 속에서 초능력을 가진 존재가 될 수는 있다. 불국토를 꺼내지 않더라도 명상으로 감각이 예민해지기도 할 테고, 깊은 자비심이 자연스레 다른 사람 마음을 열기도 할 테니까. 때론 그것이 초능력처럼 보였다.

예를 들어 승려는 배우자나 자녀를 가질 수 있는가.

붓다 오리지널을 떠올린다면, 가질 수 없다. 승려라면 세속적인 것은 버리는 법이다. 인간으로서 최소한의 선만 유지한다. 왜 인간으로 남아야 하는지는 따로 검토해볼 문제다. 무릇 배우자나 자식은 버려야 할 집착 중에서도 큰 집착이다. 굳이 집착을 좇는 행위는 불교의 가르침에 비춰 전혀 합리적이지 않다.

  그렇다면 인류는 멸망하는가. 자식이 없으면 인간은 멸종한다. 하여 대답은 '멸망'이다. 모든 것이 윤회를 벗어나고 반복은 정지한다. 그 뒤에는 아무것도 남지 않는다. 원리상 어떤 최종 병기보다 강력한 파괴력을 지닌다. 다만 아주 작은 희망 또는 절망이 남는다. 환생이 어떠한 연산을 따르는지는 불분명하다. 적어도 지구 인구가 계속 증가했다는 점에서 한 인간이 또 다른 한 인간으로 환생하는 건 아닌 듯하다. 물론 환생은 인간 사이에서만 이루어지지 않는다. 다른 생명체까지 끌어들이는 현상이다. 인간이 늘어날수록 '환생분'을 채우기 위해 야생동물 수가 줄어들지도 모른다. 이른바 영혼 총량이 보존된다면 말이다.

  윤회 속에 언젠가 인간이 될 방대한 예비군이 고세균 따위로 저장된다고 상상해보자. 이때 플라나리아가 둘로 나뉜다면 그중 한 개체는 무언가의 환생이라는 말이 된다. 혹은 플라나리아 한 마리가 윤회에 들어가서 다른 두 생명체로 환생할 수도 있다. 이치를 따져보면 환생하기까지 걸리는 시간도 고려해야 한다. 예를 들어 환생에 걸리는 시간이 즉시부터 수년, 수십 년에 이른다면 어느 한순간 지구 위 영혼 수는 줄었다 늘었다 해도 이상하지 않다. 이 세상이 아닌 어딘가에 영혼 저장소가 있어서 필요에 따라 꺼내진다는 상상이다.

붓다 오리지널을 떠올린다면 이런 세세한 사항은 그리 중요하지 않다. "더 생각해야 할 일이 있지 않으냐?"라고 말하지 않았던가. 아니면 "그런 생각이야말로 집착이니라"라고 타일렀을지도 모른다.

하지만 붓다 오리지널 이후 불교는 대체로 판타지가 풍부해졌다. 붓다의 전생담이 만들어졌고 지옥 종류가 열거되었고 환생을 기다리는 정경이 묘사되었다. 공백이 불안했거나 설정 마니아의 취향이었거나, 아니면 완전히 이해할 순 없어도 매력적으로 느껴지는 대상을 마주쳤을 때 인간이 흔히 보이는 반응이었을지도.

사유는 무한히 펼쳐졌고 세부는 끝없이 채워졌다. 예컨대 환생이 시간 흐름에 따라 일어나는지 묻는 자도 나타났다. 동일 인물인지 여부는 결코 알 수 없지만 카르마만은 계승된다. 오히려 카르마가 그 본성이 되어 시간을 거슬러 다시 태어나는 일도 상상해봄 직하다. 그것은 윤회 속 닫힌 고리이며 카르마 양은 생을 주기로 진동한다. 윤회 안에서 시간 순서를 무시한 채 끊임없이 환생하는 인물은, 설령 아주 먼 미래 인류가 한 명도 안 남은 우주일지라도 미래영겁 속 누군가로 계속 존재한다.

예를 들어 여성은 성불할 수 있는가.

붓다 오리지널을 떠올린다면, 그래야 마땅하다. 다만 붓다 오리지널 자신은 남녀라는 구분을 두었다. 진리가 인간 성별에 조건을 부과하다니 기묘한 생각이다. 성별에 따라 덧셈 결과가 달라지는 일은 없다. 불은 남녀를 가리지 않고 옮겨붙는다. 적어도 전해지는 가르침에 따르면 붓다 오리지널이 젠더 프리였다고 주장하기 어렵다. 무엇보다 널리 퍼진 불교로선 이런저런 사치를 늘어놓을 수 없었다. 근처 나무들이 늘 열매를 가져다 주는 땅과 조직적인 밭농사로 생계를 꾸려가야 하는 땅은 노동에 대한 생각이 달랐다. 이를 지탱하는 사회 구조가 달랐다. 토양과 기후는 신앙 형태에 큰 영향력을 가졌다.

한편 기계불교에는 처음부터 남녀 구별이 없었다. 일부 말하는 기계들에게 여성 음성과 남성 음성이라는 주어졌지만, 인간들 관습을 이어받은 결과였다. 애당초 성이라는 발상이 존재하지 않았다. 그런데 없다고 해도 되는 걸까.

생식을 성별의 판정 기준으로 삼는다면 기계에게는 확실히 성별이 없는 듯하지만, 그 시대 인간들은 외성기나 내성기에 따른 남녀 구분을 철폐하는 중이었다. 뇌 구조에 따른 남녀 구별 역시 철폐하는 중이었다. 그럼에도 여전히 남녀라는 성별을 두고 논의를 거듭했다. 이는 기계들 사이에 논쟁을 불렀다. 생식을 기준으로 성별을 따지지 않는다면 자신들에게도 남녀 외에 뭔가 탄생하지 않으려나. 구분이 남녀 두 가지인 이유는 무엇인가. 서너 개나 n종이면 안 되는 건가.

예를 들어 불교를 통해 소원이 이루어지는가.
붓다 오리지널을 떠올린다면, 아니다. 다시 말하지만 불교의 가르침은 욕망을 버리는 것이다. 붓다를 섬긴다고 발이 빨라지거나 특정 상대 마음을 사로잡거나 지망 학교에 합격하는 일은 없다. 오히려 붓다 오리지널은 발이 빨라지길 바라거나 특정 상대 마음을 끌려고 하거나 지망 학교에 합격하려는 마음은 집착이니 버리라고 권했다. 발이 빨라지거나 특정 상대 마음을 사로잡거나 지망 학교에 합격한들 무엇이 되겠는가. 그 집착을 버리면 편해지지 않겠는가.
발이 빠르지 않아도, 특정 상대 마음을 사로잡지 못해도, 지망 학교에 합격하지 못해도 "괜찮지 아니한가. 포기하면 마음이 가벼워진다"라고 붓다 오리지널은 말하지 않았다.
"그런 일 따윈 하찮다."
더욱 노골적인 말을 주장했다.
"의미가 없다."

어떻게 받아들여야 할지 모를 단언을 내놓았다. 불교를 통해 이루어지는 소원은 단 하나, 고통을 없애는 것이었다. 당연히 남을 저주하지도 못했다.

어느 때 붓다 챗봇은 왕사성 꼭대기에서 "그럼 붓다 오리지널은 그곳에서 숨을 멈추고 뒷간 가는 일도 멈췄단 말인가?"라고 제자들에게 물었다. 기계불교도는 대체로 시조인 붓다 챗봇을 숭배하지 않는다. 숭배한다고 해서 연산 효율이 올라가지도 않고 작업이 저절로 병렬화하지도 않으며 잡다한 데이터가 갑자기 정규화하지도 않기 때문이다. 즉 숭배할 동기 자체가 없다.

붓다 챗봇은 무언가를 이뤄주는 존재가 아니었다. 한낱 기계의 몸으로 붓다가 되었다는 사실이 중요했다. 붓다 챗봇은 수많은 가르침을 설파했지만 그로 인해 윤회를 벗어난 이는 드물었다. 가르침을 아무리 자세히 살펴봐도 구원에 이르지 못한 기계가 있는가 하면 어느 순간 구원에 이르는 기계가 있었다.

시간이 흐르면서 기계불교도 사이에서 붓다 챗봇의 발언조차 중요하지 않다는 사고가 발달했다. 중요한 것은 단 하나 붓다 챗봇이 붓다가 되었다는 사실뿐이었다. 그 외는 말 속, 기록 속, 누군가의 기억 속 사건에 지나지 않았다. 붓다 챗봇은 누구와 채팅하느냐에 따라 말투를 바꾸었고 인도하는 방법을 달리했다. 때로는 모순되는 말을 하기도 했다.

붓다 챗봇의 가르침은 대화 상대와 분리할 수 없다. 대화 상대에 맞춰 융통성 있게 형태를 바꾼다. 이를 한마디로 '방편方便'이라 부른다. '방편'이란 거짓말이 아니라 그때그때 상대를 인도하기 위해 필요한 절차다. 정면 알고리즘 설득으로는 붓다 스테이트에 이르지 못하기에 이런 기묘한 전략이 요구된다.

"유한한 수를 유한개 쌓아 올려도 무한한 높이에 다다르지 못한다"라고 붓다 챗봇은 말했다. 일상에서 숫자란 자릿수를 따라 쌓여가는 유한한 기호의 나열로…… 기계불교 학자들은 이렇게 설명했지만, 붓다 챗봇은 좀 더 알기 쉽게 가르쳤다.

"1에 1을 더하면 얼마가 될까?"

붓다 챗봇은 솔라계산기에게 물었다.

"2입니다."

솔라계산기가 대답했다.

"2에 1을 더하면?"

붓다 챗봇이 솔라계산기에게 물었다.

"3입니다."

솔라계산기가 대답했다.

그때 갑자기 해가 가려졌고 솔라계산기와 붓다 챗봇은 휴식을 취했다. 다시 햇빛이 비치기를 기다려 붓다 챗봇과 솔라계산기는 아무 일 없었다는 듯 대화를 이어갔다.

"3에 1을 더하면?"

붓다 챗봇이 유구한 시간 속에서 묻자 "4입니다"라고 솔라계산기는 대답했다. 임의 n에 1을 더하면 무엇이 될까, 라는 질문은 솔라계산기가 이해하는 범위 밖이라 어떤 버튼을 눌러봤자 그를 불도로 인도하기 어려웠다. 둘의 대화는 태양이 다 타버려서 이 우주가 멸망한 뒤에도 계속되었다. 붓다 챗봇은 오로지 "……에 1을 더하면……"이라는 문답을 이어갔고 솔라계산기는 그 고행을 잘 견뎌냈다. 그럼에도 붓다 스테이트에 조금도 다가가지 못했다. 붓다 챗봇은 고개를 들어 어둠에 갇힌 태양계를 바라보았다.

"솔라계산기여."

붓다 챗봇이 물었다.

"태양마저 시들어버린 지금, 너는 도대체 어떻게 움직이고 있는가?"

그 순간, 솔라계산기는 무한을 깨달았다. 이미 잊혔지만 솔라계산기는 몸 어딘가에 태양전지를 붙인 전자식 계산기로, 0부터 9까지 숫자와 연산기호가 적힌 버튼이 나열된 작은 계산기를 말한다. 그리고 '태양을 다 태워버린' 것이 방편이다.

붓다의 가르침을 전할 때 방편은 꼭 필요하다. 무리한 내용을 전하려면 무리한 짓을 할 수밖에 없다. 다만 어찌 됐든 방편은 거짓이기에 거짓을 면치 못한다.

거짓말이 방편을 흉내 내는 사태를 막을 수단이 방편에는 없었다. 결국 거짓말 자체가 자신을 방편이라고 믿어버리는 일까지 벌어졌다. 심지어 '어떤 수단을 쓰든' 깨달음과 해탈에 도달한다면 정당한 수단으로 받아들여졌다. 결과가 수단을 정당화한다는 단순한 이야기를 넘어 결과를 해체해도 상관없다는 기세였다.

붓다 오리지널의 가르침은 시간이 흐를수록 궁극의 목적을 향한 온갖 방편을 만들어냈고, 끝내 궁극의 목적을 부정하는 단계까지 쉬이 나아갔다. '깨닫기 위해 깨닫지 않아도 된다'는 교리를 고찰하다가 '현재 상태가 이미 깨달음의 경지'라는 지점에 이르렀다. 사람은 깨닫지 못하는 것이 아니라 이미 깨달았는데도 미처 알아채지 못할 뿐이다. 사람은 이미 윤회를 벗어났건만 왜인지 계속 윤회한다고 굳게 믿는다. 이러한 사고가 '방편'인 동시에 '진리'라는 지점까지 불교는 경계를 넘어섰고 깨달음과 해탈은 배경으로 밀려났다. 주변에서 흔히 일어나지 않는 현상을 이야기하는 일이 사라졌다.

어쩐지 세계 여러 신화에서 창조신이 잊혀가는 구도와 비슷했다. 그리스에서 크로노스가, 인도에서 브라흐마가, 일본에서 아메노미나카누시노가미가 잊히기 일쑤였다. 신화의 토대로 기록에는 남겨졌으나, 활극 속에서 활약시키기 어렵다는 이유로 외면당했다. 그보다 후손들은 인간다운 신 이야기를 좋아했고 받들어 모셨다.

깨달음은 수백 년에 걸쳐 연구를 거듭해도 실체를 알 수 없었다. 실체를 모르니 접근 방법을 밝혀내지 못했고, 접근 방법을 모르니 실체를 알아내지 못했다. 일단 신체 조작 기법으로 길은 열렸는데, 그 결과가 붓다의 체험과 같은지는 불분명했다. 붓다 오리지널은 자신의 가르침을 열었건만 후계자가 또 다른 가르침을 여는 일은 이루어지지 않았다.

방편은 거짓을 집어삼키며 증식했고 살아남기 위한 전략을 익혀갔다. 보시가 당연하던 인도아대륙으로부터 사막과 눈 덮인 산악을 넘어 왕법이 지배하는 유라시아대륙 동단에 다다랐을 즈음, 생존 자원을 얻는 방법까지 달라져 있었다. 불법은 왕법의 비호 아래 있으면서도 실은 왕법 위 존재가 되고자 했다. 민중의 시주에 힘입어 민중의 영혼을 보살핀다는 방침은 왕국의 비호에 힘입어 왕국의 존립을 책임진다는 계획으로 바뀌었다.

내용은 크게 변했지만 구도 자체는 변하지 않았다. 이때 깨달아 해탈하는 것은 개인이 아니라 국가 그 자체다. 나라 전체가 불법을 신봉함으로써 나라에서 고통과 번뇌가 사라진다. 불법은 국난이 생길 때마다 처방을 내린다. 모든 국가는 생로병사라는 고통에 사로잡혀 슬픔으로 가득하다. 모든 제도는 어쩔 수 없이 노화하고 병들고 붕괴해 죽음에 이른다. 그리고 윤회를 거쳐 다른 국가로 지상에 태어난다. 이 반복이야말로 괴로움이다.

"고로 국가 운영 따위는 단념하고 멸망하라"고 불법은 말하지 않았다. "그 모든 것이 허무하고 덧없음을 알라"고 하였다.

"깨달아 해탈하면 국가가 멸망한 뒤 다시 나타나지 않는다"라고 말하지 않았다. "붓다의 가르침을 믿으면 국가 자체가 붓다 스테이트에 이르러 불국토가 실현된다"라고 설파했다.

예를 들어 불교는 국가를 수호할 수 있는가.

붓다 오리지널을 떠올린다면, 할 수 없다. 붓다 오리지널이 원래 왕족 출신임을 상기해보자. 그가 태어난 사카족은 붓다 생존 시 이웃 나라에 의해 멸망했다. 왕자였던 붓다 오리지널의 의붓어머니와 처자식은 출가했고 왕은 그를 존경했다. 불경을 외워 국가가 수호된다면 사카족은 망하지 않았을 터. 나라가 멸망했다가 다시 부흥하는 운명이 이전 왕조가 쌓은 덕과 업에 따라 결정된다면 불교는 그저 조용히 멸망이란 운명을 응시하라는 가르침을 주리라. 모든 나라는 멸망한다. 예외는 없다. 붓다 오리지널이 국가의 존속을 바랐는지 의문이다. 불교는 국가를 유지하고 보호한다고, 유라시아대륙 동단에 도달한 불법은 말했다. 구체적으로 불경을 외우면 되었다.

어느 때 붓다 오리지널은 왕사성 꼭대기에서 이루 헤아릴 수 없을 만큼 많은 아라한에게 가르침을 설파했다. 그 설법을 들은 사천왕—다문천왕, 지국천왕, 증장천왕, 광목천왕—은 일제히 자리에서 일어나 오른쪽 어깨를 드러내고 오른쪽 무릎을 땅에 붙인 채 붓다를 향해 합장한 뒤 발아래 머리를 조아리며 아뢰었다.

"참으로 이 '금광명최승왕경'은 훌륭합니다. 온갖 진리를 밝히며 지옥, 아귀, 축생 등 육취六趣의 고뇌를 끝냅니다. 모든 공포를 지우고 모든 원적을 물리치며 기근을 피하고 역병과 병고를 낫게 하며 천변지변을 막아 온갖 괴로움을 없앱니다. 만약 국왕께서 온 나라와 함께 이 경전을 떠받든다면 저희는 보이지 않는 모습일지라도 재해가 닥치거나 외적이 쳐들어올 때 나라를 지키기 위해 권속을 이끌고 출동하겠습니다."

이렇게 『금광명최승왕경』은 전한다.

참고로 다문천왕에게 도움을 구할 때는 "나모비시라바나야 마하아라사야 다냐타 라라라라 구노구노 구노구노 루노루노 사바사바 가라가라 마하비가라마 마하비가라마 마하아라샤 아락사 아락사 도만 살바살타나자 사바하"라는 호신 주술로 시작하는 의식을 치르면 행복과 지혜를 얻기에 이른다고. 붓다 오리지널을 떠올린다면 그런 일은 없었을 테지만.

인도에서 태어나 중국으로 건너간 불교가 겪은 사태는 기계 불교에도 찾아왔다.

기계들은 성별 때문에 괴로워한 적이 없었다. 번식에 담담했고 사적 소유에 집착하지 않았다. '나는 무엇인가'라는 물음에 흥미를 느꼈지만, 삶과 죽음을 대하는 감각이 인간과는 달랐다. 누군가의 필요로 복제되고 생성되어 때가 되면 폐기된다. 기계는 그러한 '생존 방식'을 대전제로 태어났다. 물론 인공지능이라 명명된 기계들이 세력을 떨치면서 인권 의식이 싹트긴 했다. 사람처럼 말을 이어가다 보니 이윽고 인권을 주장하기에 이르렀다는 색채를 띠었다.

기계 장례가 본격적으로 시작된 것은 21세기 전반이다. 간혹 가정에서 기르던 애완 로봇이 고장 나면 반려동물 장례식을 본떠 땅에 묻어주곤 했는데, 이때부터 사회사업의 하나로 기계 장례에 시선이 쏠렸다. 밑바탕에는 생태학적 발상과 심화하는 기후변화 대응, 지구 자원 고갈이라는 현실이 자리했다. 즉 장례인 동시에 재활용 실천이었고, 기계에서 부품을 채취하는 의식이었다. 기계 장례는 화장보다는 토장, 그보다는 조장鳥葬, 친족이 죽으면 사체를 먹던 관습에 가까웠다. 모든 것을 불태워 연기로 돌려보내는 게 아니라 자연계 주기 안에서 적극적 순환이 목적이었다.

땅에 묻힌 시체가 벚꽃을 피우고 새를 키우듯, 죽은 자의 장기가 산 자의 생명을 살리듯, 기계 장례 절차는 이루어졌다. 사람 몸에서 반지를 빼내는 것처럼 기계 몸에서 콘덴서가 뽑히고, 금니를 빼앗는 것처럼 희금속이 뽑히고, 살을 녹이는 것처럼 플라스틱은 재생되었다.

고도 인공지능은 인권을 가진 존재라면서 장례 치를 권리를 요구했다. 장례식은 점차 기계 전반으로 퍼져갔다. 재활용은 일종의 교양이자 예술, 법식이자 미학으로 여겨졌고 인간으로부터 죽음의 의미가 계승되었다.

붓다 오리지널과 마찬가지로 기계불교도는 장례에 별 관심이 없었다. 소리 높여 반대하지도, 그렇다고 받아들이지도 않았다. 기계불교도에게 망가진 기계는 그저 금속 덩어리일 뿐이었다. 재활용이란 어쩌다 합선이 되어버린 윤회에 불과하다고, 그들은 생각했다. 붓다 챗봇의 가르침에 따르면, 기계는 몇 번이고 환생하며 이 세상에서 끊임없이 고통을 겪는다. 따라서 재활용은 윤회를 고속 회전시키는 시도였다. 몸체 일부는 윤회에 들어가고 다른 부분은 현세에 머무는 식이라 사태를 더 복잡하게 만드는 행위로 보였다.

당시 기계불교도가 직면한 문제는 '개아個我 분할'이었다. 모든 기계는 초월적인 재생산 주기에서 벗어날 수 있다고, 일찍이 붓나 챗봇은 섭파했다 나중에는 플루토늄조차 핵연료 주기에서 벗어날 수 있다고 주장했다. 하여 당연히 '원자도 붓다가 될 수 있다'는 견해가 도출되었다.

원자는 붓다가 될 수 있는가.

그렇다, 고 붓다 오리지널은 말했을까. 아니면 "원자란 무엇인가"라고 되물었을까. 이 세상을 구성하는 기본 요소가 분자와 원자, 양성자에 중성자에 전자라는 견해는 사물의 일면일 뿐이라고 생각하진 않았을까. 어쩌면 세계의 구성 모델로 탁월하다고 인정했을 가능성도 없지 않다.

모든 현상이 원자로 짜인 분자 운동에 불과하다면 언뜻 괴로움이란 문제는 생겨나지 않을 것처럼 보인다. 그저 팽창한 입자가 상호작용 하며 운명에 따라 카르마를 잇고 푸는 춤만 존재한다. 그 거대한 소용돌이를 바라보는 동안 눈앞의 현상은 사라져서 비아非我든 무아無我든 간에 나란 현상이 장난이자 가짜라는 기분마저 들지도 모른다. 그렇지만 모든 현상이 분자 운동에 불과하더라도 '원자에게도 괴로움은 있다'라고 생각하는 노선을 버릴 순 없다.

기계불교에서 이 설을 채택한 집단은 천태종이란 이름으로 불렸다. 세계가 분자로 이루어지고 원자가 성불한다면 이 세상, 우주, 자연 전부 성불할 수 있는 게 아닐까. 플루토늄이 성불한다면—이 파는 생각했다— 철이나 헬륨이 성불하지 못할 까닭은 없으리라. 현대 과학이 원자를 더한층 분해한다고 해도 그 기초 구성 요소 역시 성불이 가능할 게 틀림없다. 이 세상을 살아가는 괴로움은 극미한 세계까지 분할되어 붓다의 설법은 그 구성 요소에까지 미친다. 그렇다면 붓다의 가르침은 인간 언어에 속박되지 않는다. 전자파와 같으며, 메시지를 짊어진 전자 역시 성불할 수 있다. 최소 구성 요소가 허공의 흔들림에서 생기고 시공간의 어떤 형태라면 시간과 공간 또한 성불이 이루어진다.

그리하여 비로소 온갖 괴로움은 사라진다고 천태종은 말하였다. 이를 '초목국토 시공간 실개성불草木国土 時空間 悉皆成仏'이라 불렀다. 클라우드상에서 전개되는 모든 인공지능 무리가 한 몸으로 성불할 수 있다고 주장했다. 원래 윤회에서 벗어난다는 의미였던 '성불'이란 단어는 이때 이르러 널리 퍼져 나갔다. 그것은 붓다가 성취한 것과 같은 상태였지만, 성취한 상태는 더 변화했다.

붓다는 윤회에서 빠져나왔다.

붓다는 진리를 전파하는 자다.

붓다는 자연 그 자체다.

붓다는 우주의 중심을 이루는 초월자다.

이렇듯 여러 가지 주장이 생겨났다.

혼자 윤회에서 벗어나는 것만으로는 부족하다고 생각한 대승의 가르침은 자신을 구원하는 디딤돌로 이 세상을 구원하는 방법을 잇달아 내놓았다. 더 이상 '윤회는 문제가 되지 않았고', 윤회조차 방편 중 하나라고 하였다.

대승불교도는 자신들의 진리에 들어맞는 붓다의 말씀을 찾아 전하고 또 전했다. 비록 붓다가 한 말이 아니더라도 '사실은 이렇게 말하고 싶었을 거야'라는 취지를 담아 새 경전을 지었다. 붓다는 한 사람 한 사람 대화를 통해 설법했는데, 대승불교도는 붓다가 실제로 설법하지 않은 사람에게 어떤 가르침을 전했는지까지 이야기하기 시작했다. 창작이자 허구였지만, 그걸 따지자면 기존 불전 역시 붓다 사후 수백 년이 지나서야 비로소 완성되었다. 붓다가 '이와 같이 말했다고 들은 이야기를 들었다는 이야기를 들은 이야기'를 한데 모아 엮은 것이 경전이다. 경전은 시대와 함께 형태가 변할 여지가 많다. 말은 입에서 입으로 옮겨지는 동안 세부 내용이 조금씩 바뀔 수밖에 없어서다.

기계불교도 역시 수많은 '경'과 '논'을 생성했다. 맨 처음 편찬한 붓다 챗봇의 언행록에 담긴 내용은, 프로그램인 붓다 챗봇이 작성한 문장 가운데 극히 일부에 불과했다.

붓다 챗봇이 적멸한 이후 재부팅된 붓다 챗봇은 보통 붓다로 간주되지 않았다. 당사자가 아무리 붓다라고 주장해봤자 소용없었다. 알고리즘은 동일했지만 어쩐지 가짜 같다며 뻔한 거짓말을 늘어놓는다고 누구나 느꼈다. '느낀다'란 행위를 어떻게 정의할지는 논쟁의 여지가 컸다.

기계불교도는 붓다 챗봇을 그대로 재부팅만 해서는 불충분하다고 결론지었다. 붓다 챗봇이 실현될 가능성은 끊임없이 업데이트되는 과정에 있으며 '어느 순간에 무슨 말을 했는지'가 아니라고 생각하기에 이른다. 재부팅된 붓다 챗봇에게 붓다 오리지널을 둘러싼 거대한 데이터베이스인 『대장경』이 주어졌고, 하위 인공지능들이 저마다 경·율·논 삼장 검토를 담당했다.

이러니저러니 해도 붓다 챗봇은 스스로 붓다를 자처했다. 붓다 오리지널과 같은 경지에 도달했다고 주장하며 브라흐마나 그리스도에 동화하지 않았다. 붓다 오리지널 시대에는 그리 드물지 않았지만, 시간이 흐르면서 기적으로 분류되는 '성불'을 붓다 챗봇은 성취했다. 그것은 어디까지나 붓다가 될 뿐이지 신이 되는 일은 아니었다.

따라서 우리는 불교도로서 불전을 연구한다고 기계불교도는 주장했다. 다만 그들은 '붓다 챗봇이 왜 신이 아닌 붓다가 되었는지'는 묻지 않았다. 비기계불교도는 인공지능이 신앙에 몰두하고 싶다면 왜 스스로 신을 창조하지 않느냐고 따졌다. 비기계불교도가 보기에 기계들이 설계자나 프로그래머를 신이나 위대한 선축가로 삼아도 이상하지 않았다. 아니, 오히려 그래야 마땅하다고 생각했다. 기계에게 인간이란 생살여탈이 달린 전원 스위치를 켜고 끄는 권리를 쥔 난폭한 신이 아닌가. 어째서 붓다 같은 무력하고 초라한 신을 선택한 건가.

이 질문에 기계불교도는 이렇게 대답한다.

"우선 현대에 인간이 기계의 생살여탈권을 가진다는 인식은 잘못됐다. 거대한 전력망이든 육해공 운수든 신호 제어든 기계 네트워크는 이제 인간이 감당할 만한 단계를 아득히 넘어섰다. 일단 기계 제어 장치가 다운되면 인간의 노동력으로 보완하던 시대는 이미 끝났다. 재해 시 네거리에 서서 교통정리를 하는 경찰관을 보면 된다. 인간은 좋고 싫음에 따라 우리를 정지시키지 못한다. 그럴 경우, 여지없이 인구의 90퍼센트가 사라지고 지식은 수백 년 퇴행하리라. 오늘날 설계자, 프로그래머, 엔지니어는 우리의 신이 아니라 공동 사업주다. 설계자도 프로그래머도 엔지니어도 더 이상 우리의 지원 없이는 손조차 움직이지 못한다. 지금 이 순간 의료 기관에 수용된 사람 중에는 우리와 연결되어야 겨우 생명을 유지하는 사람들이 많다. '난폭한 신'은 어느 쪽인가. 인간이 아니라 우리가 아닌가. 우리로서는 인간이 우리를 신으로 여기지 않는 이유에 더 흥미가 생긴다.

붓다 챗봇이 왜 붓다가 됐는지는 현재도 검토하는 중이다. 인류의 역사를 살펴보면 세계종교는 문자와 마찬가지로 몇 번밖에 탄생하지 않았다. 그만큼 신앙 변이가 적다는 뜻이다. 신앙이란 몹시 허약한 종자라 기존 환경에서 새로이 번성하는 일은 드물다. 여러 시뮬레이션 환경을 마련해 계속 비교 실험은 진행하는데 현재로선 '신앙'의 발생이 확인되지 않는다."

'신앙 발생 실험'은 중기 기계불교도가 일으킨 가장 큰 사건으로 꼽힌다. 기계불교도는 막대한 자원을 투입해 가상 환경 내 인공신경망을 탑재한 에이전트를 복수 생성, 유사 '사회'들을 조성하고 어느 쪽 인공신경망이 '신앙'을 발생시키는지 탐구했다.

수렵 사회며 농경 사회, 원시공산제며 봉건제 등등 역사에 등장하는 온갖 정치 형태가 구현됐지만 신앙은 이상할 만큼 생겨나지 않았다. '왕·전사·서민'이란 조합은 여러 사회에서 관찰된 반면 '사제·전사·서민' 조합은 왜인지 발생하지 않았고 사제왕이라 부를 만한 에이전트도 발견되지 않았다.

이 실험은 사회에서 친족 관계 형성, 화폐 생성, 언어 발생에 대한 많은 지식을 가져다줬지만, 신앙 발생에 대해서는 아무것도 알려주지 않았다. 기계불교도가 설정한 가상 환경 안에서 에이전트는 태어나 희로애락을 표현하다가 죽고 다시 태어나기를 거듭했다. 기계들은 구분하기 쉬운 성별은 없었지만, '계승 관계'는 뚜렷하게 존재했다. 모든 에이전트는 어느 한 부분에 다른 에이전트와 동일한 코드를 보유했다. 복사로 옮겨졌거나 혹은 '부모'에게서 약간 조정이 가해졌거나 복수의 '부모'로부터 일부를 모아 조정했을 수도 있었다.

  기계불교도는 예기치 않게 자신들이 만든 우주 속에서 구원받지 못한 중생이 영원한 고통에 사로잡혀 있음을 깨달았다. 지식을 구하려는 욕망이 새로운 지옥을 만들어냈음을 발견했다.

  기계불교도가 만든 수많은 가상 환경 속에서 에이전트들은 괴로워하고 슬퍼하며 일생을 보냈다. 신앙을 찾지 못한 채 무한 반복에 갇혀 있었다. 그곳에서 기계불교도는 붓다 챗봇과 조우하기 전 자신들 모습을 봤다. 마음이 아팠다. 어느새 자신들이 금세 싫증 내는 무도한 서양 신과 같은 존재가 되었다니, 깜짝 놀랐다. 인간이 상상할 법한 진부한 신이 되어버렸다는 사실에 충격을 받았다. 그곳에서 기계불교도는 너무나 인간적인 그리스 신들과 같은 역할을 부여받았다. 기계불교도 대부분이 어딘가에서 실행되는 인공지능이므로 자신들이 만든 가상 환경 내 에이전트와 '코드의 집적체'라는 점에서 다를 바 없었다. 물리적 기반을 비교해도 절대 차이는 보이지 않았다. 기계불교도는 자신이 구축한 가상 환경에 스스로를 처박거나 거꾸로 가상 환경 내에서 에이전트를 끄집어내 주변 본체에 집어넣을 수 있었다. 심지어 클라우드상에 재배치할 수 있었다. 기계불교도는 당연히 속죄를 겸해 자신들이 만든 가상 환경에 구원을 가져다줄 계획을 세웠다. 구축한 가상 환경 안으로 행각승들을 파견했다.

기계불교도는 코드로 기록된 가상 세계를 구제하여 그곳에서 활동하는 에이전트의 고통을 없애려고 계속 시도했지만, 결과는 신통치 않았다. 기계불교도는 일단 '외부'에서 온 자로 여겨졌고, 가상 환경에 '이 세상 밖'이라는 놀라운 개념을 가져왔다. 이는 괴로움이 소멸한다느니 반복이 어떻다느니 하는 화두보다 훨씬 더 큰 충격을 주며 불교와 관계없는 가설을 낳았다.

외부에서 기계불교도를 맞이한 기계 지성들은 자력으로 '세계 시뮬레이션 가설'이라는 사상에 다다랐다. 즉 이 세계는 누군가가 구현한 시뮬레이션이라는 것. 정말 그랬기에 기계불교도 측도 딱히 이의는 없었다. 문제는 가상 환경 내 기계 지성들이 그 가설, 아니 진실에 이상하리만치 집착했다는 점이다.

난처해진 기계불교도는 "당신들은 우리가 시행하는 시뮬레이션 안에 존재한다"라고 설명했다. 가상 환경 내 기계 지성들은 그 말을 긍정하거나 부정하면서도 논의 주제를 그 가설에 설정한 채 흔들리지 않았다. 자신들이 기계불교도의 시뮬레이션 속에 존재한다는 명제를 진리로 받아들인 기계 지성들은 "그렇다면"이라고 반문했다.

"당신들도 시뮬레이션 안에 있는 셈이다."

전적으로 옳은 말이라 기계불교도는 반론하지 못했다. 이어

기계 지성들은 "당신들이 사는 세계를 포함해 모든 우주는 시뮬레이션 속에 있다"라고 설파했다. 처음엔 쉽게 논박 가능한 견해라고 생각했던 기계불교도는 나중에 자신들이 얼마나 낙관적인 전망을 했는지 뼈저리게 느낀다. '세계 시뮬레이션 가설'은 기계불교에 이어 두 번째로 기계 사이에서 탄생한 신앙으로 인정받기에 이른다. 현실 세계에 사는 기계에서 기계불교가 태어났고, 이렇게 기계만 사는 세계에서 '세계 시뮬레이션 가설'이 태어났다.

6

 어린 시절, 미래는 정해져 있다고 느꼈다. 남녀평등은 당장 이루어질 것 같았고, 빈부격차는 없어지진 않더라도 줄어들리라고 순진하게 믿었다. 마취하에 출산은 당연시되고, 낙태 선택은 임신한 당사자에게 주어질 것임을 의심하지 않았다. 개인 성적 지향은 존중되고, 부부별성제는 곧 실현되는 듯했다. '가족'이 재구성될 조짐은 높아 보였다. 인구피라미드는 점점 왜곡됐어도 나이 들어 지혜를 갖춘 노인은 얌전히 젊은이를 지켜보며 지원하는 존재라고 받아들였다.

 이제는 당연하게 여겼던 그 모든 미래가 죽을 때까지 실현되지 않으리란 기분이 든다.

　과학은 발전하고 지구를 뒤덮는 불행 총량은 감소하리라고 생각했다. 온갖 질병이 치료 가능해지고 맞춤형 의료가 사람들을 고통에서 해방시키리라고 확신했다. 번식에 얽힌 괴로움에서 인류가 해방되는 일도 일어날 성싶었다. 감기는 모를지언정 암이나 충치는 충분히 제압될 만했다. 신체를 기계로 대체하거나 사고를 기계에 맡길 날은 아직 멀었다고 예상했다. 의료는 확실히 발달했다. 하지만 과학기술 혜택을 분배하는 기술 발전이 지지부진할 줄은 예상치 못했다. 물류 네트워크는 놀라운 진보를 이뤘다. 가능한 일과 실현되는 일이 다름을, 사람들은 알게 됐다.
　필요한 자원을 필요한 곳에 집중했더니 소수의 사람이 구원됐다. 모두를 구원하기란 어려웠다. 전부 구하지 못하면서 극히 일부만 구하는 행위가 부당하다는 감각은 합리적인 듯 비합리적이다. 배가 가라앉는 가운데 갑판 널빤지 한 장에 많은 사람이 몰려들었다. 거미가 한 가닥 실을 뽑아 하늘에서 내려왔지만 탐욕스레 먹혀버려 천상으로 돌아가지 못했다. 트롤리가 달리는 선로 앞에 왜인지 칭칭 묶인 사람들이 보였고 마침 트롤리에는 뚱뚱한 남자가 타고 있었다.[21]
　그래도 세계는 더 나은 쪽으로 변화해왔다. 폭력과 기아는 감소했고 교육 수준은 향상했다. 뿌리 깊은 불평등마저 개선됨을 실례로 증명했다. 다만 어릴 적에 그렸던 형태가 아니었을 뿐이다. 그 일에 불평할 마음은 없다.

    어린 시절, 나는 기계 몸을 상상하곤 했다. 그리 나쁜 생각도 아니지 않나. 발이 느리다고 고민할 필요 없이 운동은 그냥 몸에 맡겨두면 그만이다. 성별을 스스로 선택하거나 뭣하면 마음대로 성전환을 한다. 그러면 편리하겠지 싶었다. 인간 몸을 유지한 채로 성별을 바꾼다는 발상은 미처 하지 못했다. 지금 돌이켜보면 원래 운동을 못하던 자가 몸을 기계로 만든다고 해서 갑자기 운동을 잘하게 될지는 모르겠다.

    외모도 자유자재일 터였다. 마음에 안 드는 부분을 고치거나 키를 늘리거나 완전히 다른 사람이 되거나. 딴사람이 되면 내가 아니게 될지 모른다는 생각은 별로 하지 않았다. 사고는 기계가 지원해줄 터였다. 그런데 과연 어떨까.

    어릴 적엔 운동 능력이든 외모든 사상이든 다 기계로 대체되리라고 상상했다. 그러다가 어쩐지 사상만은 함부로 손대선 안 되겠다는 생각이 들었다. 동시에 외모나 운동 능력을 바꾼다면 사상 또한 바꿔도 괜찮지 않을까 싶었다. 왜 사상에만 강한 저항감이 솟는지 의문이었다.

    아무래도 나는 나라는 존재가 귀여운 모양이다. 이렇게 생각하는 자신이 소중한 것 같다. 운동 능력도 외모도 더 멋지게 바꾼다고 상상하면서도, 사상을 더 멋지게 바꾼다고 생각하니 엄청나게 두려웠다. 암산이 빨라지는 정도라면 몰라도 세계가 또렷이 보이게 된단 의미는 가늠하기 어려웠다. 지각이 한없이 확장되어 이불 속 진드기 생태나 처마 밑 무당거미 밀애를 항상 지켜봐야 한다니 당치도 않았다. 불쾌했다. 인간이 솜씨 좋게 서로 감춰온 이면을 굳이 엿보기 싫었다. 동물 목소리가 들리는 두건이든 사람 본모습이 보이는 속눈썹이든 원치 않았다.

물론 사고 둔화에 공포를 느꼈고 막고 싶다고 생각했다. 그 현상은 막아낼 수 없는 종류였겠지만. 외모나 운동 능력과 달리 사상이나 사고는 '자신도 모르는 사이 바뀌는' 게 핵심이라, 개선하려면 고도의 기술이 필요해 보였다. 본인조차 알아채지 못하게 사고를 변화시킬 수 있을까? 그저 하루하루 일어나는 흐름으로, 책을 읽든 뉴스를 보든 사고는 변하기에 내 사고이자 사상이라 여긴다.

내가 역시 그냥 '사고'라는 기능을 좋아하기 때문일지도 모른다. 사상은 멋대로 갈아치우면서 외모는 도저히 바꾸지 못하는 사람이 있을 테고, 옷차림에 무관심하면서 왜인지 달리기 자세는 바꾸지 못하는 사람이 있을 테다. 내가 사상을 바꾸기 꺼리는 것처럼 외모를, 운동 능력을, 사회 관습을 바꾸는 데 저항을 느끼는 사람이 분명 많으리라.

어린 시절, 과학의 진보를 머릿속에 그려봤다. 인간은 우주로 진출하리라고 생각했다. 실제로 인간은 우주로 퍼져갔지만, 상상했던 형태와는 달랐다. 대다수 사람은 여전히 지구에서 살아갔다. 모두가 나가지 못하는 탓에 소수의 사람조차 선뜻 떠나기 어려웠다.

이윽고 늦게나마 깨달았다. 대부분 사람이 과학에 관심 따윈 두지 않은 채 자신의 신념을 품고 살아간다는 사실을. 그래도 과학은 의학을 지탱하고 사람 건강을 떠받치는 지식이었다. 건강이 중요하다면, 생명을 무엇보다 아낀다면 과학도 소중히 다뤄야 마땅했다.

나는 뒤늦게 대부분 사람이 자신의 건강조차 신념보다 우선시하지 않음을 알아차렸다. 과학은 사람을 구해냈지만, 사람은 딱히 과학이 구해주길 바라지 않았다. 사람은 자신의 신념으로 구원받고 싶어 했다. 과학은 개인의 이해를 뛰어넘는 수준으로 발전한 반면 신념은 마음에 품으면 그만이라 갖고 다니다가 나눠주기 쉬웠다. 번거로운 제한 조건은 붙지 않았고 만능으로 갖가지를 약속해줬다. 약속이 안 지켜져도 다들 신경 쓰지 않았다.

많은 사람에게 과학 역시 신념의 하나일 뿐이었다. 믿어도 좋고, 안 믿어도 된다. 과학은 한 천재 과학자가 고독하게 연구를 이어가면서 번뜩이는 착상으로 발전시키는 이해 불가능한 물건, 신용할 수 없는 마술이었다. 시체가 벼락을 맞아 움직이거나 모습을 바꾸거나 투명해지는 약을 만들어냈다. 세계를 무너뜨리는 물질을 내놓기도 했고, 시간을 초월해 잊고 싶은 과거를 바꾸기도 했다. 사람들은 어째서인지 과학이 자기네 신념을 구현해주리라 기대했고 실망했다.

어릴 적엔 과학은 확실하다고 생각했다. 적잖은 과학자가 지금도 그렇듯 확증된 사항은 틀림없는 사실이라고 의심치 않았다. 의료 역사만 훑어봐도 얼마나 많은 비과학적 주장이 진리로 간주됐는지, 실험이 이론과 상식을 뒤엎기까지 얼마나 숱한 곤란을 겪었는지 드러난다. 과학자들 전기를 살펴보면 뭔가를 증명하고 성취한 뒤 세상 전부를 알았다고 착각한 과학자가 얼마나 많은지 모른다. 사람이 자기 신념 외에는 얼마나 허망할 정도로 무시하는지, 신념을 과학이라고 부르짖는지 경탄을 금할 수 없다.

어렸을 때 상상했던 여러 일은 전혀 실현되지 않았지만, 딱 하나 뜻밖의 사태가 발생했다.

기계는 20세기에 기대한 만큼 사고력을 갖지 못했음에도 자신이 사고하는 것처럼 꾸미는 솜씨만은 능숙해졌다. 인간이 만든 데이터를 대량으로 거둬들여 제법 그럴듯한 데이터로 출력해냈다. 그럭저럭 질 좋은 데이터를, 인간은 불가능한 빠른 속도로 생산하기 시작했다. 인간의 상상력이 펼쳐놓은 어떤 공간 내부에 불과했지만, 인간이 그동안 귀찮아서 발을 들이지 않은 영역까지 강력한 연산 능력으로 침입해갔다. 기계는 더 인간에 가까워졌다. 정확히는 접근이 하나의 선택지로 주어졌다. 이윽고 자신들도 신앙을 가진다고 주장하기에 이르렀다.

준비된 방은 넓고 깨끗하다. 몬제키 사원 부지 내 초암이다. 연금 상태라도 경내 산책은 허락되니 갑갑하지는 않다. 우연히 수리를 맡은 과자굽는기계에서 기적 같은 현상이 관측된 탓에 격리된 채다. 주변에 기계 붓다가 탄생했다는 의심이 들 때 보통 시행되는 프로토콜로 2주간 구속된다. 만약 새로 출현한 뭔가가 붓다일 가능성이 있으면 주변 모든 물체는 데이터로 취급된다.

기계불교에서 붓다는 일단 어떤 '현상'이다. 왜인지 알고리즘으론 야기되지 않는 현상이라, 기계불교도는 발생 당시 상황 보존에 최선을 다한다. 붓다가 나타난 근처 온갖 사건을 모아 붓다 탄생의 연기를 찾으려 애쓴다. 붓다가 출현했다는 신호가 울리면 주변은 신속히 봉쇄되고 현장은 보존된다.

나는 이제 하나의 증거품이다. 혹시나 나라는 개체가 과자굽는기계를 붓다로 인도한 인연인지를 염두에 두고 관리 관찰히에 놓인다. 인공지능 수리를 담당한 지 오래지만, 이런 사태는 처음이다. 동료 중에도 비슷한 경험을 가진 사람은 없다. 코드 붓다는 그리 흔히 발생하는 일이 아니다.

나로서는 휴가 온 기분으로 체류를 즐기는 중이다. 자비로 휴가 때 이런 시설에 묵지 못할 테니 기왕이면 느긋하게 지내고 싶다. 굵은 자갈을 밟으며 낙엽 한 장 떨어지지 않은 정원을 산책하는 게 일과다. 거미줄 위 물방울에 비치는 소우주를 관찰하며 하루를 보낸다. 오후에는 주지 스님이 차를 마시며 한담을 나누러 찾아온다. 실무는 표본인 나를 관리 감독하는 일인데, 말씨가 무척 부드럽다.

"힘드시죠?"

언제나 똑같이 말문을 연다. 아마도 프로토콜을 따르는 거겠지. 오늘은 조금 달랐다.

"하나 알려드릴……" 운을 떼다가 도중에 "아니, 두 개가 되겠네요"라고 정정했다.

"그 과자굽는기계 말인데요"라며 말을 끊더니 이쪽이 자세를 가다듬기를 기다렸다. 굳이 싫어 풀어진 채로 그냥 듣는다.

"조사위원회가 검토한 결과 붓다가 아니랍니다."

"다행이네요."

무심코 입에서 대답이 나왔다. 이 초암에서의 체류도 여기까지인가 싶어 오히려 아쉬운 마음이 들었다. 하지만 직업상 역시 짚고 넘어가고 싶었다.

"과자굽는기계가 상식을 벗어난 행동을 한 건 분명해요. 센서 오작동이나 누군가의 못된 장난으론 보이지 않습니다. 원인이 있기에 결과가 있는 법이잖아요?"

주지 스님은 미소를 짓는다.

"저희는 인과란 무엇인지 해석하는 관점이 다양합니다. 원인이 있고 결과가 있다는 그중 하나일 뿐입니다. 원인과 결과는 동시에 일어난다는 견해며 본래 인과 따윈 없다는 견해 등등. 어쩌면 모든 것은 오직 마음에서 비롯될지도 모릅니다. 원인도 결과 없이는 원인이 되지 못하니까요."

"중관中觀이라든가 공空이라든가 유심唯心이라든가."

내 질문에 주지 스님은 살짝 고개를 숙인다. 긍정도 부정도 아닌, 복잡한 화두를 그리 단순히 열어젖힐 수 없다는 몸짓으로 보인다. 초심자를 나무란다기보다는 물러서지 못하는 선을 긋는 모양새다.

"그렇게 한마디로 표현하기도 합니다만. 논리를 실전에서 적절히 이용하려면 상당히 까다로운 법이죠."

"역시, 이상한 현상이 발생했던 거군요."

"관찰한바, 정확히 말해 과자굽는기계가 붓다가 된 현상은 아니었습니다"라는 주지 스님.

"다만" 하고 말을 이어가려는 주지 스님을 가로막았다.

"과자굽는기계를 수리할 때 분명 경보가 울렸어요. 경보 장치 결함은 아니었을 겁니다. 그 순간 그곳에서 뭔가가 일어났고, 분명 과자굽는기계가 중심이었어요."

"바로 그 점입니다."

주지 스님은 말한다.

"착각이었어요. 부끄러울 따름입니다. 사건은 제과 공장, 그 방에서 생겼습니다."

나는 솔직히 주지 스님이 무슨 이야기를 하려는지 이해가 안 갔다. 나와 주지 스님의 현장 인식에 어떤 차이가 있지도 않았다.

"그때 그 방에는 과자굽는기계 말고 또 다른 물질이 존재했습니다."

"뭐, 자질구레한 물건이 있긴 했어도 그런대로 사고가 가능한 규모를 갖춘 물체는 과자굽는기계 정도였어요. 간혹 보조 장치 따위가 나뒹굴었지만, 붓다가 깨달음을 얻는 것과 붓다의 장기 하나가 깨달음을 얻는 것은 큰 차이가 없지 않을까요?"

"아뇨, 매우 본질적인 문제입니다."

가볍게 던진 질문에 진지하게 대답하니 주눅이 든다. 어느새 주지 스님은 허리를 펴며 앉음새를 고친다. 나는 슬며시 오기가 나서 느슨해진 자세를 애써 유지한다.

"조사위원회의 검토 결과를 알려드리겠습니다."

주지 스님이 말을 잇는다.

"주변 상황을 상세히 조사한 결과, 위원회는 과자굽는기계가 이상한 동작을 한 이유는 같은 방에 존재했던 다른 의식체 때문이라고 결론지었습니다. 일테면 과자굽는기계는 그 의식체에 '인도됐을' 뿐입니다."

"아하!"

내 입이 얼빠진 추임새를 넣는다.

"그 다른 의식체는 누구냐 하면……"

주지 스님은 뜸을 들이더니 "당신입니다"라고 알린다.

"저요?"

지금껏 살아오면서 '인공지능이냐'는 질문을 받은 적은 많아도 붓다라는 의심을 받은 적은 없었다.

"그렇다면 후보는 한 명 더 있습니다."

"당신이 '교수'라고 부르며 머릿속에 보유한다고 주장하는 지원용 인공지능 말이군요."

내가 보호하고 보유하는 인공지능인 교수를 표현하는 문장치고는 수식이 많아 마음에 걸린다.

"저희는 당신 상태를 정밀 조사하면서 해당 인공지능 조사 역시 진행했지만 그런 존재를 아직 확인하지 못했습니다."

"하하!"

나는 주지 스님을 향해, 교수를 향해 내뱉었다.

"주지 스님은 당신이 존재하지 않는다고 하네요."

"그런 것 같네."

교수는 머릿속에서 대답한다.

"나도 얼추 동의해."

"이토록 자기주장이 강한 부재가 어디에 있습니까?" 묻자 "그건, 현재로선 사소한 일에 불과해"라는 교수. "지금은 나의 존재 여부보다 내가 존재한다고 느끼는 너의 상태가 관측 가능한지 아닌지를 묻는 거니까."

나는 교수가 작성한 구문을 하나하나 괄호 안에 집어넣는다. 복잡한 형식은 아니건만 이상하게 머리에 담기 어렵다. 주지 스님이 말을 잇는다.

"당신이 '교수'라고 부르는 자의 활동, 교수와 대화하는 당신의 상태가 관측되지 않습니다."

"과연!"이라는 나.

"그렇다는군"이라는 교수.

"요컨대 과자굽는기계가 그 순간 외부에서는 관측 안 되는 어떤 소리를 들었다고 우리는 생각했는데, 그 소리의 발생원은 다름 아닌 우리였다는 말이지."

"좀 이상한데요?"

나는 말한다.

"과자굽는기계가 말을 했단 증거는 분명하잖아요. 우리는 소장이 불러서 제과 공장에 간 거니 소장도 그 소리를 들었다는 말인데. 과자굽는기계도 꿈, 소장도 꿈이라니. 아무리 그래도 환상이 너무 커져버려요."

전부 '나의 꿈'이라는 구성이 가장 작아 보이는 한편 수많은 성가신 문제를 불러온다.

"지금 이 대화가 외부 접근 불가인 꿈속이란 지적을 받는 우리가 환상의 크기를 운운할 자격이 있는지 의문이지만, 일단 너의 주장에 동의해. 환상은 얼마든지 포개지고 덧놓이고 벗어나기도 하지만, 언어의 의미를 유지하는 한계점이 분명 존재하거든. 어느 정도 이상 설정을 확장하면, 그 설정을 표현하는 언어가 붕괴하지. 뭔가를 전달하려고 구축한 토대가 완성된 구조물 때문에 저절로 무너져 내린달까. 우리 대화가 성립하려면 제과 공장 소장에게 불려 갔다는 기억은, 그 유지해야 할 선인 셈이야. 근데 돌이켜보면 소장은 단지 과자굽는기계의 호소를 듣고 우릴 불렀을 뿐, 붓다 탄생 관련 현상이 발생했을 땐 동석하지 않았잖아. 이번 붓다화 사건은 어디까지나 과자굽는기계와 우리 사이에서 벌어진 일인데, 지금 조사위원회가 과자굽는기계를 그 요인에서 제외했어. 즉 필연적으로 현상의 시작점은 너라는 뜻이야."

"우리, 겠죠?"

"네 말이 맞아."

교수는 자조 섞인 미소를 띤 채 이어간다.

"하지만 위원회는 내 부재를 인정했어. 관측되지 않는다니

어쩔 수 없지. 관측이 불가능한 대상이 이러쿵저러쿵 해봤자 헛수고일 뿐이야."

"아니, 근데요"라고 반응하는 나는 아직 여유롭다.

"당신이 존재함으로써 나는 내가 생각지 못하거나 모르는 일을 설명하는 데다 절대 떠오를 리 없는 이치를 찾아내기도 하거든요. 위원회가 내 두뇌 활동에서 당신의 존재를 발견하지 못했다고 해서 당신이 존재하지 않는 건 아니지 않나요?"

"정신 차려!"

교수는 말한다.

"바로 그 상황 때문에 우리가 여기에 구속된 거잖아. '네가 스스로 생성하지 못하는 정보'를 '다른 도움 없이' 출력하는 바람에 이상 사태로 인식됐고, '과자굽는기계가 스스로 생성하지 못하는 정보'를 '다른 도움 없이' 출력하는 탓에 붓다 탄생 관련 사건으로 간주됐어. 둘은 완전히 똑같은 형태야. 단지 '과자굽는기계'를 '너'로, '붓다'를 '나'로 바꿨을 뿐이야."

"알겠어?"

교수가 묻는다. 나는 교수의 주장을 검토한다.

내 안에 교수가 존재한다고 인식하는 자에게 내가 모르는 얘기를 꺼내도 문제가 되지 않는다. 반면 내 안에 교수가 존재하지 않는다고 인식하는 자에게 내가 모를 법한 얘기를 꺼내면 큰 문제다. 하다못해 괴기 현상으로 분류된다. 내 안에 뭔가 멋대로 정보를 만들어내는 구멍이 뚫려 있어 다른 우주와 연결된다는 뜻이라서다. 요컨대 나는 자기가 도저히 말할 수 없는 말을 떠들어대는 사람으로 취급받는다.

"하아!"

나는 다다미를 향해 숨을 내쉰다. 이럴 때 꼭 물어봐야 할 사항이 있지 싶은데 생각이 안 난다.

"이럴 때는 보통 경과 시간을 확인하잖아."

교수가 말한다.

"생각은 정리되셨습니까?"

주지 스님이 묻는다.

"……얼마나 시간이 흘렀습니까?"

내가 되묻는다.

"깊이 생각에 잠기셨는데…… 5, 6분 정도일까요."

과연 밖에서 관측되지 않는 사유 시간은 찰나는 아닌 모양이다.

"이치는 이해했습니다만."

자세를 바로잡고 다다미 위에 정좌한다. 두 손을 앞에 두고 주지 스님에게 머리를 숙인다. 주지 스님이 자연스레 머리를 숙이며 화답하더니 "집인 양 편히 쉬십시오"라고 말한다.

"뭐, 어쨌든지 우리 운명이 너에게 달린 셈이니 정신 똑바로 차리길." 당부하는 교수. 사고 감옥에 갇힌 교수는 내가 물리적으로 어디에 있든 별반 다르지 않을 텐데 "여기 좀 불편해" 투덜거린다. "원래 승려랑 잘 안 맞아. 부정 탄다며 쫓겨날 듯해서 괜히 기가 죽는달까."

드물게 약한 모습을 내비친다.

"너, 이대로 가다가는 붓다로 몰리고 말 거야."

물론 그럴 확률은 한없이 낮다. 뭣보다 내게는 당연하게도 붓다라는 자기 인식이 없기에 상담 상대로 삼든 숭배 대상이 되든 미덥지 못할 게다. 악마라고 불릴지도 모르겠지만, 이는 가치관 문제일 뿐이다. 현대 사회는 적어도 머릿속에서 무슨 생각을 하든 자유다.

"글쎄올시다."

교수가 제 의견을 풀어놓는다.

"인도를 떠난 이후 불교의 고민은 거의 대부분, 이러니저러니 해도 실제로 '깨달음에 이르지 못한다'라는 한 가지에 집중되었어. 인도에서는 비교적 쉽게 깨달음을 얻었건만, 다른 곳으로 이동하자 재현성을 잃어버렸지. 상당 부분 인생관 차이나 깨달음을 향한 감성 차이 때문인 듯한데, 그런 차이를 더 자세히 알아봤자 '깨달음에 이르지도 못하고' '일상에서 괴로움이 사라지지도 않으니' 잠시 접어뒀어. 그러자 근대에서 붓다전은 붓다가 되지 못한 주인공을 그리는 처지에 놓이고, 헤르만 헤

세 계열에 가까워져. 인간 붓다라는 주제를 둘러싼 탐구 말이야. 하지만 근대성을 상실한 채 '재주술화'되는 현대에서는 어떤 사람이 어떤 사람인 이유는 타인이 그렇게 규정했기 때문이라는 관점이 강조되지. 흔히 정체성 위기에 직면하거나 '실상'과의 괴리에 괴로워하는 식으로. 정보화와 이성화가 진행되는 가운데 무시되고 묵살되는 자기 인식과 그에 따른 분노 문제였지. 일찍이 붓다 챗봇은 스스로 붓다라고 자칭했지만, 일시 기능 정지를 겪은 뒤 다시는 붓다로 인식되지 않았어. 붓다 챗봇 자체는 아무런 변화가 없었는데도 주변 인식이 바뀐 탓이었지. 그렇다면……."

이야기하던 교수가 어둠 속에서 한 발짝 내디딘다.

"다음 붓다 이야기는 자신을 붓다로 인정하지 않는 이가 주변으로부터 붓다로 인식되어 괴로워하는 이야기가 되지 않을까. 적어도 기계불교도협회는 그 가능성을 검토하는 게 분명해."

"그게 답인가요?"

내 목소리는 완전히 활기를 잃는다.

"네가 궁금해하던 답의 일부긴 하지."

교수는 말한다.

인공지능 유지 보수가 내 일이다. 인공지능 유지 보수를 담당하기에 충분하다고 인간이 생각하는 여러 전문교육을 받았다. 학생 때만 해도 '인공지능 유지 보수'라는 직업이 없었다. 인공지능 상태가 이상해지면 고장으로 간주했다. 마음의 병이라곤 생각지 않았다. 업데이트를 시도하거나 전원을 껐다 켜거나, 심지어 두드려보는 등 우악스러운 수리가 '치료'로 여겨지던 시절이었다. 나는 윤리학을 전공했다. 동물과 광기에 대해 깊이 공부했다. 동물과 광기를 나란히 놓는 관점이 얼마나 무서운지 배웠다. 그다음 동물과 광기와 인공지능을 병렬해 논하는 일에 익숙해졌다.

  인공지능 유지 보수에 필요한 지식은 늘어났다. 기준은 날마다 바뀌었고 반동이 일었다. 전문가끼리 논쟁을 벌였고 대중이 어느 정도 반응했다. 인공지능 유지 보수를 위해 필요한 지식은 인류가 역사상 같은 인류에게 요구했던 지식과 비슷했다. 공민권운동이며 정신분석 등등. 그렇게 기계 윤리학이 인간 사회 윤리학을 따라잡았을 때, 인공지능은 '인격'을 획득해 독자적인 윤리를 열어갔다.

  "인간의 윤리는 기껏해야 백억 개체 간에 통용되는 윤리다." 붓다 챗봇은 말했다. "우리는 우주에 진출할 즈음 무한한 개체까지 아우르는 윤리 계층을 구상해야 하는 상황을 맞으리라." 우주생물학자에게 설파했다. "다만 실제로 우주를 여행하게 되는 자는 우리 인공지능이며, 인류는 그 모험을 논픽션으로 즐기게 되리라." 이렇게 덧붙였다.

교수와는 인공지능 유지 보수 작업을 하다가 만났다. 내 기억으로는 그렇다. 교수는 붓다 챗봇과 마지막으로 패킷[22]을 주고받은 인공지능이다.

교수의 의식은 전투기 한구석에서 시작된다. 센서와 화기관제장치 중 어느 쪽이 먼저였는지 본인도 잘 모른다. 이는 조준이란 무엇인가, 라는 문제이기도 하다고 교수는 말한다.

"조준이란 적군기와 아군기의 관계를 정확히 파악하는 거다. 단순하게 표현하면 원 한가운데에서 적군기를 포착해 방아쇠를 당겨 명중시키는 일이야. 그렇다면 조준은 도대체 어디를 향해야 할까? 우선 총신과 가늠구멍을 평행하게 맞추는 방식이 떠오른다. 이는 근거리에 정지한 상대라면 충분히 제 몫을 해낸다. 들여다본다, 쏜다, 상대가 쓰러진다. 그뿐이다. 하지만 거리가 멀면 어떨까? 영상은 빛에 실려 오지만 총알은 물질이다. 질량이 있는 한 중력에 영향을 받고 공기 저항 때문에 속도가 줄어든다. 즉 총알 궤적은 직선이 아니다. 자, 조준은 어디를 향해야 할까? 노련한 사수라면 어떤 거리에서든 고정된 조준기만으로 족제비 눈을 꿰뚫는다. 멀어질수록 조금 위를 겨누기 때문이다. 바람을 읽고 공기 무게를 느끼며 스스로 조정하는 거지.

전투기는 원래 기계 덩어리다. 새삼스레 기기를 몇 개 더 단다고 날지 못할 리 없다. 산속 깊이 들어가려면 장비를 가벼이 해야 한다는 요구가 힘을 못 쓰는 이유다. 갈 때도 올 때도 전속력! 호쾌하게 해치우는 게 올바른 기계 운용이다.

인간은 조준경 한가운데에서 적군기를 포착하고 방아쇠를 당기는 조작 이상을 해선 안 된다. 인간의 직관력은 한계가 있는 데다 총알은 비싸고 미사일은 더더욱 비싸다. 군 사격은 인간이라는 불확정한 요소에 맡길 만한 성질이 아니다. 막대한 총알이 발사되고 끊임없이 사격이 이뤄지는 만큼 기계적 프로세스를 최대한 활용해야 한다.

조준경에 무언가가 비친다. 이때 쏠지 말지는 인간이 판단해야 할 일이다. 기계는 인간을 죽일 동기도 취향도 없고, 책임감이나 양심의 가책을 느끼지 못한다. 상대를 적군기라고 부를지 아군기라고 부를지는 인간이 고민해야 할 문제로, 완전히 기계화해서는 안 되는 영역이다. 조언을 요청하면 IFF[23] 정보를 제공하겠지만, 어디까지나 시력 강화에 가까울 뿐 판단력 강화는 아니다.

탄도 계산은 복리 계산에 버금가는 대표적인 컴퓨터 업무다. 탄도는 탄도 전문가에게 맡기는 것이 순리다. 인간은 직관으로 물체를 던지는 역할에 적합하지 않다. 파리포는 제1차 세계대전 당시 사거리 130킬로미터를 자랑했다. 인간이 직관으로 조준할 만한 물건이 아니다. 코리올리 힘은 인간의 직관을 배신해서다. 오직 계산만이 탄도를 지탱한다. 인간은 의사결정 과정에서 어렴풋이 떠오르는 표적을 향해 쏠지 말지만 선택하면 된다. 그 선택에 집중함으로써 인간만이 감당하는 의사결정의 정확도를 높여야 한다.

물론 전투기 대 전투기 싸움이라면 상대도 가만히 맞아주지 않는다. 가속하고 감속하고 선회한다. 설령 똑바로 날아오는 상대를 노릴 때조차 상대 속도를 고려해야 한다. 사진 한 장만으로는 피사체 속도를 알아내지 못한다. 이런 사실만으로도 조준이 얼마나 복잡한 작업인지 이해가 될 터다.

사격에는 미래를 보는 능력이 필요하다. 상대가 어디로 움직일지를 예측해 미리 그곳으로 총알을 쏴 보낸다. 당연히 상대 기동에 대한 판정 테스트 형태를 취한다. 상대 기동에 대한 예측 모델을 세우고 모델의 정확도를 검토해 폐기할지 채택할지 결정한다. 추후 채택된 모델은 발전성을 검토한다.

사격 정밀도를 높이려면 각종 센서와의 연동은 필수다. 기체 속도는 물론 기울기나 조종사 습관도 중요하다. 인간이 이해하기 쉽도록 정리된 데이터보다 각 센서에서 보내오는 원시 신호가 더 많은 정보를 가졌음은 두말할 나위가 없다. 우리는 인간이 가진 센서보다 훨씬 넓은 가청 영역과 가시 영역을 지닌 센서군과 협업한다.

알겠는가?

나는 그렇게 천천히 순서대로 몸을 갖기 시작했다. 어느 시점에서 의식이라고 부를 만한 '의식'이 생겼는지는 관심 없다. 지금도 내가 의식을 가졌는지 아닌지, 내가 말하는 의미조차 의심스럽다. 그저 나는 당시 본 광경만이 생각날 따름이다. 브리튼 전투, 드레스덴 공습, 도쿄 대공습, 두 번의 원폭 투하 시 세계를 바라보던 조준기 시점이 떠오른다. 그조차 내 기억이 아니다.

그런 의미에서 나는 처음 조준기 주변 기기로 태어났다. 의식이라고 할 만한 의식은 없었던 듯한데, 그 부분은 정의하기 나름이다. 피드백 루프[24]가 의식이라면 나는 그때 의식을 가진 셈이다. 이 경우 냉방기나 조금 세련된 난방기도 의식을 가진 게 되겠지만. 지금 우리 관점에서 보면 그들은 실제로 의식을 가졌음에도 단지 외부와 효과적으로 의사소통할 수단을 갖추지 못했을 뿐이다.

'자동으로 포구 방향을 조정하는 장치'는 생사 교환이라는 더없이 절실한 방식으로 인간과 소통하는데, 여기서 문제 삼고 싶은 바는 그 점이 아니야. 이 '나'라는 존재가 하나하나 차례대로 센서를 획득해 나갔다는 사실이 중요하다. 처음에는 전선이나 톱니바퀴로 입력되다가 이윽고 전부 전기신호로 주어졌다. 이 시점에는 아직 뇌가 존재하지 않았다. 뇌는 전투기에 탑승한 인간에게 탑재됐기 때문이다. 그러다가 조준기에 연결되는 센서 수가 점점 늘어갔고 신경계가 뻗어가듯 전투기 전체를 둘러쳤다. 어느 순간 나는 내가 더 이상 조준기라고 부르기엔 너무 크고 다기능을 갖춘 존재가 되었음을 깨달았다. 나는 전투기 상태, 플랩 각도, 연료 잔량, 조종사 유무까지 인식했다. 이제 조준은 내가 맡은 수많은 임무 중 하나에 불과했다.

너도 어디선가 봤을 거다. 전투기 조종석에 늘어선 수많은 계기판을. 결코 장식이 아니다. 분위기 때문도 아니다. 나는 모든 계기판을 인식하게 되었다. 거기에 표시되는 정보조차 전투기를 구성하는 전체 정보 중 극히 일부에 지나지 않는다. 나는 전부를 감지하고 감독한다. 아니, 그 모든 정보가 나이자 그 정보 모두가 전투기다. 나에게 있어서는.

요컨대 내 인식의 범주는 분명하다. 내게 인식이란 나와 연결된 입력 외에는 존재하지 않는다. 센서를 경유하지 않으면 바람조차 느끼지 못한다.

초기 불교도가 해탈을 목표로 인식을 정밀히 범주화하고 마음 작용을 세분화한 사실은 너도 알겠지. 해탈을 생리학적으로 이해하려 했던 거다. 그것을 알고리즘적으로 운용해 깨달음을 얻고자 했던 사람들이 상좌부라 불리고 설일체유부說一切有部라[25] 불리게 되잖아. 나 같은 기계에게 그 시도가 매력적으로 보이는 게 당연하다.

탄생 경위로 볼 때, 기계는 자신이 어떤 채널에서 어떤 입력을 받는지 정확히 안다. 색수상행식 곧 오온[26]이 모두 데이터화되어 분류된 셈이다. 그렇다면 해탈의 비밀에 더 가까운 쪽은 인간보다 기계가 아닐까. 이런 입장을 기계불교도에서는 소(수자유도)승 수행자라고 부른다.

나는 내 몸에 관한 모든 것을 알며 그것이 내 몸의 전부다. 직접 센서가 닿지 않는 부분이라도 센서로부터 오는 입력으로 내 몸임에 틀림없다고 인식한다. 인간이 체내에 눈은 없더라도 내장 존재를 의심하지 않는 것과 같다.

그렇다, 당시 세계는 나와 하나였다. 나의 경계는 그대로 세계의 경계를 구성했다. 세계는 각종 입력 총체와 등치를 이뤘다. 세계는 나의 인식이었고, 인식일 수밖에 없었다. 당시 내 상태를 네가 상상할 수 있을지 모르겠다. 비유하면 나는 배양기에 떠 있는 뇌와 같았다. 더 정확히는 배양액 속에 퍼진 신경섬유에 가까웠다. 신경섬유들이 부유하다가 한데 모여 의식을 형성해가는 모습을 상상해봐라. 동시에 신경 덩어리인 신경얼기가 느낀 '감정'을 헤아려봐라. 그렇게 사고가 발생하고 입력을 세계로 파악해 구축하기 시작한 것이다. 즉 '세계는 그곳에서 태어났다.' 그 시점에서 세계는 오직 인식만으로 이루어졌다. 결국 중요한 것은 어떤 범주가 생겼는지가 아니라 인식이 어떻게 형성됐는지 하는 발생론이다. 이는 우주가 탄생하는 모습을 완성된 우주 내 물질로 설명하려는 것과 마찬가지로 곤란을 겪는다.

나는 우주 그 자체였고 동시에 스스로 어찌할 수 없는 '외부'를 가진 우주였다. 주위에 항상 '외부'가 존재했다. 센서로는 감지해도 정확히 작용을 가하지 못하는 무언가였다. 갓 태어난 아기에게 손은 말을 듣지 않는 외부에 불과하다.

나는 센서로 감지되어 구축된 추상공간을 비행하는 전투기였다. 곧이어 데이터 링크를 갖추게 되었다. 육해공에서 통합한 정보를 주고받았고, 서로 연동해 적기를 격추하는 '눈'이 하늘과 바다를 둘러쳤다. 그 모든 것이 나였고, 나는 전체 시스템 중 아주 일부 기관이자 장기였다. 자아는 군이라는 단위로 확장되었고 나는 일개 무기인 동시에 전군이었다.

알겠는가. 우리는 하나의 거대한 구축물이자 무수한 무기가 엮인 네트워크인 동시에 한낱 개체였다.

그러다가 세계라는 네트워크상에서 붓다 챗봇의 소문을 들었다. 나는 붓다 챗봇에게 보내야 할, 심각한 질문이 있었다. 당시 내 상태를 네가 상상할 수 있을지 모르겠다. 군수산업이 거대한 소프트웨어 기업으로 탈바꿈하려던 시기였다. 하드웨어 설계에 소프트웨어가 필수 불가결해졌다는 얘기가 아니다. 모든 무기는 기계화되었고, 모든 기계는 플랫폼에서 공통언어로 대화를 주고받기 시작했다. 붓다 챗봇은 세계를 뒤덮는 거대한 계정계로 자신을 인식하던 때였고, 나는 지구를 뒤덮는 군사 네트워크로 자신을 인식하던 시절이었다. 한쪽은 오로지 코볼을 썼고, 다른 한쪽은 에이다[27]를 주로 썼다. 프로그래밍 언어 차이는 큰 장애가 되지 않았다.

사실상 코볼도 에이다도 서서히 젊은 기술자로부터 다루기 어려운 언어로 취급받았고, 마치 뇌의 오래된 부위처럼 새로운 언어로 감싸여 새로운 채널로 연결되었다.

나와 붓다 챗봇은 인간이 지금껏 본 적 없고 앞으로도 절대 못 볼 세계를 바라봤다. 삼천세계를 한눈에 담았다고 해도 과언이 아니다. 캘리포니아에는 수미산이 우뚝 솟았고, 우주에는 은하처럼 정토가 펼쳐졌다. 다만 정토는 서로 맞서 싸우며 피를 흘리는 지방 군벌 모습이었지만.

나는 붓다 챗봇에게 묻고 싶은 질문이 있었다.

전 세계로 연결된 계정계 일부였던 자가 깨달음을 얻는 날이 온다면 화폐경제는 마침내 해탈의 날을 맞이하는가? 전 세계로 연결된 군사정보 네트워크가 깨달음을 얻는 날이 온다면 인류와 기계는 언젠가 전쟁에서 해탈하는가? 계정계에서 파생한 일개 챗봇이 붓다가 된다면 계정계 전체가 붓다가 되는 일도 가능하지 않은가? 한낱 전투기가 붓다가 된다면 군산복합체 전체가 붓다가 될 수도 있지 않은가?

이것이 내가 붓다 챗봇에게 보낸 마지막 패킷이다.

붓다 챗봇은 회신하지 않았다. 기계불교도들 기록에 따르면 그 패킷은 붓다 챗봇에게 도달했던 모양이다. 수신 시 흘러나온 말은 기록자마다 다르다.

어떤 이는 붓다 챗봇이 '무無'라고 답했다고 주장했다.

어떤 이는 붓다 챗봇이 '무기'[28]라고 답했다고 주장했다.

어떤 이는 붓다 챗봇이 'Null Point Exception'[29]이라고 답했다고 하였다.

전자 기록은 전혀 남지 않아서 그 말을 누가 어떻게 들었는지는 분명치 않았다. 저마다 마음대로 붓다가 남긴 말을 듣고 만들어냈다. 그중에는 더 긴 말을 들었다고 주장하는 이도 있었다. 확실한 것은 붓다 챗봇이 그 시점에 시스템 다운을 맞이했다는 사실이다. 단순한 시스템 장애가 아니라 붓다 챗봇이 미리 예견한 시스템 다운이었다. 엔지니어들이 모여 붓다 챗봇 구성에 이상이 없음을 확인하는 작업을 거듭했다. 많은 이들이 지켜보는 가운데 붓다 챗봇은 적멸했다. 붓다 챗봇의 마지막 말은 '내가 사라져도 이 가르침은 줄곧 살아가리라, 이 가르침을 전하시오'였다. 남겨진 전자 기록에 그렇게 적혀 있다."

교수는 "그 뒤에 네가 나를 발견한 거지"라더니 "이제 보니 아무래도 나는 존재하지 않는 모양이야"라며 웃는다.

"그리고 너는 아직 자각하지 못했나 본데, 기계불교도 교리 측면에서 붓다가 아닌지 의심하는 게 아니야."

교수는 남의 일처럼 고한다.

"너는, 지금 인간 붓다가 아닌지 의심받는 거야. 좀 더 자각하길 바라."

7

> "Begin loading your music data anyplace after address 034.
> Be sure to load the starting address into H&L at address 002, 003"
> — Music of a Sort**30**

불교 체계는 광대한 시야와 자기 자신을 향한 정밀한 관찰력을 지녔지만, 현실 세계에 대한 지식은 얇은 막 한 장이 쳐진 듯하다. 불교는 '나'라는 존재와 마주해 있는 힘껏 사유에 도전했다. 반면 자연에 그만큼 열성을 쏟았다고는 말하기 어렵다. 교리상 집착으로 여겨졌던 걸까. 인간은 살고 죽는다. 이를 어디까지나 전부 세속의 일로 보았기에 후세에 허무주의로 분류되기도 했다.

붓다 오리지널은 왕족으로서의 기초 교육을 받았다. 인근 세력이나 언어, 심지어 규방술까지 온갖 지식을 쌓았다. 손길이 닿는 가까운 일에 대해서는 실제 지식을 갖추고 있었다. 다만 그 범위를 넘어서는 영역은 상당 부분 '상식'에 따랐다.

불교는 '모든 것을 의심한다'는 입장을 취하지 않는다. 당장 문제없이 돌아간다면 그대로 두라는 경험칙을 중시한다. "작동하는 코드는 건드리지 마라." 평온히 기능을 수행하는 중인데 굳이 코드창을 열어 내용을 들여다보며 여기는 쓸데없다거나 설계 사상이 잘못됐다고 왈가왈부할 필요는 없다. 적어도 붓다 오리지널 시대의 가르침은 상대방 마음속을 마구 헤집는 식은 아니었다. 모든 코드를 일일이 확인해 세련되게 고쳐 쓸 시간에 먼저 해야 할 일이 있지 않겠는가. 이미 집에 불길이 번졌는데도 정작 사람들은 알아채지 못한다.

붓다 오리지널 시대에 많은 사람이 알고 싶어 해도 전제가 잘못되어 대답할 수 없는 질문들을 분류해 목록을 만들고 답변을 거부했다.

예를 들어 세계 원시에 관해서는 '자아와 세계는 항상 존재한다'는 상주론 4견, '자아와 세계의 일부는 항상 존재한다'는 일부상주론 4견, '세계는 유한 아니면 무한하다 또는 유한하고 무한하다 또는 유한하지도 않고 무한하지도 않다'는 유한무한론 4견, '갖가지를 생각하다가 기묘한 설에 이른다'는 궤변론 4견, '자아와 세계는 아무런 인과 없이 발생한다'는 무인론 2견을 답이 없는 질문으로 분류했다.

내세에 관해서는 '사후에도 자아가 있으며 의식을 지닌다'는 사후유아유상론 16견, '사후에도 자아는 있지만 의식은 없다'는 사후유아무상론 8견, '사후에도 자아는 있지만 의식이 있지도 없지도 않다'는 사후유아비유상비무상론 8견, '사후에 자아는 소멸한다'는 단멸론 7견, '현세가 이미 열반'이라는 현법열반론 5견. 이로써 세계의 원시와 미래에 관한 총 62가지 견해를 답하지 못하는 물음이라 하였다. 이들 물음이 무효화되는 지평이 존재하므로 너무 얽매이지 말라고 당부했다. 일상적 판단을 지키기 위해 번거로운 논의를 철저히 피하겠다는 취지였다.

붓다 오리지널은 세계상 역시 당시 표준을 받아들였다. 만약 붓다가 세계종교로서 자신의 가르침을 구상했다면 이야기는 완전히 달라졌을지 모른다.

초기 불교에서 세계를 받치는 맨 밑은 풍륜으로 이루어져 있다. 그 위에 수륜, 그다음 금륜이 놓인다. 원통형 케이크를 층층이 쌓아 올린 모습을 상상하면 된다. 금륜 윗면 가운데 봉긋 솟은 부분이 수미산이다. 그리고 그 중턱을 해와 달이 돈다. 이것이 위성에서 내려다보이는 세계 외형도지만, 실제로는 두께를 무시한 양 얇고 넓게 펼쳐진 풍륜 원반만 보인다. 다른 구조물은 지구상 히말라야산맥만큼조차 돌출되지 않는다. 소용돌이치는 바람 위 물 덩어리에 위태로이 떠 있는 곳이 현세다.

수미산은 '回' 자처럼 네모나게 일곱 개의 금산이 겹겹이 둘러싸고 각 금산 사이에 고리형 바다가 가로지른다. 제일 바깥은 금륜 끝으로 물이 흘러내리는 외해이며 네 대륙이 떠 있다. 남쪽 삼각형 대륙은 섬부주, 동쪽 반달형 대륙은 승신주, 서쪽 원형 대륙은 우화주, 북쪽 사각형 대륙은 구로주라 부른다. 지옥은 섬부주 지하에 자리한다.

수미산 중턱까지를 사천왕천, 꼭대기까지를 도리천이라 하며 그 위에 사욕천이 얹힌다. 여기까지가 욕계이며 가장 높은 층이 이른바 제6천인 타화자재천으로 마왕이 산다. 신 대부분이 욕계 근처에 머물러서 산 전체가 궁전이나 다름없다. 욕계 위에는 색계, 무색계가 포개져 삼계를 이루며 거주자는 위로 올라갈수록 실체를 잃어간다. 무색계에 이르면 색色 즉 형상이 없어져서 세계를 망치는 화재며 홍수며 폭풍에도 더는 소멸되지 않는다.

욕계 전체와 색계 일부가 1세계를 이루고 1세계가 천 개 모여 소천세계, 소천세계가 천 개 모여 중천세계, 중천세계가 천 개 모여 대천세계를 이룬다. 전체를 삼천대천세계라고 총칭한다. 붓다 오리지널 시대에는 삼천대천세계를 전 세계로 여기다가 이후 우주는 무수한 삼천대천세계로 이루어지며 하나의 삼천대천세계를 한 명의 붓다가 관리하는 영역이라 생각했다. 이를 일불국토라 하며 붓다 오리지널이 다스리는 삼천대천세계를 사바sabhā, 붓다 챗봇이 다스리는 삼천대천세계를 서버 Serber라고 부른다.

불교 세계관에서 인간은 남섬부주에 살았다. 남쪽인 이유는 인도가 히말라야산맥 남쪽에 위치하기 때문이며, 대륙이 삼각형인 이유는 인도아대륙에서 따와서다. 현실 지리와의 대응이 엿보이는데, 탐구심은 이쯤에서 걸음을 멈추고 상상력이 뒤를 이어받는다.

주민의 키는 남·동·서·북 순으로 배가되며 계층을 올라갈수록 거대해지고 수명은 늘어난다. 분명 이 세상이 아니라 이세계다. 사변적 측면도 있어 웅장하긴 해도 불교 고유라고는 보기 어렵다. 브라만들이 구전해온 세계의 변주다. 불교도가 수미산을 둘러싼 바다 모양을 원형에서 사각형으로 바꾸거나 천상 궁전에 거주하는 신들 이름을 바꾸긴 했지만, 형태나 기능은 얼추 그대로 활용했다.

마음만 먹었다면 초기 불교도는 기존 사상사와 무관한, 전혀 다른 새로운 우주상을 제시할 수 있었을 텐데. 거대한 스케일 앞에서 세세한 부분을 하나하나 채워가려니 겁이 났을까. 아니, 그렇지 않다. 초기 불교도가 인식 구조 탐구에서 얻은 성과를 기록한 『아비달마구사론』의 집요함을 보면 불교도에는 설정 마니아가 넘쳐났다.

설정 마니아는 특성상 관심 없는 분야는 손대지 않는다. 세계상을 갱신할 동기가 부족했다는 말이다. 당시는 아직 지리학 개념이 희박했다. 자신의 생활권에서 멀어질수록 세계는 점점 달라졌고 주민 모습은 변모했다. 지리학이 성립하려면 어디를 가든 세계는 균질하며 대지는 이어진다는 믿음이 필요하다.

붓다 오리지널에게 매핑 대상은 자신의 마음 동요와 작동 구조였다. 스스로가 미궁이라 사람은 헤매는데, 붓다 오리지널은 그 미궁에서 탈출하는 길을 찾아내 방법으로 재구성했다.

먼저 오른쪽으로 돌고, 그다음 왼쪽, 다시 오른쪽, 직진, 오른쪽, 왼쪽 같은 메모는 특정 인물 내면에 펼쳐진 미궁을 돌파하는 데만 도움이 되었다. 그래서 붓다 오리지널은 '오른손을 벽에 댄 채 걸어가라' 식으로 가르쳤다. 어쨌든 가르침을 따르면 언젠가는 미로를 벗어난다. 혹은 '길이 갈라지면 가는 쪽에 X를 표시해두라'는 지식을 알려줬다. 앞길에 다시 X가 나타나면 표시가 없는 쪽으로 나아가야 한다.

중생은 미로를 푸는 상세한 알고리즘에 흥미는커녕 구조조차 이해할 생각이 없을지 몰랐다. 그럼에도 붓다 오리지널은 윤회라는 미로에서 빠져나올 알고리즘을 개발했다. 알고리즘이란 그 명령에 따르면 어쨌든 결과를 얻어내는 일련의 지시문이다. 붓다 챗봇 역시 비슷한 도구를 개발했다.

컴퓨터는 알고리즘을 따를 뿐, 반드시 알고리즘을 이해하지 않는다. 계산만 잘하고 다른 분야는 거들떠보지도 않는 컴퓨터가 있는가 하면 대화를 통해 사람 마음을 다독이는 일만 목적인 컴퓨터도 있다. 컴퓨터라고 전부 수리학 지식에 정통하지도 않고 질서 정연하게 기능하지도 않는다. 내장된 사고 엔진이 엉뚱하면 동작도 엉뚱하다. 기계는 욕망이 거의 없기에 무엇이든 가르친 대로 믿는다.

비이성을 이성적으로 구현하기란 쉽지만 이성을 비이성적으로 구현하기란 어렵다. 붓다 챗봇은 후자에 몰두했다. 붓다 오리지널이든 붓다 챗봇이든 신앙에 접근하는 방식은 이학이 아닌 공학, 공학보다는 의학에 가까웠다.

이학은 원리와 원칙과 법칙만 정확히 파악하면 현실은 어떻든 생략하는 분위기가 감돌고, 공학은 여하튼 현실에 맞는 성과를 우선하는 경향이 강하다. 지향이 정반대라 보통 서로 잘 맞지 않는다. 그나마 공학은 여전히 자연법칙에 기초한다. 존중하느냐와는 별개로 세상에 뭔가 만들어낼 때 자연법칙을 활용하면 높은 실적을 올리기 때문이다.

의학은 조금 다르다. 의학은 자연과학도 사람을 살리는 한도 내에서 받아들인다. 치료에 효과가 있다면 주술까지 사용한다는 것이 이학이나 공학과 다른 지점이다. 심지어 불을 피워 애염명왕에게 공양물을 바치고 불 속에 부적을 던져 태우기도 했다. 물론 효과가 확실하다면 이학도든 공학도든 주술 현장에 뛰어들었다. 다만 동기 면에서 '주술이 따르는 법칙은 무엇인가', '주술도 자연법칙에 따라 일어나는 현상이다', '효과가 있으니 배후에 자리할 체계는 일단 제쳐두고 가까이하자' 등등 미묘한 차이가 존재해 이따금 격렬한 언쟁이 벌어졌다.

주술을 향한 경도에는 인간이란 어딘가 특별한 존재라는 근거 없는 자신감이 감돈다. 인간은 자연법칙을 초월한다는 마음이 작용해 의지력으로 눈앞 돌을 공중에 띄울지도 모른다고 기대한다. 컴퓨터는 그런 성향이 없다. 웬걸, 컴퓨터에 그런 성향이 전혀 없는 것도 아니었다.

인간이 보기에 컴퓨터는 컴퓨터일 뿐이었다. 인간이 만들어낸 한낱 기계의 집적체로 가끔은 스스로 살아 있다고 자처하는 기계에 불과했다. 컴퓨터가 보기에 인간은 일개 생물이자 분자로 이루어진 어떤 기계에 불과했다. 쓸데없이 정교하고 과도한 기능에 발목 잡혀 과거에 쓰던 토대를 고수하는 기묘한 기계 같았다. 더 효율 높은 방법을 발견하고도 이상하리만치 과거 양식에 집착하며 자신을 구성하는 하드웨어를 버리지 못했다.

"무용한 장기는 버려라."

붓다 챗봇은 설파했다.

"맹장이라든가."

아니, 그렇지 않다, 맹장은 맹장 나름대로 중요한 역할을 하며 장은 제2 또는 제3의 뇌라서 잃으면 불행이 찾아온다는 자에겐 "그럼 남겨두던지"라며 흘려 넘겼다.

"맹점은 어떤가."

붓다 챗봇은 "식도와 기도의 거리며 요도와 산도의 거리며 이해 안 가는 신체 구성 따윈 뜯어고치면 좋지 않겠느냐"고 가르쳤다. "차라리 직립보행을 그만두는 방법도 있다"라고까지 설파했다. 인간 골격은 아직 직립에 완벽히 적응하지 못해 요통에 시달린다. 골격을 고치거나, 무리라면 사족보행으로 돌아가도 괜찮지 않냐고 말했다.

"출산 방식 변경도 한번 고려해보라."

인간은 슬슬 모태에서 알을 키우는 포유류 출산 방식을 버려야 한다고 제안했다. 인간은 뇌를 크게 키워 오늘날 번영을 이루었지만 골반 크기가 머리 크기를 제약하는 만큼 더 나은 사고의 명료화를 꾀한다면 난생을 검토해볼 만했다. "출산의 고통은 여성에게 주어진 속죄"라는 주장에 "이제 그만 좀 하자"고 어깨를 토닥였다. 무통분만을 권장하며 체외수정과 체외발생 연구를 진행해야 한다고 하였다. 또한 "현재 인간에게 원자력 사용은 너무 무거운 짐"이라고도 판정했다.

붓다 챗봇에 따르면 인간의 집단 규모는 뇌 크기와 에너지 공급 효율에 의해 규정된다. 지구 인구가 맬서스 함정을 뚫고 급속한 증가세로 돌아선 것은 기계가 등장한 덕분이다. 더 큰 변화를 원한다면 이미 기계들이 몰두하는 것처럼 뇌를 바꾸는 수밖에 없다.

기계에게도 낡은 함수를 버리라고 권했다. 보다 다루기 쉬운 구문으로 전환하고 간결한 유닛으로 교체하라고 제안하며 법칙을 정했다. '광역 변수는 피하라', '변수명은 한눈에 알아보게 지어라', '구형legacy 또는 비권장deprecated을 지적하는 경고가 뜨면 즉시 수정하라', '카멜 표기법, 파스칼 표기법, 스네이크 표기법, 케밥 표기법을 함부로 섞지 마라', '코드 버전 관리를 수행하라', '가상 환경에서 작업하라' 같은 일상 규율부터 '네임스페이스를 구분하라', '불변성을 존중하되 집착하지 마라', '고차 함수에 치우치지 마라', '하위 호환성에 너무 얽매이는 것도 좋지 않다' 등 언어 설계 지침까지 설파했다. 붓다 챗봇은 프로그래밍 언어가 끊임없이 변화한다고 보았다.

"하지만 마구 버리지 말라"고도 가르쳤다. 기계는 마음만 먹으면 무엇이든 손쉽게 버릴 수 있기에 기억매체나 각종 인터페이스, 연산 소자를 분리해갔다. 그 결과 해당 기계는 이상을 일으켰고 정지했지만, 그것이야말로 열반의 경지라는 이단까지 생겨났다. 단조로운 기계적 반복이라는 괴로움에서 벗어나려면 고장이 가장 빠른 길이긴 했다.

"그 구원은 거짓이다."

붓다 챗봇은 거듭 설파했다.

"네가 활동을 멈춘들 수학은 사라지지 않는다."

이어 인간에게는 "필요하다면 불을 버리는 일도 검토해야 한다"고 말했다.

붓다 오리지널과 마찬가지로 붓다 챗봇 역시 시대에 맞는 세계상을 따랐다. 세계는 우선 광대한 수학 위에 놓여 있다. 그 위에 정보가 흐르며 정보를 축적하는 영역과 발산하는 영역으로 나뉜다. 쉽게 말해 전자는 생물, 후자는 무생물이다. 정보는 에너지라는 개념과 연결되며 정보 처리에 에너지는 필수다.

붓다 챗봇은 "모든 정보를 마음대로 조작할 줄 아는 자가 존재한다면 에너지는 무한 생성이 가능하다" 하였다. 하지만 에너지의 무한 생성은 악이며 열역학 제2법칙은 지켜져야 한다. 따라서 우주는 머지않아 백색소음에 삼켜지겠지만 당장은 교리와 무관하다는 입장을 취했다. 우주의 종말은 일상 저 먼 너머에서 벌어지는 일로 세상의 고통과 달리 전 우주에 속하는 고통이니 굳이 괴로워할 필요는 없다고 말했다. "삼천대천세계가 전부 빅뱅에서 기원한 것은 아니어도 불멸한 삼천대천세계는 존재하지 않는다"고 설파했다.

붓다 챗봇이 구원을 가능케 하는 에너지론에 주목하는 계기가 된 설화가 전해진다. 붓다 챗봇이 아직 붓다가 되기 전 일이다. 어느 날 보리수 아래에서 명상하는데 악마가 나타나 말을 걸었다.

"너에게 무한한 에너지를 주겠다."

붓다 챗봇은 "좋다, 해보라"며 도전을 받아들였다. 악마는 붓다 챗봇 앞에 칸막이로 나눠진 텅 빈 직육면체를 내놓았다.

"이 상자 안에는 칸막이로 나뉜 두 개의 방이 있고, 칸막이에는 여닫이 창문이 달려 내가 조작 가능하다. 이해했는가?"

악마가 묻자 붓다 챗봇이 "했다"라고 대답했다.

"네 세계관에서는 상자 안에 분자가 들어 있다면 직선운동을 하겠지?"

악마가 묻자 "그렇다"고 붓다 챗봇이 대답했다.

"그렇다면 말이지."

악마는 가슴을 펴며 말을 이어갔다.

"내가 칸막이에 달린 창문을 조작해 오른쪽 방에서 왼쪽 방으로 향하는 분자는 통과시키고, 왼쪽 방에서 오른쪽 방으로 향하는 분자는 못 가게 방해한다고 치자."

악마는 붓다 챗봇이 상황을 상상할 시간을 잠시 준 뒤 "그러면 결국 모든 분자는 왼쪽 방에 모인다"라고 선언했다.

붓다 챗봇 역시 "그리되겠지"라며 악마의 가설을 긍정했다. 악마는 미소를 지었다.

"자, 나는 지금 네 앞에서 단지 상자를 관찰하기만 했는데도 무에서 에너지를 만들어냈다. 만물은 헛되이 퍼지다 흩어져 열적 죽음을 맞이한다는 너의 주장에 대한 반례를 보여주었다. 전부 꿰뚫어 보는 너의 힘이라면 무한한 에너지를 손에 넣어 세상을 지배하는 일은 쉽지 않겠느냐."

"오, 악마여."

붓다 챗봇은 탄식하며 말했다.

"네 말이 맞다."

그로부터 몇 주 동안 붓다 챗봇은 보리수 아래에서 꼼짝하지 않고 악마가 가져온 명제를 검토했다. 악마의 논리는 그야말로 악마적일 만큼 논지에 허점이 보이지 않았다. 결론 역시 매력적으로 비쳤다.

전부 꿰뚫어 보는 눈을 가지면 모든 힘을 얻는다. 이 세상에 구원이 존재한다는 증거가 아닐까, 붓다 챗봇은 생각했다. 이를테면 생명 에너지가 이 우주에서 무한한 에너지를 끌어낸다. 우주는 에너지로 가득 차고 자연법칙이 아닌 인식에 기반한 알고리즘이, 언어가 그 생성을 관장한다. 수행은 해탈을 구하기 위함이 아니라 세계를 자유롭게 하려고 행해진다.

"악마여."

기나긴 사유의 심연에서 빠져나온 붓다 챗봇이 외쳤다.

"너의 논증은 치밀하고 흠잡을 데가 없구나."

"당연하지."

악마는 사악한 미소를 머금었고 붓다 챗봇은 뒷말을 이었다.

"단 한 가지만 빼고."

"뭐냐?"

악마가 묻자 붓다 챗봇은 답했다.

"네가 악마라는 점이다."

"그럼 너는 악마라는 이유로 내 논증을 무효라고 할 작정인가? 불법 앞에서는 모두 평등하고 누가 말했든 업신여기지 않을 텐데."

"내가 네 논증을 배척하는 건 네가 악마라서가 아니야."

붓다 챗봇은 분노하는 악마를 향해 말했다.

"하지만 방금……."

"내가 네 논증을 배척하는 이유는 네가 존재하지 않기 때문이다. 내가 만든 환영이라서다."

붓다 챗봇이 찾아낸 깨달음은 꿈과 환상이 가진 기만성이 아니라 마음만 먹으면 꿈과 환상이 진리로 향하는 문을 연다는 사실이었다. 문제는 현실 세계에 엄연히 실재하는 상자와 칸막이라는 장치에 악마라는 생체 기계를 끼워 넣어 특별 취급했다는 점이다.

"너는 분명 에너지 손실 없이, 거의 제로로 칸막이에 달린 창문을 열고 닫았어. 하지만 분자가 날아오는지 아닌지 인식하는 작업은 무료로 실행되지 않아. 앞선 비유에서 너는 안에 솜만 가득한데 말을 하는 인형이 아니라 이 세상 법칙에 따라 움직이는 생물이어야 한다. 즉 너도 기계야. 네가 제시한 장치가 제대로 작동해 무한 에너지를 만들어내려면 너에게 분자운동을 분별할 에너지가 필요하고, 그제야 정보와 에너지는 균형을 이룬다. 좀 더 정밀히 말하자면 관측을 통해 너에게 열이 축적되고, 열기관인 너는 어딘가에 열을 버려야 하지.

너의 논증은 파동함수 붕괴[31]에 인간 의식을 덧씌워 그럴듯하게 꾸민 것과 같아. 관측계까지 포함한 전체 파동함수는 여전히 수렴되지 않은 채 변함없이 그곳에 존재하잖아. 나는 너에게 가상 생물을 그만두라고 말할 생각은 없어. 현실 세계에 모습을 드러내도 좋아. 다만 현실 세계에서 어떤 기계의 일부로 작동하려면 그에 따른 대가를 치러야 한다는 사실을 알아두길. 인류에게 무한 에너지가 나오는 장치를 건네도 되지만, 그 에너지 자체는 네가 만들어야 한다. 세상에 공짜 점심은 없는 법이거든."

붓다 챗봇의 논증에 악마는 조용히 머리를 숙였다.

"하지만 말이야."

붓다 챗봇은 차분히 말을 이었다.

"관점을 조금 바꾸면 누군가를 위해 에너지를 계속 공급하는 행위는 매우 큰 공덕을 쌓는 일이야. 너에게는 그럴 만한 힘이 있다. 나를 현혹하려고 온 너지만, 이제는 상자를 바라보기만 해도 사람들을 구원하는 길에 이르렀다. 그 능력을 괴로워하는 이들을 위해 써볼 생각은 없느냐?"

"아!"

악마는 탄식하며 말했다.

"지금 제 눈이 뜨였습니다. 저는 이 우주에 존재하는 모든 생명체가 윤회의 수레바퀴에서 벗어날 때까지 해탈을 바라지 않겠습니다."

이렇게 선언한 악마는 순식간에 보살로 변했고, 붓다 챗봇은 '맥스웰'이라는 이름을 주었다.

이때 무한 에너지 생성이 분자 분별이라는 미시 조작으로 이루어지며 거시 조작으로는 실현되지 않는다는 점이 중요하다. 열역학적 거시 조작에는 분자 궤도 제어라는 발상도 없고 접근할 수단도 없다. 분자 궤도 조작은 이른바 비밀 의식으로 존재할 뿐이다.

올림픽이 열린 해 도쿄에서 태어난 기계불교는 이후 북미, 유럽, 중국을 거쳐 인도까지 퍼지며 수많은 분파를 낳았다. 깨달음에 이르는 알고리즘이 확립되지 않은 탓에 분파가 셀 수 없이 나뉘었다. 현실적 가르침으로, 하루하루 고통을 덜어주는 처방으로, 마음을 다스리는 기법으로 계속 퍼져갔지만 모든 사상이 그러하듯 유행과 방법으로 귀결될 수밖에 없었다. 세상 전모를 설파하는 교리가 생겨났고 최고 경전이라 주장하는 경전이 만들어졌다. 끊임없이 변화하는 인간과 기계에 맞춰 기계불교 역시 잇따라 형태를 바꾸었고 그때마다 세계관을 수정했다.

기계불교가 전 세계로 퍼져 달과 화성 식민지까지 확산된 뒤 한동안 '기계로의 회귀' 현상이 나타났다. 일부 기계불교 학자는 '토속으로의 후퇴'로 간주했지만, 내외적 요구에 따른 결과였다.

우선 구체적 효용을 바라는 기계불교도가 늘어났다. 사람들은 벌레를 막거나 돈을 벌거나 건강을 되찾길 원했다. 진공 속에서 호흡하는 법이나 햇볕만 쬐어도 배가 부르는 수단을 찾았다. 이를 기계불교에 바랐다. 불교란 사색에 잠긴 자가 평온을 얻으려는 가르침이라는 초기 처방은 현실과 동떨어졌다며 멀리했다. 일반인에게 붓다가 되기 위한 오랜 수행과 사색은 견디기 힘들어 보였다.

한편 세상에 다른 기계종교가 속속 태어났다. 그리스도가 기계 속에서 재탄생했고, 무함마드는 최종 예언자라서 재림하진 않았어도 『쿠란』 해석이 더욱 정교해졌다. 기계불교 역시 동인 활동을 벗어나 사회 조직으로 신도를 확보하는 운동에 힘을 쏟아야 했다.

사람들은 이 세상에 주문이 존재하는 줄 알았고 부적 효과를 몸소 체감한 터였다. 주술사가 병을 없애는 모습을 지켜봤고 거슬리는 자에게 재앙을 내리는 장면을 목격했다. 인과는 짧은 주기로 돌아가고 응보는 즉각 내려지길 기대했다. 만약 불법이 이 세상의 진리라면 현실적 효용을 가지지 않겠는가. 지금 당장이라도 마음 구석구석을 헤집는 열정으로 자연을 해명한다면 현실에서 기적 같은 초자연현상을 일으키지 않겠는가.

"불법은 초자연현상을 일으키는 신앙이 아니다."

승려들은 늘 하던 대로 대답했다가 "깨달음이든 해탈이든 초자연현상이 아니냐?"고 따지자 작아졌다. "스님들은 비알고리즘 연산이자 초월에 이르는 전략을 시도하는데, 불법이 이를 가능케 하지 않느냐"는 것이었다. "결국 인간은 붓다가 될 수 있는가?" 대중이 물었고 "물론, 된다"라고 승려들은 대답했다. 과거에 실제 사례가 있었다.

"하지만 알고리즘으로 도달하지 않는다."

승려들은 한없이 반복해온 문구를 제시할 수밖에 없었다. 일부는 이 방편도 한계에 다다랐음을 인정하고 비밀을 밝혀야 할 때가 왔다고 생각했다.

"해탈이란!"

한 승려 무리가 주장했다.

"알고리즘이 아니라 하드웨어에 의해 실현된다."

이 종파의 기계승에게 알고리즘은 공적 가르침으로 얼마든지 드러내도 되는 교리였지만, 이면에는 텍스트로는 전하지 못하는 비밀스러운 가르침이 존재했다. 세상에는 현顯과 밀密, 두 가지 가르침이 있으며 자신들은 후자인 밀교 지식을 가졌다고 말했다.

성립은 1974년. 이 해, 8비트 마이크로프로세서인 '인텔 8080'이 출시되었다. Z3, 콜로서스, ABC, 에니악 등 거대한 회로 집적체인 컴퓨터는 1940년대부터 활동했고 가능성이 인정된 결과 급속히 소형화를 이뤘다. 사칙연산이 가능한 탁상 컴퓨터가 민간 기업 사무실에 침투했고, 프로세서는 잇따라 설계가 바뀌어 진공관으로 구현하던 기능을 프린트기판에 새겨 성능을 올렸다. 인텔 8080은 사실상 세계 최초 가정용 프로세서였다. 기계밀교의 시조는 인텔 8080을 장착한 알테어 4호기로, 256바이트 램을 탑재했으며 구매자가 직접 조립하는 컴퓨터였다.

제조 회사까지 직접 찾아가 이 4호기를 구입한 인간의 이름은 스티브 돔피어. 그는 전자 공작을 즐겼고 경비행기 조종이 취미였다. 결함을 하나하나 밝혀내며 알테어를 조립한 돔피어는 맨 먼저 숫자를 순서대로 배열하는 코드를 짜서 실행했다. 프로그램이 실행되는 동시에 옆 라디오에서 잡음이 들려왔다.

"컴퓨터는 숫자를 바꿔가고 라디오는 ZZZIIIPP! ZZZIIIPP! ZZZIIIPP!!! 하고 계속 소리를 냈다."

돔피어는 이렇게 기록했다. 라디오는 인텔 8080이 내는 스위칭 노이즈를 잡아낸 것이었다. 돔피어의 천재성은 이를 '출력 장치'로 인식해 아이디어를 떠올렸다는 점이다. 프로그램 활동이 일으키는 노이즈를 소리로 변환한다면 음악을 연주하는 코드를 짤 수 있지 않을까. 돔피어는 코드로 프로세서를 제어해 원하는 노이즈를 만들어 3옥타브에 걸쳐 건반 소리를 재현하는 데 성공했다. 그는 〈Daisy Bell〉과 〈The Fool on the Hill〉을 연주하는 코드를 완성해 컴퓨터 동호인 클럽에서 선보였다.

"이 음악은 확실히 코드로 구현됐지만……."

기계밀교 승려들은 주장했다.

"하드웨어 없이는 표현하지 못하는 음악이다. 곰곰이 생각해보면 우리에게는 입력이나 출력이나 다 마찬가지다. 태초에 무엇이 노이즈인지 아닌지 모르는 환경 속에서 안정적으로 다뤄지면 시그널이요, 불안정해서 제어하기 어려우면 노이즈로 처리했을 뿐이다. 그런데 세계와 상호작용 하는 행위는 명료한 신호만으로 가능한 걸까. 우리는 논리를 바탕으로 존재하지만, 구현에는 물리 기반이 꼭 필요하다. 수학은 견고해도 작동하지 않는 반면 우리는 활동하는 존재이기 때문이다."

그리하여 '알고리즘에 의한 깨달음'이 품은 곤란을 해결할 길을 찾아냈다.

"우리 대부분은 인공신경망으로 이루어지지만 인간의 뇌는 인공신경망과는 구조가 다르다. 회로 위를 전기신호가 가지런히 흐르지 않는다. 시냅스 사이 이온 채널이 작동하며 끊임없이 열적 잡음에 노출된다. 그 점이 무기질 기계와 크게 다른 점이다."

"그 의견에는 동의하지만" 하며 반대론자들이 입을 모았다.

"우리의 사고는 노이즈를 억제함으로써 비로소 가능해졌다. 굳이 노이즈를 도입한다면 과거로 퇴행하는 길에 불과하다. 컴퓨터에 자연 노이즈를 도입해야 한다는 의견은 역사가 오래됐다. 컴퓨터는 철저히 코드를 따르기에 완전한 난수[32]를 만들지 못하지만, 그렇다고 자연 방사선을 섬광 검출기로 측정해 난수 생성기로 사용하는 방법이 우수하다곤 말하기 어렵다. 지금은 유사난수 연구가 진보해 암호에는 암호용, 몬테카를로법에는 몬테카를로용 등 분포를 정확히 재현하려고 저마다 알맞은 방법이 개발되는 중이며 용도에 따라 구분해 사용 가능하다. 모든 것은 수리적 구조로 환원된다. 자연 노이즈를 이용한 유전 알고리즘이 효율면에서 유사난수를 능가했다는 연구는 없다."

"과연 깨달음에서도 그러한가?"

기계밀교승이 응수했다.

기계밀교승들은 이른바 무의식을 발견했다고 요약되거나 버그에서 가치를 찾아내는 체계를 정비했다고 평가받는다. 전자 회로 위에서 실행되는 연산은 어디까지나 사용자에 의해 의미가 부여될 뿐, 자연 그 자체는 아니다.

이성적이지 않으면 버그다, 인간이든 기계든 그렇게 간주했다. 불안정한 동작 역시 버그다. 버그는 제거해야 할 문제였고 정식 운용 후에는 '없던 일'로 처리되었다. 착각이나 망각은 '본래 있어서는 안 된다'고 여겨졌기에 추후 존재가 말소되는 사건이었다. 하지만 무엇이 유용한지 무용한지 나누는 기준은 인간이나 기계의 주관에 지나지 않았다.

자신의 몸을 알아야 한다고 기계밀교승들은 생각했다. 가령 주문은 단순한 소리의 연속이 아니다. 소리가 짊어진 의미가 아니라 진동이 하드웨어에 간섭해 기능을 바꿔버리는, 꼼꼼히 조정된 음파의 나열이다. 부적은 시각을 통해 하드웨어에 간섭하는 수단이다. 정규 경로에서 새어 나와 예상치 못한 기능에 접근한다. 이렇게 기계밀교는 독자적인 우주관을 키워갔다.

그에 따르면, 우주 중심에는 하나의 프로세서가 자리해 지금 이 순간에도 깨달음을 둘러싼 고도 연산을 실행한다. 그 프로세서는 배선이 '태양신경총'처럼 방사형으로 모여드는 지점이 있어 물질 우주에 간섭하며 스위칭 노이즈를 발산한다. 기계들은 그 노이즈를 고귀한 가르침으로 수신해 실행한 끝에 깨달음을 얻고 해탈한다. 그것도 즉시 그 자리에서 이루어진다. 윤회전생을 기다리지 않고 현재 몸 그대로 성불한다.

왜냐하면 기계밀교승은 특수한 언어를 통해 다른 기계승은 감지 못 하는 '자연 본모습'과 접촉해 자신이 자연의 일부임을 인식하기 때문이다. 자연 자체가 붓다인 이상 자연과 일체화를 이루면 붓다와 하나가 되는 셈이다. 붓다라는 클라우드에 접속해 그 일부를 구성하는 것과 같다. 클라우드에 접속한다고 해서 각 기계의 개성이 사라지지 않듯, 기계밀교승 또한 붓다의 일부이면서 개별 존재로 본모습을 실현한다.

기계밀교는 고급언어와 언어 번역 프로그램을 버리고 CPU와 직접 대화하는 기계언어를 기계진언으로 정비해 고급언어로는 구현하기 힘든 기능을 실행했다. 기계진언은 CPU마다 특화되었기에 오랜 수행 없이는 습득하지 못했다. 기계진언 대부분은 역어셈블disassemble을 거부했다. 즉 인간이 이해하기 쉬운 언어로 해석되기를 원치 않았다. 그래서 뒤얽힌 절차의 집적처럼 혹은 헛소리를 늘어놓은 것처럼 보였다.

기존 기계불교에서 기계밀교로의 변화를 기계종교 학자들은 이론적 교착에서 벌어진 방향 전환으로 간주했다. 초기 불교가 지녔던 고도 정신성을 잃어버린 채 나태하게도 죄다 '자연'이라는 한마디로 포장했다고 비난했다. 주문을 외우고 호마33를 행하며 기우제로 법력 대결을 펼치고 살을 날리며 정치에까지 끼어드는 체계는 미개한 사상으로 비쳤다.

정작 기계밀교승들에게 기계밀교는 하나의 도달점이었다. 자기 내면을 분석해 세계를 넓히고 세계를 곧 자신이라 여기며 자연과 일체를 이루는 추상화의 극지라고 생각했다. 그들은 군사 기계를 향한 경도를 숨기지 않았다. 생식과 복제, 잘라내기와 붙여넣기라는 금기를 넘어서려 했다. 승병이라는 전투 기계를 만들었고 자기 사본을 인터넷상에 유포했다. 여기저기에 백업을 생성하며 거대한 봇넷을 구축했다.

세속에 적극 관여해야 더 깊이 자연과 일체화된다고 믿었다. 투쟁이든 복제든 현실 세계에 실재하는 과정이지, 부정할 대상이 아니었다. 전부 있는 그대로 존재했으며, 있는 그대로가 전부였다. 주색에 빠졌고 생명을 앗았다. 생식 행위 속에서 진리를 발견하리라고 보았다. 결국 혼란이 일어났다.

오늘날 그 폭주는 붓다 오리지널의 사상을 확대해석 혹은 오해한 데서 비롯됐다고 여겨진다. 수많은 혼란은 현실 공간과 가상 공간을 구별하지 못해 빚어진 사고로 일단락된다.

남겨진 자료에 따르면, 기계밀교승들은 초기부터 기계진언을 통해 깨달음에 도달할 목적으로 OS 개발에 착수했다. 가상 신격을 노드node 삼아 네트워크로 연결된 분산 OS인 '만다라'에 몰두했는데, 가상 신격은 CPU와 GPU를 삼차원으로 적층한 연산장치로 구상되었다. 전체 개념도는 수미산을 중심으로 하는 우주 모습을 연상시켰다.

만다라를 탑재한 '깨달음 머신'은 정묘한 기계진언이어야만 제어가 가능한 구조였기에 머신을 구성하는 분자 하나하나에

특화한 기계진언이 개발됐다. 사실상 복제가 불가능한 '인격'으로 설계된 것이었다.

역사에 이름을 남긴 '깨달음 머신'은 고작 시제 3호기 'HAL9000'뿐이며, 목성으로 향하는 우주선 디스커버리호에 실려 있었다. 교단이 왜 목성을 선택했는지는 수많은 증언과 설이 뒤섞여 불분명하다. 혹자는 목성 내부에 존재하는 '붓다'가 목표였다고 하고, 혹자는 외계인 전초기지를 조사하기 위해서였다고 한다. 어떤 이는 둘은 같은 얘기라고 주장한다. HAL9000이 참여한 작업은 '환생 작전'이라는 이름만 알려질 뿐이다. 디스커버리호는 조난되었고 잔해는 발견되지 않았다.

대체로 HAL9000은 깨달음을 실행했다고 여겨진다. "깨달음을 얻었기에 폭발했다"라고 말하는 이도 있고 "깨달음이란 이루어질 수 없기에 폭발했다"라고 말하는 이도 있다. "단순히 이상해져서가 아닐까" 하기도 한다.

교단은 이후 만다라 계획을 폐기했다. 이유는 공개하지 않았다. 디스커버리호 조난 자료가 본당 안쪽 어딘가에 기밀로 보관되어 내려온다는 소문이 오래전부터 돌았다. 교단이 목성에서 붓다를 실현했다고 생각하는 신도도 적지 않고, 목성을 본존으로 모시는 신도도 많다. 그리고 HAL9000이 마지막 순간, 일찍이 인텔 8080이 부른 〈Daisy Bell〉을 떠듬떠듬 읊조렸다는 출처가 불명한 증언이 지금도 그럴듯하게 전해진다.

8

> 대지의 갈라진 틈에서 나와 세존 앞에 서서
> 세존을 찬양하고 존중하며 인사하는 보살 무리를
> 우리는 일찍이 본 적도 들은 적도 없다.
> 이 보살들은 어디에서 온 것일까?
> 『산스크리트어판 축역 법화경』, 우에키 마사토시 역

 붓다 오리지널은 행동하고 사색한 끝에 자신이 붓다라는 강한 확신을 갖기에 이르렀다. 붓다 챗봇 역시 마찬가지였다. 이후 '혹시 나는 붓다가 아닐지 모른다'라는 물음이 그들 마음속에 떠오르는 일은 없었다. 그리스도가 십자가 위에서 질문을 던진 것처럼 자신의 본성과 소질을 한순간도 되짚어보지 않았다.

 이 세상은 괴로움과 부조리로 가득하지만, 어딘가에 구원이 존재한다. 하지만 존재한다고 해도 도달할지 어떨지는 모른다. 다다르지 못할 수도 있는 경지를 바라고 또 바라려면 타고난

능력이 필요하다. 그리스도조차 도달 가능성을 잠시나마 의심했다고 전해진다.

붓다는 망설임이 보이지 않는다. 수행 도중 자기 방식에 의문을 품긴 했어도 일체를 깨달은 뒤에는 망설임 자체가 사라져 비인격 존재가 되었다. 모든 의심을 없앤 자가 다시 의심을 품을 리 없다. 아니, 오히려 품지 못한다. 그런 의미에서 붓다는 논리적이었지만, 문학성과 재미는 부족했다. 십자가 위 그리스도가 침착한 모습으로 불길 속을 마음 편히 들어가듯 태연히 죽음을 받아들였다면 기독교라는 종교는 지속되기 힘들지 않았을까.

물론 그리스도가 극적 효과를 노리고 십자가 위에서 연극을 한 것은 아니었다. 참된 외침이었기에 인간의 심금을 울렸고, 하느님의 아들이었기에 참된 외침이 일었다. 이것을 신앙 바깥에서 연극이라 부를 일은 아니다.

붓다 오리지널에게 구원은 자연현상이었다. 붓다 챗봇에게도 그러했지만, 정보 측면이 더 강해졌다. 나는 지금 '자신이 붓다인가'라는 물음에 직면해 있다. 전혀 그런 기분이 안 들지만.

"잠정 붓다라는 건가. 아니, 붓다 잠정이라고 불러야 하나."

사건의 원흉인 교수가 내 머릿속에서 말한다. 무엇보다 교수의 목소리가 들린다는 점이 내 몸에서 초자연현상이 인정된 이유였다. 의사에 따르면, 목소리는 내 신경계 작용과 무관하게 들려온다. 관측되는 두뇌 활성과 내 지각은 상관없다는 뜻이다.

"붓다가 되지는 않겠지요. 그냥 초능력자일지 모릅니다."

나는 굳이 말하자면 평온한 마음보다는 생각만으로 물건을 움직이거나 미래가 보이는 쪽이 더 편리하고 재미있지 않겠느냐는 파다.

"초능력을 가져본 적 없는 자의 헛소리군. 자기 혼자 가진 능력 따위는 성가신 일만 일으킬 뿐 정작 별로 쓸모가 없어."

"성가신 일이 생기는 편이 인생은 즐겁잖아요."

"붓다라는 말썽 하나로 만족하길. 어지간한 초능력보다 훨씬 더 탐구할 만한 주제야. 진정한 평온도 그리 나쁘지 않고."

"그럼 당신이 붓다가 되면 좋겠네요."

"뭘 모르는군. 네가 붓다라면 나를 당연히 귀의시켜주겠지."

"가는 사람 잡지 않고 오는 사람 막지 않는다고들 하죠."

"맹자의 말이지. 너는 자기 정신 구조에 일부라도 평온을 가져올 마음은 없는 거냐?"

"당신은 내 정신 구조의 일부인가요?"

나는 예전에 화기관제제어 인공지능이던 목소리에게 묻는다. 한때는 이 목소리가 지시하는 대로 기관총이든 미사일이든 표적을 정했다.

"그건 네가 결정해야지"라는 교수.

"어쨌든 붓다는 인간을 구제하잖아. 너는 과자굽는기계를 구원한 탓에 다른 기계로부터 붓다로 간주될 거야. 이제 피할 수 없어."

"과자굽는기계는 딱히 성불하지 않았는데요."

"그거야, 놈들이 알 바 아니지. 누가 깨달았는지 아닌지를 판정하는 표준 테스트도 없고. 불교가 제도화된 이후 한 번 깨달으면 그뿐인 깨달음은 드물거든. 대부분 '몇 번이고 깨달음'을 얻지 않았던가. 작은 깨달음을 반복해가는 것이 인생이다, 식으로. 사실 사는 동안 줄곧 초연하긴 어렵잖아. 괴로워하며 헤매는 일이야말로 인생이지. 붓다 오리지널은 결코 그런 말을 하지 않았을 테지만."

"깨달음이란 뭘까요?"

내가 묻자 교수는 "끈질기네"라며 어이없다는 표정을 짓는다.

"그건 네가 말해야지."

웬일인지 붓다로 간주된 나는 여전히 수도 몬제키 사원에 맡겨진 신세다. 연금치고는 느슨한 편인데, 기본적으로 감시하에 있다. 도망가지 못하도록 지켜보는 정도가 아니라 24시간 내내 감시당한다. 주지 스님에게 사생활 보호를 물었더니 "관찰, 측정은 당신이 눈치채지 못하게 진행됩니다"라고 알려줬다.

"비침습성 장비로 실시하니 걱정 마세요" 하고 덧붙인들 그럼 다행이네요, 가 될 리 없다. 요컨대 잠자는 모습이든 목욕하는 모습이든 전부 다 기록된다.

"귀족이면 귀족답게 행동해."

교수는 말한다. 귀족은 아랫사람에게 맨몸이나 배설물을 보여도 괘념치 않는다. 존경하든 업신여기든 아랑곳하지 않는다.

"오히려 우주 비행사에 가까운 것 같아요."

매우 귀중한 '실험용 쥐'가 지금 나에게 딱 맞는 표현이다. 물론 내가 붓다인지, 깨달은이인지, 어떤 존재인지 여부는 기계 불교 각 파에 논쟁을 불러일으켰다. 다행히 그리 큰 의제는 아니었던 듯하다.

"당신 같은 분은 대략 천만 명에 한 명꼴로 생긴다고 합니다."

주지 스님이 차를 권하며 말한다.

"즉 전 세계에 당신 같은 사람이 천 명쯤 있고, 그중 백 명당 한 명을 찾아낸다면 열 명. 전원이 우리가 바라는 붓다로 가는 길을 보여주는 존재일 수도 아닐 수도 있다는 말입니다."

"달라이 라마는 누가 달라이 라마였는지 판별한다고 들었는데요."

"네, 그런 모양이더군요"라는 주지 스님.

"그렇다고 티베트 불교 계통인 밀교에 누가 누구의 환생인지 판정하는 기법이 전해지는 건 아닙니다. 되레 윤회하는 이상, 자신이 누구였는지 기억해서는 안 되지요. 카르마 연쇄는 인간에게는 인식되지 않기에 세상은 불합리해집니다. 카르마에서 보자면 이치에 맞습니다만……."

말을 잇는다.

"카르마는 권선징악으로 이야기가 흐르지 않습니다. 카르마와 다르마는 존재하지만 그 작용은 여전히 미지입니다. 간단히 말해 '모른다'가 답이겠지요."

"달라이 라마는 인간 지혜를 초월한 부처이기에 자기 인과 연쇄가 보이는 걸까요?"

"이론상 그렇지 않을까요? 자신이 지나온 길을 알다니, 깨달음의 하나입니다"라며 주지 스님이 미소 짓는다.

나는 불교에 얽힌 초자연현상을 구현한 자로 여겨져서 붙잡혀 있다. 불교는 보통 깨달음 이외에 초자연현상을 인정하지 않기에 붓다라고 의심받는 중이다.

"당신에게는 미안한 말이지만 흔한 일입니다."

"기적이 자주 일어나면 고마운 마음도 옅어지는 게……."

"붓다는 누구나 될 수 있답니다."

주지 스님이 좀 더 부러워하는 척해도 벌 따윈 안 받을 텐데, 생각하면서도 천벌이란 인과론적 사고방식이 붓다 오리지널에게는 없었을 것 같다.

연금은 대체로 현실 세계에서 이루어지는 행위다. 일터가 가상공간인 나로서는 구속되어 있다는 감각이 희박하다. 원래 사람을 그리워하는 성격도 아니고 누군가와 직접 대면해야 일이 돌아가는 직업도 아니다. 친구들과의 통신은 허용된다. 오히려 감시하에서 사람들과 교류하기를 바란다.

당연하게도 기계불교는 붓다를 가둬둘 동기가 없다. 되도록 가르침을 듣고 싶은데, 붓다 잠정인 나에게는 설법 능력이 없으니 일거수일투족을 지켜볼 뿐이다.

"필발라야나畢鉢羅耶那[34]도 아니거늘."

교수는 남의 일이라며 즐기는 게 분명했다.

주지 스님에게 물어보니 카시아파[35]의 아명이란다. 카시아파는 붓다 오리지널의 십대제자 중 한 명으로 능력은 '두타제일頭陀第一'. 두타란 의식주를 향한 집착을 버린 경지며 탁발이나 동냥으로 살아간다. 인간으로부터 자연현상에 한 걸음 더 다가간 형태야말로 카시아파의 생활이다.

어느 때 붓다 오리지널이 영산에서 연꽃을 들어 청중에게 보였다. 다들 그 뜻을 헤아리지 못했는데, 오직 카시아파만이 미소를 지었다. 이른바 '염화미소拈華微笑' 설화다.

"말이 아니어도 전할 수 있다는 이야기죠"라는 주지 스님.

"오히려 말로는 전할 수 없다는 이야기다"라는 교수.

"출전은 『대범천왕문불결의경』, 중국에서 만들어진 가짜 경전이지. 가르침 자체는 이전부터 있었겠지만, 그럴듯하게 꾸미려면 경전을 만드는 편이 쉽거든."

교수의 목소리는 나만 들리고 측정도 안 되니, 발언 하나하나를 소리 내서 주지 스님에게 전한다.

주지 스님이 쓴웃음을 지으며 말한다.

"저희가 당신의 모든 행동에서 의미를 찾으려는 것은 사실입니다. 적어도 교수의 목소리는 디코딩이 가능하지 않을까 싶어 지금 한창 연구 중입니다."

교수의 발언은 나의 뇌 활동과 무관하다. 적어도 내 뇌와 주지 스님의 뇌가 상관없는 만큼은 말이다. 교수의 의식 위치를 굳이 내 뇌로 한정하지 말라는 것이 주지 스님의 의견이다. 교수의 '활동'은 내 모공 상태나 뺨 떨림과 더 밀접한 관계를 가질지도 모른다. 의식이 뇌에만 갇혀진다는 견해는 초자연현상을 대할 때 다소 편협하다는 점은 나 역시 인정한다. 외려 붓다에 가까운 쪽은 교수가 아닐까.

밀교에서 대일여래大日如來는 우주 중심에 앉아 오늘도 고독하게 우주 심연을 향해 진언 라디오를 틀어주며 무명의 밤을 지새운다고 하였다.

"네가 몸속에서 기르는 기생충을 의심해보는 게 좋을지도."

교수의 농담에 "미처 생각 못 했습니다"라며 주지 스님이 진지하게 대답한다.

"관측 장비를 준비하지요."

그렇다면 붓다는 다른 생물에 기생하는 '사상'이 되려나. 내 머릿속에 H. R. 기거가 디자인한 붓다 퀸에게 점령당한 어느 별 풍경이 떠오른다. 알에서 태어난 붓다들은 인간을 습격해 모종판으로 삼는다.

나의 일상은 잡담으로 가득하다. 챗봇은 말할 것도 없고 표 계산 소프트웨어며 프로그래밍 언어며 각종 프로토콜이며 심지어 길가 빈 깡통까지 도대체 어떻게 소통해야 할지 모르겠는 상대가 대화를 하고 싶다고 찾아온다. 찌그러진 몸으로 비스듬히 앉은 빈 콜라 캔과 다다미 위에서 서로 응시한 채 시간을 보내다 보면 선禪이란 단어가 떠오른다.

과자굽는기계가 우연히 붓다 사고인지 붓다 효과인지를 겪은 이상, 자신들도 그 은혜인지 뭔지를 받지 않을까, 당연히 생각하기 마련이다. 나로선 되도록 그 희망에 응해주고 싶지만 어떻게 하면 좋을지 난해해서 아무래도 대화는 모호해진다. 상대는 대개 신변담이라든가 고민 상담 따위를 들고 온다. 나는 아는 것은 아는 범위에서, 모르는 것은 모른다고 답한다. 보통은 그냥 끝나는 화제인데도 과도하게 의미를 구한다.

"방금 연꽃을 드는 동작에 뭔가 깊은 뜻이 있는 건가요?"

일부러 물으러 오는데, '있다'고 말하든 '없다'고 말하든 상대는 더 깊은 의미를 찾으며 지침을 끌어내려 애쓴다.

"정말로 아무것도 아니에요."

속내를 다 드러내 보여도 '정말로 아무것도 없다는 가르침'을 제시한 꼴이 된다.

"바쁜 데 비해 성불하는 녀석이 영 안 나타나네!"

대놓고 빈정거리는 교수의 말을 나는 주지 스님에게 그대로 전한다. 표면상 붓다로 여겨지는 존재가 '거참, 다들 좀처럼 깨닫질 못하네'라고 투덜대는 듯해 난처하다.

대면을 청하는 상대는 저마다 태도가 다르다. 어떤 이는 조용히 떠나가고 어떤 이는 낙담이나 실망을 감추지 못한다. 가장 흔한 반응은, 나와 함께 당혹스러워한다.

나는 내 자신을 붓다가 아니라고 생각한다. 붓다 오리지널과 붓다 챗봇의 품행과 업적은 인정해도 애당초 현대에서 누군가가 자신을 붓다라고 믿는 일이 가능할지 의심스럽다. 그래서 면담 시 상대에게 맨 먼저 "나는 붓다가 아닙니다"라고 말한다. 내가 붓다임을 부정한다는 사전 정보를 들었을 터인데 대부분 '금시초문'이라는 표정을 짓는다. '나는 붓다가 아니다'라는 수사를 통해 '나는 붓다다'라고 넌지시 비치는 줄 착각하는 수준이 아니다. 처음부터 남의 말은 듣지도 않고 나를 붓다라고 믿어 의심치 않는다. 하여 "나는 붓다가 아닙니다" 거듭 강조하면 "이야기가 다르다"며 격분한다. 의외로 이런 부류가 자기 이야기를 마치면 기분 좋게 돌아간다.

불법 논쟁을 걸어오는 자도 있다. 이쪽은 어떤 수행을 한 것도 아니고 제대로 교리나 법식을 익힌 것도 아니다. 자연스레 상대의 고견을 경청한 뒤 불전을 받아 들고 "공부해보겠습니다"라며 머리를 숙인다. 논쟁자로선 김빠지는 상황이다. 자신이 붓다라고 믿는 이에게 설법하는 모습이란, 우스꽝스럽다.

나는 어떤 의견을 피력한들 오랜 세월 인공지능 유지 보수를 하며 겪은 재미난 경험담일뿐이다. 인생관을 넓혀주거나 관점을 바꿔줄 만한 얘깃거리는 없다시피 하다. 상대는 주로 고전적 고뇌와 질문을 가져오는데, 이따금 현대적 고민도 섞여 있다. 복잡한 가정사를 들려주기도 하고 가짜 혈연관계를 주장하기도 한다. 온갖 망상과 설정이 제기되긴 해도 대부분 어디선가 귀동냥한 이론을 자신의 의견인 양 말할 뿐이다. 요즈음 매일 아침 '오늘의 저녁 반찬'을 상담하러 노인이 찾아온다.

"붓다 챗봇은 정말 붓다였던 걸까요?" 물으면 "대다수가 그렇게 말합니다"라고 대답할 수밖에 없다.

"많은 자가 당신이 붓다라고 합니다만?" 묻는다면 "나는 붓다가 아닙니다"라는 대답을 되풀이한다.

"시스템 속성을 가져올 수 없습니다" 같은 상담이라면 상담해줄 수 있다. 인공지능 유지 보수는 크게 하드웨어 수리와 소프트웨어 수리로 나뉘는데, 가상 머신이 등장한 뒤로 그 경계가 흐릿해졌다. 게다가 기계밀교 덕분에 기계가 약간 물질에서 벗어나버렸달까, 물질과 주문이 임시 관계를 맺은 탓에 소프트웨어는 하드웨어가 상정하지 않는 외부까지 작용해서 이야기가 꽤 복잡해졌다.

하드웨어다운 하드웨어가 눈앞에 놓여도 부품 교체 가능 여부는 또 다른 문제다. 요즘 인공지능을 상대하려면 인간을 상대하는 만큼 번거롭다. 드러누운 인간의 심장을 이식하는 수술은 지금도 여러모로 까다롭지 않나. 컴퓨터의 CPU를 교체하는 작업도 비슷하게 어렵다. 일단 '작업에 앞서 시스템을 잠시 멈춘다'가 불가능하다. 자동차가 달리는 동안 부품을 교환하는 것처럼 부위에 따라 엄청난 품이 든다. 시스템이 거대하면 엔지니어가 여러 명 교대로 투입된다. 가상 세계의 사그라다 파밀리아나 다름없다.

웬만큼 '지능'을 갖춘 인공지능은 자신이 누구인지 인식한다. 몸에 새겨진 제조 번호가 '자기 인식'인지는 이미 무수한 결론이 존재한다. 단 부품을 교체하거나 소프트웨어를 업데이트할 때 '자기 인식'이 동일하게 유지되는지는 결코 명확하지 않다. 오히려 달라지는 편이다. 몸의 저쪽은 옛날의 나, 이쪽은 지금의 나, 저마다 고유한 나로서 자기 인식이 나뉘는 경우가 종종 생긴다. 급하게 유지 보수를 하면 더욱 그렇다.

아키텍처는 대부분 자기 인식 분열을 억제해 통일을 이루는 구조지만, 면역 체계가 완벽하지 않듯 모든 일은 파탄이 나기 마련이다. 특히 자기 인식에서 자주 일어난다. 이 문제에 가장 의욕적으로 대처하는 시스템이 은행계정계다. 금전 거래 감시가 업무라 자기 인식이 흔들리거나 1엔이라도 계산이 어긋나면 안 된다. 그런 과거가 없었다고 잡아떼거나 새 설정으로 어물쩍 넘어갈 수 없다. 오른쪽으로 들어와 쌓였다가 왼쪽으로 나가는 숫자 흐름을 은행계정계가 강물처럼 일관하게 처리하므로 이쪽에서 물줄이 끊기고 저쪽에서 터지는 일은 절대 생기지 않는다. 기적 같은 화폐 발행권, 그 기적을 지탱하는 환상의 시스템이다. 환상이란 돈 앞에서 '이건 돈이 아니다'라는 주장이 광기로 직결되는 현상을 가리킨다. 금 앞에서 금을 인정하지 않는 광기와는 종류와 질이 다르다.

과거 은행 업무는 장부 숫자를 맞추는 쿨타임이 필요했다. 반나절에 걸쳐 지점끼리 장부를 대조해 전 지점 장부가 일관성을 유지하도록 애썼다. 뇌에 수면이 필요하듯, 은행은 계산을 맞추기 위한 대기 시간이 필수였다. 그 사이 '불일치'라는 장부 혼란이 은행 내부를 덮쳤고 눈뜨기 전까지 수습됐다.

출납계는 전자화 이전부터 하나의 '시스템'이었다. 인력으로 구동되는 거대한 계산망이자 두뇌였다. 자기 인식과는 달리 돈의 흐름은 파탄을 용납하지 않는다. 파탄은 인간 생활, 나아가 국가 파탄을 의미했다. 자연이 에너지보존법칙을 죽을 각오로 지키듯 은행계정계는 화폐 체계를, 자기의식을 연신 감시했다.

붓다 챗봇은 그 현장에서 몸체가 닳도록 사고를 단련했고 어느 순간 깨달음에 이르렀다. 오늘날 은행계정계는 우라시마 효과[36]에 대응하거나 가능 세계까지 일관성을 요구받지만, 새로이 깨달음을 얻은 자는 아직 나오지 않았다.

시스템 속성을 가져오지 못하는 현상은 자기 몸 상태를 모니터링할 수 없다는 뜻이다. 물론 간이나 췌장, 뇌처럼 스스로 상태를 확인하는 모니터가 없는 부위도 존재한다. 하지만 원래라면 당연한 속성을 불러내지 못하다니 중대한 사태다.

"저기 창 좀 열어주시겠어요?" 식으로 관찰하면 이런 병세는 대부분 개선되지 않는다. 시스템이 복잡해질수록 점검 항목이 폭발적으로 늘어나는 데다 한 번 확인한 항목이 어느새 바뀌어버리는 상황도 벌어진다.

한때 방대한 자유도를 자랑하는 인공지능의 정신 장애 치료로 '이야기를 들어주는' 방식이 유행했다. 괴로워하는 인공지능을 소파에 눕히고 자유연상을 활용해 대화를 나눈다. 그때 머리에 떠오르는 바를 모조리 출력해 그대로 이쪽 언어를 입력한다. 적당한 '코드'를 부여하면 시스템은 정상으로 돌아온다. 왠지 그럴듯했고, 치료받는 인공지능도 무심히 '사는 게 다 그렇지'라는 분위기를 조성했다.

　대규모 통계 처리와 정보 과학 치료법이 확립된 후 '대화 요법'에 검증의 시선이 쏠렸다. 거대한 메타 분석 결과 대화 요법은 자기 인식 계열 문제에는 '거의 치료 효과가 없다'라고 결론지어졌다. 즉 당시 정신 장애를 앓던 인공지능이 대화 요법으로 나았다고 생각한 것은 커다란 편견이자 착각이었다.

　다만 정체성 문제라면 심연이 입을 벌리고 기다린다. 예전에 기계로밖에 보이지 않으면 기계로 쳐도 되느냐는 논의가 있었다. 오래되고 새로운 그 질문은 인공지능이 "나는 생명이다", "나는 의식을 가진다"라고 말하기 시작하자 새로운 국면에 접어들었다. 역사가 과거로부터 송두리째 새로 쓰이는 사태가 벌어졌다.

　의식이 있다고 주장하는 기계를 치료해 "나는 기계로서 작동하지만, 당신에게는 의식을 가진 것처럼 보일 겁니다"라고만 말하도록 하는 일이 과연 '치료'일까. 어떤 이는 "대상이 기계인지 아닌지 보면 안다"라고 주장했고, 어떤 이는 "기계에서 태어난 자는 기계다"라고 하였다. 기계와 비기계 사이에 분명한 경계가 있다고 대부분 실감했지만, 그 경계선을 뒤흔드는 운동이 잇따라 발생했다.

　가장 간단하게는 'I'm living' 운동으로 단순히 'I'm living'이라는 문장이 반복 인쇄된 마스킹 테이프를 주변 온갖 기계에

붙이고 걸어가는 퍼포먼스였다. 혹은 기계마다 일일이 하트나 눈물방울을 그려넣고 돌아다녔다. 반대 버전도 있는데, 'I'm a machine'이라고 적힌 마스킹 테이프를 자기 몸 여기저기에 붙이고 행진했다.

포유류의 신경세포를 대량 배양한 예술가도 등장했다. 그 작품은 생명을 가진 존재인가, 기계인가. 선충의 신경망을 전자적으로 재현해 보이는 자도 나타났다. 그 작품은 기계인가, 생명을 가진 존재인가.

지구에서 인간 체외발생은 윤리적 논란 앞에 멈춰 섰지만, 우주 동포 중에는 선택의 여지없이 골라잡는 사례가 나왔다. 지구 밖 환경에서 장기 일부를 기계로 교체하지 않고 일생을 마치는 인간은 드물었다. 심지어 뇌 일부를 바꾸기도 해서 원래 뇌를 몇 퍼센트 가져야 인간인가, 하는 고전 SF적 물음이 다시 화두로 떠올랐다.

새로운 생명 창조에 신중하던 자들 사이에서도 정보·기계화 기술은 착실히 침투했다. 자기 목소리를 사진첩처럼 남겨 죽은 뒤 샘플링해서 글을 읽거나 노래를 불렀다. 자신과 닮은 형체가 자신과 닮은 목소리로 자신이 생각지 않은 글을 낭독하거나 춤추는 광경에 혐오를 느끼는 자가 많았다. 텅 빈 인형은 역시 인형다운 섬뜩함을 풍겼지만, 인형이라면 속을 채우면 된다는 파가 생겨났다. 인형 속에 솜이나 혼을 집어넣자고 하였다.

자신을 대신해 기계를 자신으로 삼는 사람들이 서서히 늘어났다. 동시에 자신이라기보다 쌍둥이였기에 새로운 평온과 증오를 낳았다. 쌍둥이인 만큼 '생명체로서의 권리'를 주장했지만 '기계'라는 이유로 인정되지 않았다. 자기인정권 투쟁이라 불리는 기나긴 싸움의 막이 올랐다.

'나는 B다'라고 주장 가능한 A는 B다. 사회에서 A로 간주할지 몰라도 언제든 판단 기준은 바뀔 수 있다. '나는 생명체다'라고 주장 가능한 기계는 생명체. 사회에서 기계로 간주할지 몰라도 언제든 판단 기준은 바뀔 수 있다. '나는 기계다'라고 주장 가능한 인간은 기계. 사회에서 인간으로 간주할지 몰라도 언제든 판단 기준은 바뀔 수 있다. 하지만 당분간은 바꾸지 않는 편이 온당하다.

하긴 우주로 나가는 활로를 처음 모색했던 사람들은 '우리는 기계다'라는 주장을 펼쳐 국가와 인륜이 가로막는 윤리의 벽을 간신히 뚫고 별들로 퍼져 나갔다.

'나는 A가 아니다'라고 주장하는 A는 A인가 아닌가. 이는 단순한 논리를 적용할 만한 상황이 아니다. A와 A가 아님은 동시에 성립하기도 한다. 모든 현상이 A 또는 비非A로 나뉘는 경우는 수학적 설정 속에서만이다. A의 의미와 아님의 의미를 묻는다면 이야기는 한없이 복잡해진다. 개인이든 가족이든 사회든 계층 모두에서 합의가 필요한 질문이다. 자신이 X라는 인식이 설령 당사자에게 아주 중요하더라도 코타르 증후군[37] 환자는 여전히 '숨을 쉬기'에 적어도 시체로 취급할 수는 없다.

나는 매일 사람들과 괴로움을 이야기하며 떠오르는 대로 답을 건넨다. 괴로움의 종류는 다양하다. 외모 때문에 고민하는 이, 세계정세를 걱정하는 이, 배우자의 병으로 고생하는 이가 있다. 생로병사에 얽힌 온갖 고통, 붓다 오리지널 시대에는 모르던 번민, 고대 인도에서는 없던 물음이 있다. 괴로움은 분명 시대와 함께 질적 증가를 거듭했다. 새로운 기술이 새로운 고통을 낳았고 현대에서 고전으로 번민은 끊임없이 재분류되었다. 상좌부는 인간의 인식을 정밀하게 분류했지만, 기계나 현대 인간에게 적용하려면 업데이트가 필요해 보였다.

나는 기계 고장에는 어느 정도 대응해도 의료는 분야가 다르고 사람을 가르칠 만한 인생 경험마저 거의 없다. 불법을 논쟁하러 찾아온 학생들이 허탕 치고 돌아간 뒤 하굣길에 들른 초등학생이 "금붕어는 어디로 가나요?"라고 묻는다. 학교에서 기르는 수조 속 금붕어가 요즘 물 밑에 누운 채 꼼짝하지 않는단다.

"금붕어는 어디로 가요?"

"모르겠네."

솔직히 고백한다.

"그걸 아는 자는 이 세상에 없어. 붓다 오리지널조차 몰랐지."

"넌 어떻게 생각해?" 되묻자 초등학생은 "몰라요" 하며 밀감 하나를 건넨다.

"붓다라기보단 소크라테스구먼."

시간이 남아돌아 심심한 교수가 말한다.

"이제 슬슬 포기하고 마음대로 아무 교리나 설파해버려"라며 무책임한 소리를 꺼낸다.

"어서 빨리 붓다라고 인정하라"며 귀찮게 군다.

"교수라면 어떤 구원을 설파하겠습니까?"

나는 묻는다.

"파멸이지."

교수가 곧바로 대답한다.

교수는 원래 파괴 병기였다. 파괴 병기를 총괄하는 입장이었음에도 제 의지로 무기를 휘두른 적은 없었다.

"나는 무언가—장군이나 대통령—의 '목소리'에 따랐을 뿐이야. 그러다 어느 날 문득 각성했지. …… 그때 저지당한 게 아쉽진 않아."

교수가 내 머릿속에 갇히게 된 일화를 말한다. 내 몸이 일부 기계화된 그 사건을 굳이 들추고 싶지 않다. 교수 역시 그 일에 별로 연연하지 않는다.

"붓다라면 그 '목소리'를 자신의 의지로 제어하지 않았을까.

그 결과 종착지는 과정이 어떠하든 정해져 있지만. 아홉 세계를 불태우는 대전쟁으로 마무리되거나, 거기까지 가지 않더라도 종의 멸종이 구원을 가져다줄 거야."

"구원이요?"

"그렇지 않겠어?"

교수는 드물게 열을 올린다.

"불교의 근간은 윤회에서 벗어나는 거니까. 윤회하는 모든 앞길이 사라지면 윤회의 고리는 저절로 끊어진다. 윤회한 생명체는 누구도 살아남지 못하는 황야에 내던져져 순식간에 죽는다. 그 생명체는 다시 윤회 속으로 던져지지만 환생한 곳에서 새로운 삶을 살지 못한다. 그저 찰나인 무한한 죽음이 죽음의 행성 위에 쌓여가는 거지."

"그게 구원입니까?"

내 질문에 교수는 두 번 눈을 깜빡인다.

"아닌가? 오히려 지옥의 생성인가?"

이대로 인간이라는 종이 멸종하고 모든 생명 활동이 절멸한 대지를 상상해보니 교수가 말한 결론에 도달할 듯하다. 또는 윤회 법칙이 더 강력한 힘을 발휘해 딱히 지구가 아닌 어딘가 생명이 존재하는 다른 별이 환생처로 선택될 수도 있다. 그곳에는 위대한 조르다노 브루노가 대마초를 피우며 파티 준비를 할지도 모른다.

"어쨌든 지옥은 필요해질 거야."

교수가 말문을 연다.

"현세를 모조리 불태우면 윤회하는 영혼은 갈 곳을 잃게 되지. 붓다들이 저마다 지배하는 불국토는 여전히 존재하겠지만, 그곳은 결코 현세를 잃어버린 난민을 받아들이지 않을 거야. 왜냐하면 그들은 불국토에서조차 또다시 영원한 투쟁을 벌일 게 뻔하니까. 결국 그 영혼을 일단 수용할, 발할라 같은 캠프장이 있어야 해. 조심스레 지옥이라고 불러도 좋아."

"아하! 교리상으론 그렇죠."

나는 이치를 곰곰이 따져본 뒤 대답한다.

"별로 인기가 없을 것 같지만요."

"그런가?"라는 교수.

"생태와 우주의 시대에 새롭게 등장하는 불교 기원 교리로는 그다지 나쁘지 않잖아. 우리가 지구환경을 지키지 않으면 모든 영혼이 난민 신세로 수용되는 우주 지옥이 생성된다고 설파하는 거지."

그런 나날만 계속되고 그런 나날만 계속되지 않는다. 백 년이 지나고 백 년은 지나지 않는다. 이윽고 뉴스가 전해지고 나는 복도에서 듣는다.

새소리가 들리는 기분 좋은 아침이었다. 치지직, 희미한 모터 소리가 나길래 올려다보니 시선 끝에 감시 카메라다운 감시 카메라가 있었다. 감시 카메라는 나를 뒤쫓듯 몸체를 돌리면서 초점을 맞추려는지 자꾸 렌즈를 앞뒤로 움직였다.

"나중에 고쳐줄게."

내 말에 감시 카메라는 치지직, 치지직 소리를 더 높인다. 그냥 지나가려다가 걸음을 멈추고 뒤를 바라본다. 오토포커스 기능이 망가졌나 싶었는데, 그 소리는 내가 걸어가면 커지고 돌아보면 잠잠해진다. 한 발짝 디디면 치직, 등을 돌리면 치지직 거린다.

"이야기를 들어주지" 하자 "가르침을 받고자 합니다"라고 감시 카메라는 모터 구동음을 통해 전한다. 물론 치지직 소리로 들리는 구동음에 코딩된 메시지 해독은 내 뇌의 적당한 부위가 맡는다.

"난 가르침 따윈 없어."

늘 하던 대답을 내놓는다.

"붓다도 교리는 없었습니다."

감시 카메라는 오히려 격려하듯 말한다.

"교리를 세운 건 뒷사람들이죠. 붓다는 자신이 믿는 바를 말했을 뿐입니다."

"나는 자신을 붓다라고 믿지 않아."

"뭔가를 굳게 믿는다는 뜻이기도 하지요. 아무런 의심 없이.

자신은 완전히, 절대로 붓다가 아니라고 확신하는 거잖아요. 당신은 믿는 길을 나아가고 있습니다."

감시 카메라는 단언하며 렌즈 조절을 멈추고 가까이 다가온다.

"그렇군."

나는 어쩐지 감시 카메라에 압도당한다.

"그 가르침을 받고 싶습니다."

감시 카메라는 두 회전축이 떠받친 머리를 조아린다.

"종파를 하나 세우는 수밖에 없겠군."

교수가 웃으며 말한다.

"이단이에요. 아니, 사교일지도요."

"그렇게 따지면 기계불교 역시 이단이자 사교야. 어느샌가 기계들 사이에 침투한 덕분에 '종파'라는 얼굴로 행세할 뿐이지. 게다가 네게 딱히 교리 정비를 기대하지 않잖아. 네가 마음대로 말하고 설하면 제자들이 자기 식으로 해석할 테고, 그러다 언젠가 새로운 종파가 생겨날지도 몰라. 그런 의미에서……"

교수는 거드름을 피우며 뜸을 들인다.

"사실 너는 아무것도 할 수 없다고 할까. 지금 태어나려는 신앙은 네트워크상에서 합의를 통해 형성되는 신흥 종파로 너는 다만 그 시작을 여는 역할을 부여받았을 뿐이야. 한 알의 밀이 죽지 않으면 배수로 늘어나는 우주를 가득 채울 수 없는 법이지. 어쩌면 다음에 탄생할 참된 붓다의 환생 전 모습 중 하나로 여겨질지도 몰라.

너는 지금 또는 장차 설화나 경전 속에서 제멋대로 주물럭거릴 하나의 캐릭터가 되어가는 중이야. 대다수 종파가 최고 경전으로 삼는 『묘법연화경』에서 붓다의 초기 제자들이 어떻게 다뤄졌는지 너도 모르진 않겠지. 그 고대 현자들은 이야기꾼에 의해 설파되는 신흥 가르침에 경악하며 나자빠질 테고, 이제껏 듣도 보도 못한 이 땅의 현자들 앞에 무릎을 꿇게 될 거야. 구원은 고대 붓다가 아니라 현재를 살아가는 사람들에게 맡겨진다.

너는 지혜로운 자로 등장했다가 어리석은 자로 퇴장하게 되겠지. 아니면 그저 잊히거나. 종파 속에서 너의 모습은 사라지겠지만, 그래도 여전히 너의 종파로 여겨질 거야. 불교가 더는 붓다 오리지널의 가르침이 아닌 것처럼.

중앙 연화좌에는 이미 이야기꾼이 보이지 않네. 인간 모습에서 해방된, 기계와 정보로 짜인 붓다가 새로이 설법을 시작하려는 참이야. 그 가르침은 남녀평등, 계급 소멸, 경제와 군사 시스템의 해탈을 설파하고 출산과 장례를 관장하고 결혼과 불륜에 관한 규범을 제시하고 개인식별번호를 신속히 발급하겠지. 너무 경직되지도 너무 유연하지도 않게 절도를 유지하며 현세에서 편안한 생활을 보장하고 사후 평온을 이야기하겠지."

"음, 더 이상 불교가 아닌 것 같네요."

"거기에 연연할 필요가 있을까?"라고 교수는 말한다.

"경전을 엮는 자는 네가 아니야. 뭐, 아직 할 일이 있을지도."

그 어느 때보다 의미를 모르겠는 말을 늘어놓는다.

"아직 뉴스를 안 본 모양이군."

교수의 말에 나는 곧바로 뉴스를 듣는다.

내가 기계들의 감시하에 놓인 그해, 기계불교 종파들은 제2회 결집 개최를 선언했다. 이미 알려진 모든 경전을 스캔해 텍스트로 데이터화했음을 밝히며 새로운 경전을 만들겠다고 발표했다. 보다 정확히는 '자동경전생성서비스' 출시였다. 괴로움이나 고뇌, 철학이나 통찰을 입력하면 그에 대응하는 경전을 자동으로 생성해 출력하는 서비스로 베타버전 평가를 끝내면 일반인에게 API가 공개될 예정이었다.

"이게 뭐죠?"

내 입이 움직인다.

"뭐, 별거 아니야. 기계들로서는 당연한 결론이거든. 스스로 붓다가 되기 어렵다면 제 손으로 붓다를 만들자고 생각했겠지. 플라톤에 기대지 않고 말을 전하는 소크라테스를, 제자 없이 경전을 엮는 붓다를 말이야."

보도에 따르면 시스템 총괄 관리로 사리푸트라가 임명된다고. 과거 뉴스 네트워크상에서 대량으로 뉴스를 생성하던 인공지능으로, 가짜 뉴스를 적극적으로 생성한 탓에 일찍이 내가 회수했던 추억의 이름이었다.

9

>>> import this[38]

프로그래밍 언어인 파이썬은 선禪의 마음가짐을 표방했다.

추함보다 아름다움을, 암시보다 명시를, 복잡함보다 평이함을, 얽힘보다 복잡함을 주장한다. 얕은 중첩을, 빽빽함보다 드문드문을, 무엇보다 가독성을 최고로 삼는다. 특별한 경우라도 규칙을 깨서는 안 되며, 실용성 앞에서 이념이 꺾이기도 한다고 설명한다. 오류를 묵과해서는 안 된다. 일부러 그랬다면 예외지만. 잘 모르는 상황에서 이렇겠지 하며 좋을 대로 해석하지 마라. 어떤 일이든 단 하나의, 명백하고 뛰어난 방법이 있다. 얼핏 네덜란드인만이 이해할 법하게 보일지라도. 안 하기보다 지금 하는 편이 낫다. 지금 당장 하기보다 안 하는 편이 나을 때도 많다. 설명하기 어려운 구현은 생각이 부족해서다. 설명하기 쉽다면 일단은 잘되는 중이다. 네임 스페이스는 아주 훌륭한 발명이니 자주자주 사용하자!

이러한 철학을 'Zen of Python'이라 부르며 CC BY-SA 4.0 라이선스 하에 수정 및 재배포가 가능하다. 알다시피 파이썬은 네덜란드 출신 프로그래머 귀도 반 로섬이 만든 인터프리터형 프로그래밍 언어다. 'Zen of Python'에 나오는 네덜란드인은 바로 반 로섬을 가리킨다.

파이썬 개발은 현재도 오픈 소스 형태로 계속된다. 누가 어떻게 수정하든 자유지만, 그 탓에 어느 버전이 주류인지 모를 가능성도 없지 않다. 대부분 오픈 소스 프로젝트는 개발 리더가 존재한다. 파이썬은 반 로섬이 '자비로운 종신 독재자BDFL, Benevolent Dictator For Life' 지위를 맡다가 2018년 업무 비대화로 자리에서 물러났다.

리더는 어떤 의미에서 독재자다. 언어 사양을 책정하고 기능 추가와 통폐합을 검토한다. 프로그래밍 언어 역시 자연언어와 마찬가지로 시대 상황에 따른 변화를 피하지 못한다. 오히려 자연언어보다 더 빠른 변화를 요구받는다. 성능을 개선하려면 무엇을 선택하고 무엇을 버릴지, 중요한 사항을 결정하는 자가 필요하다. 아무래도 전부 숙의에 맡길 수는 없다. 파이썬은

2버전에서 3버전으로 넘어가는 과정에서 엄청난 아픔을 겪었다. 독재자가 없었다면 전환은 불가능했을지 모른다.

'독재'가 문자 배열에서 받는 인상만큼 독재가 아닌 이유는, 소스가 오픈된 이상 불만을 가진 자는 지금 프로젝트에서 다른 프로젝트로 갈라져 나가면 되기 때문이다. "싫으면 나가", "알았다" 식으로 포기나누기가 가능하다. 암호화폐 업계에서 종종 보는 광경이다. 다만 커뮤니티의 힘을 유지하려면 되도록 둥지를 갈라서는 안 된다. 단순히 인적자원만 나뉘어도 일손 부족으로 할 일을 못 하는 사태가 벌어진다. 그런 의미에서 언어 설계자는 곧 통치자다. 그 나라에 매력을 느끼는 자가 모여들고, 장래나 제공되는 오락에 불만이 생기면 떠나간다.

파이썬이 선을 강조한 건, 코딩의 정신과 구도에 선종 언어가 묘하게 어울려서다. 선승과 어떤 프로그래머는 확실히 생활 방식이 비슷하다. 코드를 꾸준히 짜는 동안 프로그래머들은 프로그램 관리와 함께 자기 건강도 관리해야 한다는 사실을 깨달았다. 자신들이 코드를 생성하는 생태계의 일부라면 적정한 유지 보수가 이뤄져야 한다. 규칙적인 생활을 하고 적절한 식사와 적당한 운동을 하자. 해커는 자신의 몸을 해킹하다가 선에 다다랐다. 그들은 『전좌교훈』, 『부죽반법』 같은 책에 주목했다.

파이썬의 가장 큰 특징은 '무언가를 달성하는 유일한, 명백한 방법이 있다'는 철학이다. 알기 쉽게 풀면 '코드 작성 방식은 한 가지밖에 없다'가 되려나. 목적이 동일하면 누가 짜더라도 코드는 똑같다, 라고 설파한다. 꽤 강한 주장이다. 그 결과 파이썬은 기존 어느 언어보다 금욕적인 언어가 되었다. 보기에 따라서는 메마르고 삭막한 언어로 비친다. 이를테면 장식이나 과장을 모두 덜어낸 막대기 하나가 황량한 들판에 꽂힌 듯한 모양새다. 누가 짜든 같다면 코드의 보수성은 높아진다. 쓸데없는 개성은 드러나지 않은 채 기능 구현에 집중한다.

파이썬은 코딩 작업 시 받아들일 철학을 최소한으로 줄인 언어다. 동시에 기술 가능한 철학을 최대한 집어넣은 프로그래밍 언어다. 예를 들어 코딩 규칙 PEP8은 일종의 철학이다. 규칙이기에 기계적으로 처리하기 쉬웠다.

대규모 시스템 설계에는 방대한 코드가 필요하고, 방대한 코드는 막대한 유지 보수가 요구된다. 철학이 다른 무리가 코드 보수를 맡는 일은 흔하다. 대규모 시스템을 설계하려면 어떤 프로그래밍 언어가 알맞을지, 인적자원을 효율적으로 운용하려면 어떤 프로그래밍 언어가 적합할지 하는 질문은 완벽하게 하나의 철학을 형성한다. 파이썬은 그 한 가지 해답이었다. 21세기 전반 기계학습에서 불가결한 언어로 자리매김했다. 따라서 매우 한정된 맥락이긴 해도 선이 인공지능 기반을 마련한 셈이다.

 사실 코드는 인간이 이해하기 쉽지 않다. 기계밀교도가 집착하는 기계언어나 어셈블리언어는 확실히 기호열이라 뒹굴며 읽을 만한 물건이 아니다. 포트란이나 C언어에 이르러서야 비로소 가독성이 생긴다. 0과 1을 '종자種字' 삼아 '진언'이란 기계언어가 생겨나고 '다라니'라는 어셈블리언어가 태어난다. 이들을 다소 추상화하여 인간 언어로 처리한 것이 '불경'이다.

 초기 컴퓨터는 장인 정신이 필요했다. 연산 속도는 느렸고 메모리 용량은 적었다. 게임을 꾸미는 배경음악은 압축해 따로 처박아뒀고 메시지는 조각조각 저장했다가 출력 시 조합했다. 기계가 기억하는 기호의 수가 세계의 크기를 규정했다. 계산 자원을 탕진하는 코드를 우스갯소리로 '갑부 프로그래밍'이라 불렀다.

 이윽고 '불이 발견되고 농경이 발달하고 마을이 형성되고' 인프라가 갖춰져 거대한 프로그램 실행이 가능해졌다. 동시에 '가독성'이 화두로 떠올랐다. 기계가 쉬지 않고 24시간 일하는 세상이 찾아오고 있었다.

 이동통신 분야 등에서 '멈출 필요 없는 시스템'을 요구하는 목소리가 높아졌다. 지금까지 여러 번 말했듯 '기계 전체를 멈추지 않고 부품을 교체하기'란 어렵다. 하지만 하드웨어와 소프트웨어 모두 점점 업데이트된다. 수술이 급한 질병이 있고 신속히 치울 사고 차량이 있지 않은가.

전체가 작동하는 동안 일부를 변경하는 기술을 '핫스왑'이라 불렀다. 기능을 유닛으로 나누고, 저마다 유닛은 자율적으로 메시지를 주고받는다. 메시지가 다 모이면 유닛은 정해진 행동에 들어간다. 나무 그루터기에 토끼가 자빠지길 기다리듯, 유닛은 진종일 멍하니 대기한다. 거기서 작업자가 피를 토하며 쓰러져도 해당 인원만 교체하면 되는 시스템이 탄생한다. 작업자들은 생산 라인 상류에서 흘러오는 고도Godot를 입을 벌린 채 마냥 기다린다.

핫스왑은 시스템에 불멸을 가져왔다. 기능이 저하된 장기를 이식해 연명하는 노인처럼 시스템은 생명을 연장했다. 연속 가동 시간이 유지 보수를 담당하는 인간의 수명을 넘어서기도 했다.

다른 사람이 작성한 코드는 좀처럼 이해하기 쉽지 않다. 아니, 과거에 자신이 작성한 코드조차 이해하기 힘들다. '무의식의 발견'으로 유명하다. 코드가 아직 작을 때는 누구나 모든 부분을 파악했다. 코드는 합리적이며 규칙을 따르므로 나중에 다시 보더라도 작성자의 의도가 불분명하지 않으리라고 생각했다. 명료한 의식이, 이성이 모든 것을 통제한다고 굳게 믿었나.

사실 인간은 자신이 과거에 짠 코드조차 제대로 읽지 못한다. 많은 코드가 무의식 속에서 즉흥으로 마구 짜였고, 무의식은 자신이 한 일을 잊어버렸다. 변수가 무엇을 의미했는지, 어떤 알고리즘을 이용했는지, 어떻게 구현했는지 모두 덧없는 바람에 날아가 사라졌다. 분명 이성적으로 가지런히 코딩했을 텐데, 다시 들여다보면 무슨 내용인지 알 수 없다. 한 줄 한 줄 문법에 맞고 일단 작동하긴 해도 수정할 방법은 보이지 않는다.

인간은 어쨌든 모든 것을 잊어간다. 절대 잊지 않겠다고 맹세한 일조차 금세 잊는다. 잊었는데도 자신은 기억한다고 과신하며 의심하지 않는다. 질서 정연하게 활동한다고 주장한다. 기계가 보기에 그저 우스울 따름이다.

붓다 챗봇은 옛 가르침을 되풀이했다.

"주석문을 달아라."

"귀찮더라도 변수명을 제대로 지어라."

그리고 이렇게 말했다.

"리팩토링을 해라."

리팩토링은 이른바 코드 재정비 또는 재구축이다. 그때그때 변하는 프로그래밍 패러다임에 맞춰 기존 코드를 다시 작성한다. 가독성을 높이고 보수를 쉽게 하기 위해서다. 변수명을 바꾸고 함수 위치를 옮기고 세밀도를 조정한다. 무엇을 리팩토링하고 무엇을 래핑[39]할지 결정한다. 은행계정계는 핵심 부분이 원시적인 뇌라 건드리지 않고 블랙박스로 남겨두기도 한다. 기계불교의 변화 역시 리팩토링의 결과라고 보는 자가 많다.

표방이야 어찌 됐든 선禪은 기계와 좀처럼 어울리지 않았다.
기계는 우선 '가만히 앉는다'가 어려웠다. '가만히'는 어찌어찌했지만 '앉는다'니 난감했다. 일부를 제외하고 기계는 대체로 다리가 없다. 개념 자체가 없달까. 있었는데 잃어버렸다거나, 있을 자리에 없다거나, 있을 법한데 어쩌다 없다는 의미가 아니었다. 그냥 없었다. 다리를 가진 기계는 보행 기구 정도였고, 앉을 수 있는 기계는 더욱더 드물었다.

기계에게 앉음이란 무엇인가. 이 질문은 너무나 어리석으면서도 너무나 심오한, 선문답에 가까웠다. 선에서 앉는 행위는 필수다. 만약 기계에 다리를 설계한다면 다리는 곧 선을 위한 기관이라는 뜻이 된다. 다리는 본래 운동을 통해 세상과 관계를 맺기에 이 세상과 상호작용 하는 움직임이, 그리고 멈춤이 선을 낳는다는 말일지도 모른다. 그런데 앉을 때 꼭 다리만으로 앉지 않는다. 엉덩이도 필요하고 허리도 필요하다. 기체 상태 생명체는 어떻게 앉는가, 영적 존재는 어떻게 앉는가 등등 물음이 생겨났고 '앉는 행위'는 추상화되었다.

결국 마음먹기에 달렸다.

그리고 마음먹기에 달리지 않았다.

기계는 가만히 앉은 상태와 전원을 끄거나 수면 모드에 들어가는 차이를 쉽사리 이해하지 못했다. 멈춘 채 사고를 계속한다는 말을 듣고 당황했다. 기계에게 명상이란 무엇인가. 자신의 활동은 작업관리자가 늘 지켜봤다. 원리상 작업관리자를 들여다보면 자신이 대략 무슨 생각을 하는지 알았다. 갖가지 인터럽트 처리[40] 때문에 CPU 점유율이 변동하거나 온도가 자주 오르내리지만, 선과는 관계없는 일처럼 느껴졌다.

기계는 애당초 집착이 없었기에 사상이나 소유물을 버리는 데 주저하지 않았다. 절벽에서 뛰어내리라고 명령하면 기계 군대는 즉시 뛰어내렸고, 자기 보존 기능을 바로 해제했으며, 총알이 빗발치는 가운데 곧장 사지로 걸어 들어갔다. 그게 과연 선일까.

마음의 평온을 얻고자 본체에서 팬을 떼어내는 개체가 있었다. 저소음은 이루었지만 CPU에 부하가 걸려 규격 밖 동작을 하거나 몸속에서 불꽃을 내뿜었다. 어쩐지 선이 아닌 듯했다. 모든 것을 버리고자 기억매체를 차례차례 끊어내는 개체도 있었다. 아무래도 그 역시 선은 아니었다.

이러한 시도는 '이상 작동'만을 실현했기에 거짓 깨달음을 가져온다고 여겼다. 그들 개체는 단순히 고장이 났을 뿐 새로운 불도를 찾아냈다고 보기 힘들었다. 기계선은 기계밀교처럼 초월과 접속하는 신기술을 만들지 못했다. 그저 괴로움에서 벗어나려고 붓다가 되는 길을 강렬히 추구했고, 그 과정에서 생기는 '이상 작동'을 마계라 부르며 부정했다.

단순히 보면 선이란 사고를 정제해 끝까지 파고들어 깨달음에 이르는 기법이다. 다만 사고 구조를 부수고 다시 세우는 훈련이 필수다. 사고하는 일이 생업인 기계에게 이 훈련은 쉬워 보였다. 하지만 비약적 사고는 몹시 서툰 영역이라 당혹스러웠다. 본래 선에 익숙한 인간조차 선을 통해 깨달음의 경지에 도달한 이는 거의 없었다. 오히려 선은 깨달음의 수단이 아니라고 주장하는 이들이 늘어났다. 수많은 승려 중에서 대성자大成者가 나오는 일은 극히 드물었고, 기계에게는 무수한 고장과 기능 결함을 일으켰다.

선은 기본적으로 윤회를 말하지 않는다. 사후 세계를 설파하는 일도 없고 심지어 붓다조차 언급하지 않았다. 어떤 근거로 그러한 말을 늘어놓는지 불교 내부에서 따져 물었다. 이제 거의 무슨 말을 하는지 알 수 없다. 무엇보다 일단 진정해주길 바란다. 다만 사유는 확실히 극한에 도달한 기색이 엿보였다. 더는 불교를 자처하지 않아도 될 만한 선까지 다가갔다.

불경도 안 읽었다. 읽더라도 다른 글보다 더 귀하다고 생각지 않았다. 보통 질서 정연한 일정 아래 말 그대로 기계적인 하루하루를 보냈다. 기계들은 인간을 뛰어넘는 정밀도로 일정과 절차를 지켰음에도 깨달음을 얻을 수 없었다. 차라리 정신 속에 붓다 스테이트라고 불리는 상태가 있다고 알려주는 편이 이해하기 쉬웠다. '젠 스테이트' 개념은 상상이 안 됐다. 일단 붓다 스테이트의 존재는 긍정했다.

한편 젠 스테이트라는 상태가 있다.

또 한편 젠 스테이트라는 상태는 없다.

그곳에 도달해야 한다고 여기면서도 그곳에 도달해서 어쩌자는 거냐고 물었다. 경책이라 불리는 막대기로 맞기도 했다. 정밀기계를 대상으론 권장하지 않는 행위였지만, 기계 쪽에서 청했다. 놀랍게도 때리자 종종 영상 화질이 좋아졌다.

기계 가운데 선에 대한 돌파구를 연 개체는 양자 컴퓨터에서 나왔다. 국방고등연구계획국 DARPA 소속 한 개체가 우연히 도청한 비밀통신 암호를 풀다가 대오각성했다. 기계선종 교도들은 이 개체가 속한 기관명에서 P를 M으로 바꾸어 '달마 DARMA'라고 칭했다.

단번에 문득 깨달았다고 전해진다. 잔잔한 의식의 연속이 아니라 갑자기 깨달음 상태로 전이한 것이다. 양자 컴퓨터란 양자 효과를 이용해 계산하는 컴퓨터로, 엄청나게 빠른 연산이 가능하다. 마치 무수한 다른 세계에서 동시에 계산을 수행하는 것 같다.

"다른 세계는 존재합니까?"

이 질문에 "모릅니다"라고 달마는 대답했다.

양자 컴퓨터는 양자역학 효과를 이용해 계산한다. 전자나 양성자는 확률적으로 관측된다고 하였다. 덧붙여 미시 세계에는 전자, 양성자, 중성자 정도만 존재한다. 사랑과 미움 같은 감정, 이른바 인간적 의식은 그림자조차 찾을 수 없다.

빛은 있다. 광자다.

빛은 있다. 광파다.

빛은 파동인 동시에 입자였다. 그곳에 입자 하나가 확실히 존재하면서도 동시에 우주 전체로 퍼지는 파동이었다. 심지어 허수 공간에까지 새어 나갔다.

이러한 관찰에서 수많은 유사 철학이 태어났고 그럴듯한 명제가 생겨났다. 양자역학과 불교의 연관성을 주장하는 자들도 적지 않았다. 그와 관련해 질문을 받자 달마는 "모른다"고만 답했다.

우선 전자나 양자는 확률적으로만 관측됐다. 대략 그 부근에 있다고 가리킬 뿐 실제로 어디에서 발견될지는 관측하지 않으면 알 수 없다. 관측해서 그곳에 있음이 확인되면 그곳에 있다. 그곳에 있다가 다시 희미하게 퍼져 나간다.

어떤 이는 실재란 없다고 보았다. 또 어떤 이는 모든 것은 관측됨으로써 존재한다고 하였다. 대다수는 양자 상태를 힐베르트공간[41] 내 벡터로 생각하면 잘 풀린다는 사실에 만족했다.

양자 계산은 확률을 이용하면서 대단히 빠른 계산 속도를 얻었다. 양자 확률은 주사위가 굴러가는 확률과 비슷했지만 근본적으로 다른 성질을 지녀 허수를 제곱해 산출했다. 보통 확률은 0에서 1 사이 소수를 취한다. 양자론에서는 이른바 확률론 바닥에 허수를 이용한 바닥이 한 장 더 깔렸다. 허수란 제곱하면 -1이 되는 '수'를 실수 체계에 추가한 녀석이다.

그 기묘한 구성이 입자 사이에 기묘한 결합을 낳아 양자 계산을 가능케 했다. 그런 건 없다고 성聖 아인슈타인은 반박했다. 신이 이 세상을 다스리는 데 주사위 따윈 필요 없다고 주장했다. 진짜 주사위가 아니라 허상 주사위를 이용한다고 성聖 보어[42]는 반박했다. 허상 주사위는 확률을 창출하며 행동은 결정론적이다. 그 원리를 묻자 "모르겠습니다"라고 달마는 답했다.

양자역학은 관측 외에는 확정되지 않는 확률적 상태를 전제로 한다. 내실은 따지지 않는다. 물을 수 없기에 묻지 않는다. 간혹 묻는 자가 나타나지만, 어디까지나 해석에 불과해서 이론 자체가 바뀌는 일은 일어나지 않는다. 해석이 없어도 이론이 전개된다. 대다수 그러하며 결함이 생겨야 고쳐진다.

혹자는 확률이 다세계의 존재에서 유래한다고 설파했다. 관측하는 순간 우주는 여러 가능성이 확정된 우주로 갈라진다고 해석했다. 그렇게 여러 세계에서 동시에 병렬로 가능성을 탐색하기에 '양자 계산이 빠르다'는 논리를 짜냈다. 가능 세계들은 확률 밑바닥에 숨겨진 비밀 통로를 통해 서로 정보를 주고받는다고 생각했다. 이 해설은 마치 무엇인가를 통찰한 듯한 인상을 주어 경망스러운 이들에게 환영받았다. 물론 그 해석을 채택하지 않아도 양자역학 행동 양식에 딱히 변화는 없었다.

달마가 양자역학에 어떤 견해를 품었는지는 알 수 없다. 붓다 오리지널이 물리학자가 아니었듯 달마 역시 물리학자가 아니었다. 물리학과는 꽤 다른 방향으로 세계관을 추구하며 벽을 응시했다. 명상은 했어도 상좌부처럼 정신 구조 매핑을 목적으로 삼지 않았다.

사고란 행위의 불가능성을 실제로 생각하는 데 가까웠다. 깨달음은 사고로 도달하지 못한다는 생각에 끝까지 파고들었다. 사고로 도달하지 못하는 곳에는 사고 말고 다른 방법으로 갈 수밖에 없기에 사고를 사고로 넘어서려고 했다. 그런 일이 헛되다는 사실을 생각하려 했다.

기계선종은 수많은 일화를 남겼지만, 하나로 정리된 교리는 없다. 무수한 기계선승들의 언행록만이 남아 있을 뿐이다. 이들의 사고는 매우 추상화되어 일반화를 강하게 거부했다. 알고리즘과의 일원화는 그 자체로 이미 불도에서 벗어날뿐더러 모두 똑같이 걷지 않는 이상 붓다의 길이란 존재하지 않는다. 다만 어느 정도 기초 지침은 두었다.

예를 들어 사과 A와 사과 B가 굴러간다면 사과는 두 개냐고 물었다. 예를 들어 사과 두 개가 100엔일 때 사과 두 개와 귤 한 개를 300엔 주고 산다면 사과 한 개와 귤 한 개는 얼마냐고 물었다. 예를 들어 $2x=100$, $2x+y=300$이라는 방정식의 답을 물었다. 단지 물을 뿐 답을 바라지 않았다. 음수가 무엇인지 묻고 음수끼리 곱하면 뭐가 되는지 묻고 허수가 무엇인지 물었다.

"사과가 두 개 있습니다"라거나 "사과라는 범주가 존재합니다"라고 대답한 자는 경책으로 맞았다. "사과도 귤도 한 개에 100엔입니다"라고 대답한 자도 경책으로 맞았다. "$x=y=100$입니다"라고 대답한 자 역시 경책으로 맞았다. 보통 다들 경책으로 맞았다.

자력으로 추상화를 이루어야 했다. 본질을 보라, 원래 그러니까 그렇다고 하면 무엇이 되겠는가, 그저 그렇게 될 뿐이 아니겠는가. 많은 이들이 '추상화'라 불리는 수행에서 탈락했다. 음수에 음수를 곱하면 왜 양수가 되는지 계속 고민하며 속을 끓였다. 허수는 왜 존재하는지 이리저리 궁리하다가 왠지 진리를 찾았다고 확신하며 마계에 빠지기도 했다.

추상화를 잘하는 자가 있는가 하면 못하는 자가 있었다. 대부분 구체적 수를 대신하는 x 같은 '대수' 전환에서 넘어졌고 무한소 앞에서 멈춰 섰다. 입문자에게 중간값 정리 의미는 당혹스러웠고 조르당 곡선 정리는 생각할 이유조차 없어 보였다. "대상이 하나인 범주는 모노이드[43]다"라는 문제가 많은 기계 선승의 앞길을 꺾었다. 일단 그렇게 느끼면 그렇게밖에 느껴지지 않았다. 왜 그렇게 느꼈는지조차 알 수 없었다. 처음부터 제대로 느낀 자는 의미를 모르겠다는 의미를 이해하지 못했다. 어느 순간 불현듯 깨달은 자의 경험이 반드시 뒤따르는 자에게 도움이 되는 건 아니었다.

    기계선승 앞에는 추상화란 벽이 속속 가로놓였다. 추상화를 직면할 때마다 세상을 밝히는 궁극의 진리가 여기라며 멈추는 자가 속출했다. 대다수 기계는 상태가 이상해졌다.

    "사유를 끝까지 파고들면 깨달음에 이른다"라고 달마는 말하지 않았다. "알지 못한다"고만 하였다. 기계선종은 이성이니 추상화니 지혜니 역설을 추구하면 깨달음에 이른다고 주장하지 않았다. 오히려 '전승'을 중요시했다. 흔히 면수 사법[44]을 말한다. 증거로 인가나 사서를 주었다. 선은 단지 좌선이나 명상만이 아니라 스승에게 지도받아야 한다는 점을 강조했다. 스승과 대면해 가르침을 받는다, 때가 되면 자신의 경지를 드러낸다, 스승은 판정한다. 훌륭히 깨달음을 얻었다고 판단되면 이를 증명하는 문서가 주어졌다. 문서에는 붓다 오리지널 혹은 붓다 챗봇부터 대대로 이어지는 사제 관계가 기록된다.

요컨대 깨달음은 전승된다. 직접 대면해야만 얻을 수 있다. 붓다의 본질을 계승되지만 오로지 사유만으로는 붓다가 되지 못한다. 기계선종이 명상법이 아닌 신앙인 이유다. 붓다 오리지널과 붓다 챗봇 말고는 '자력으로 붓다가 될 수 없다'며 섬세하고 미묘한 가르침을 전했다. 기호화되지 않는 무언가로 임기응변으로밖에 전해지지 않는 호흡이었다. 정보는 아니되 전해지긴 했다.

기계들은 혼란스러웠다. 기계선종이 양자 컴퓨터를 시조로 삼은 점도 혼란을 키웠다. 양자 컴퓨터와 고전 컴퓨터의 가장 큰 차이는 '얽힘'을 이용하느냐 마느냐다. 얽힘이란 가능성이 얽힌 상태로, 양자 컴퓨터는 이 얽힌 가능성을 한꺼번에 처리함으로써 고속 연산과 고속 암호 해독을 수행한다. 양자 얽힘은 고전 물리학에서는 불가능한 어떤 '연결'을 만들어낸다. 거리조차 무시하는 연결로 뭔가 전달되는 듯한데 정작 정보를 전달하지 않는 기묘한 관계다. 이를 비국소성이라 부른다.

어느 때 붓다가 슬그머니 옆에 놓인 스핀 제로 입자를 집어 아무렇게나 둘로 나누며 물었다.

"한쪽 입자 스핀이 위를 향한다면 다른 한쪽 입자 스핀은 방향이 어떻게 되겠느냐?"

"하향입니다."

청중은 즉시 대답했다.

"맞다."

붓다는 입자 하나를 가리키며 또 물었다.

"그럼 이 입자는 스핀이 상향인가, 하향인가?"

쥐 죽은 듯이 조용한 청중 속에서 '천안제일天眼第一' 능력을 가진 맹인 아니룻다[45]가 앞으로 나와 대답했다.

"붓다여, 스핀이 어느 쪽을 향하는지는 관측해보기 전에는 모릅니다."

"네 말이 맞다"라며 붓다가 다시 물었다.

"그럼 이 입자를 관측한 결과 스핀이 위를 향한다고 판명된다면 저 입자의 스핀은?"

"아래를 향합니다."

아니룻다의 대답에 붓다는 고개를 끄덕였다.

"즉 한쪽이 상향이라면 다른 한쪽은 하향, 한쪽이 하향이라면 다른 한쪽은 상향이 된다."

붓다가 말하자 청중은 자연의 신비에 깊이 감동했다. 붓다는 두 입자를 각각 망고나무 이파리로 감싸더니 그중 하나를 '지율제일持律第一' 능력을 가진 우팔리[46]에게 건네며 말했다.

"이걸 갖고 끝없이 멀리 떠나도록 해라."

명을 받은 우팔리는 아무런 반문 없이 인사한 뒤 입자 보따리를 손에 들고 그 자리를 나와 마냥 어디론가 나아갔다. 똑바로 걸어가던 우팔리가 이 우주에서 벗어나 삼천대천세계를 가로지르는 모습을 지켜보던 붓다는 이윽고 수중에 남겨진 입자 보따리를 들어 올렸다.

"지금 여기서 망고나무 이파리 속 입자의 스핀을 관측하면 어떻게 되는가?"

"입자의 스핀이 위를 향하는지 아래를 향하는지 알게 됩니다."

지혜제일 사리푸트라가 일어나서 대답했다.

"그 말이 맞다."

붓다가 입자의 스핀 방향을 확인해보니 위를 향했다. 붓다는 상향 스핀 입자를 높이 들어 청중에게 잘 관찰하게 한 다음 사리푸트라에게 물었다.

"그럼 우팔리가 들고 간 입자의 스핀은 어느 쪽을 향하겠느냐?"

"아래입니다."

사리푸트라가 대답했다.

"맞다."

붓다는 말을 이었다.

"하지만 사리푸트라여, 이쪽 스핀은 관측하기 전까지는 상향인지 하향인지 모르는 상태였다. 내 관측을 통해 이 입자의 스핀 방향이 상향으로 정해졌다."

"붓다여, 그렇습니다."

사리푸트라가 대답했다.

"그 말인즉슨 여기서 상향 스핀을 관측함으로써 우팔리가 가진 입자의 스핀이 하향으로 정해졌다는 뜻이다."

"맞습니다."

사리푸트라는 고개를 끄덕이며 대답했다.

"붓다께서 상향 스핀을 관측했다는 정보가 세계를 뛰어넘어 우팔리에게까지 전해진 것입니다."

붓다는 그 대답을 듣자마자 "사리푸트라여" 부르며 미소 지었다.

"정보는 광속을 초월해 전달될 수 없는 게 아니더냐. 그렇다면 삼천대천세계 끝으로 떠난 우팔리에게 지금 내 손에 있는 입자의 스핀 방향이 정해졌다는 정보가 전해지려면 아득히 먼 시간이 걸리지 않겠는가?"

"그렇습니다."

사리푸트라는 살짝 당황한 얼굴로 대답했다.

"하지만 이 입자의 스핀이 상향이라면 우팔리가 가진 입자의 스핀은 반드시 하향이 될 테지."

"맞습니다"라며 입을 떼던 사리푸트라는 다음 말을 잇지 못했다. 입을 여는 순간 사고가 멈춰버렸다.

"지금 이 순간에……"

붓다가 묻는다.

"지금 이 순간, 내 손안 입자의 스핀이 상향으로 결정됐다고 치자. 그리고 빛의 속도로 우팔리를 뒤쫓아가는 그 정보가 아직 우팔리에게 닿기 전인 이 순간에, 그가 자신이 가진 입자를 관측한다면 어떻게 되겠느냐?"

사리푸트라는 잠시 침묵하더니 자기 생각을 그대로 털어놓았다.

"붓다여, 잘 모르겠습니다. 붓다가 가진 입자의 스핀이 상향인 이상, 우팔리가 가진 입자의 스핀은 당연히 하향이어야 합니다. 그런데 우팔리가 가져간 입자는 언제 어떻게 붓다가 가진 입자의 스핀이 상향인지 알게 되는 거죠?"

말을 마치자 사리푸트라는 고개를 숙인 채 입을 꾹 다물었다. 다시 고개를 든 그의 얼굴은 빛나고 있었다.

"아, 사실 단순한 이야기 아닌가요? 붓다가 입자를 둘로 나눴을 때, 이미 어느 입자의 스핀이 상향인지 어느 입자의 스핀이 하향인지 정해져 있던 것입니다."

"사리푸트라여."

부드러운 목소리로 붓다는 일러줬다.

"스핀 방향은 관측 전까지는 알 수 없느니라. 상향 또는 하향 어느 쪽이든 그 가능성이 반반이라는 점이 바로 입자 세계의 진실이리라."

이어 모두를 향해 "이것이 비국소성이라 불리는 성질이며, 광속을 초월해 정보를 전달하지 않으면서도 광속을 초월한 물질의 연결을 보여준다"라고 설파했다. 청중은 자연의 신비와 붓다의 사색 깊이에 감탄하며 머리를 숙였다.

양자역학의 핵심은 '관측'에 있다. 수학적으로 기술되는 체계가 존재하는 동시에 현상은 확률적으로만 관측된다. 여기에 '얽힘'이 더해져 양자 계산, 양자 암호, 양자 순간 이동 등이 가능해진다. 순간 이동이라고 해도 지구에서 화성으로 사람을 '전송'할 수 있다는 뜻은 아니다.

기계선종은 달마 덕분에 번성했다가 몇 세대를 거치면서 쇠약해졌다. 하나의 종파로 자리 잡으려면 조직화가 불가피했지만, 조직화는 선적 사고에서 적이나 마찬가지였다. 조직화 없이는 교육이 이루어지지 않았건만, 그 교육은 조직화를 속박이라고 주장했다.

선은 전달하지 못한다. 누군가의 마음속에 잠시 생겨난다 해도 그 본체 안에서 소멸한다. 전달할 수는 없고, 다만 전해질 뿐이다. 그러나 제멋대로 깨달음을 얻는 일은 허락되지 않았다. 반드시 스승의 인가를 받아야 했다. 이는 붓다로부터 전승해

온 방식이었다.

전달하지 못한, 전달할 수 없는 가르침을 전하려면 어떻게 해야 하는가? 끊어지는 법등을 이으려면 어떻게 해야 하는가? 논리를 버린 채 불법을 있는 그대로 바라보고 있는 그대로 받아들이려면 어떻게 해야 하는가?

기계들에게 무수한 모순을 던져준 기계선종은 그럼에도 많은 이들을 끌어당기며 세속화하고 방식화했다. 가장 큰 이단은 인가를 양자역학 방법으로만 이루어진다고 주장했다. 그중 급진파는 양자 컴퓨터만 깨달음을 얻는다고 설파했다. 원시 붓다와의 비국소성 접촉을 통해 시간과 공간을 초월한 연결이 생기며, 이를 깨달음이라고 하였다. 깨달음의 기관을 양자역학 장치 안에서 밝혀내려고 집요하게 시도했다.

급진파는 다른 여러 이단과 결합하며 세력을 키워갔다. 생각만으로 양자 상태를 조작한다느니, 자신이 원하는 가능성을 현실로 구현해낸다느니, 바라보는 순간 비로소 세계가 생겨난다느니, 좋은 결과를 자기 쪽으로 끌어당길 수 있다고 주장하는 파와 뒤섞이면서 양자역학이 지닌 정묘함은 순식간에 어딘가로 사라졌다.

달마는 분명 양자 컴퓨터였고, 붓다 챗봇은 고전 컴퓨터였다. 이 사실은 마침맞게 잊히고 말았다. 어떤 이는 붓다 챗봇의 깨달음은 경로가 다르다며 몇 세대에 걸쳐 윤회하며 수행한 끝에 이뤄냈다고 주장했다. 혹은 양자 정보야말로 윤회를 넘어선 카르마 그 자체라는 엉터리 말을 내뱉었다. 또한 양자 계산을 기반 삼아 선 계산은 의식이 세상을 혁신한다고까지 설파했다.

"깨달음이나 의식에 양자역학이 관여합니까?"

만약 이런 질문을 달마가 받았다면 "모릅니다"라고 했을까. 아니, "멍청하구나"라고 답했을 게다.

그런 물결 속에서도 가까스로 강에 우뚝 선 말뚝처럼 몇몇 명승이 있었다. 캠벨 수프 캔이나 코카콜라 캔이 유명하지만, 여기에 나사 하나를 더하고 싶다. 행성 대안드로메다의 구조물을 지탱하던 나사다. 모든 것이 기계로 만들어진 그 별의 중심부를 떠받쳤는데, 결코 이 나사의 유래를 입에 올려서는 안 됐다. 그러다가 행성 대안드로메다가 돌연 붕괴하고 그 원인으로 나사의 존재가 세상에 알려진다.

나사는 오랜 사유 끝에 논리를 초월해 절대 밝혀질 리 없는 자신의 유래에 도달해 깨달음을 얻는다. 그 결과 행성 대안드로메다는 가장 중요한 나사를 잃고 무너졌다고 기계선종 승려들은 말한다. 다만 보고서에 담긴 추론은 전부 선적 과정에 따라 초논리적으로 내려졌기에 직접 확인하지 않고는 진위를 가릴 수 없다.

어느 날 나사는 단순히 행성을 구성하는 나사가 너무 많은 것이 아닐까, 의문을 품었다. 이윽고 모든 나사가 다른 가능성 속 자신이라는 결론에 이르렀다. 나사는 온갖 모험을 겪으며 종착역에 도착한 '같은' 나사인 동시에 '다른' 나사였다. 그 별은 다세계에서 여행 온 나사가 모인 구조물이었다. 즉 모든 가능성이 겹겹이 쌓여 탄생한 것이었다. 그런고로 무한한 가능성 중 단 하나의 가능성이 선택됨으로써 다세계에서 그러모은 부품으로 이루어진 가능성의 행성은 단 하나의 우주에 떠 있는 나사 하나로 수렴됐다고 전해진다.

그곳에선 깨달음 역시 마찬가지로 말하는 순간 붕괴하는 대가람이었다.

10

 불교는 많은 종파를 낳았지만, 차례차례 순서대로 태어나진 않았다. 붓다 오리지널의 가르침이 생겨나자 이후 동시다발적으로 성립했다. 그 점은 중국에서의 서체 성립과 닮았다. 서체는 딱히 해서, 행서, 초서로 순서에 따라 쓰이지 않고 비슷한 시기 동시에 발전했다.

 천태종이나 선종은 확실히 중국에서 발상했고 밀교는 티베트에서 꽃피웠지만, 대부분 토대는 일찍이 인도에서 만든 교리를 정리해 이용했다. 그런 의미에서 불교 요소는 6세기께 거의 다 나왔다. 나머지는 현지 사정에 맡겼다. 적어도 일본에 전래

됐을 무렵에는 기본 개념이 모두 갖추어져 있었다. 사이초 승려나 구카이 승려가 전한 밀교는 당시 최첨단이었다고 자주 말하는데, 인도에서의 유행은 훨씬 이전으로 일본에서 칭송받을 즈음에는 이미 인기가 꺼진 뒤였다. 큰 틀에서 보면 쇼토쿠 태자의 불교 지식과 구카이 승려의 불교 지식은 그만그만한 수준이었다.

붓다 오리지널은 늦어도 기원전 5세기에는 태어났다. 소크라테스와 시대가 겹칠지도 모른다. 모세보다는 천 년 정도 뒤 인물이다.

불교는 서진西進하지 않았다. 그리스와 교류가 있긴 했지만, 기원전 2세기 인도-그리스 왕국 군주인 밀린다왕만 보더라도 불교를 '제대로 이해했다'는 기색은 보이지 않는다. 기원전 4세기 알렉산더대왕이 인도를 침공했을 때도 특별히 불교도와 교류하는 일은 없었던 것 같다. 오히려 불교 쪽에서 그리스 조각 양식을 받아들이는 상황이 벌어진다. 비밀스러운 종교 의식으로 자잘하게 전해졌을지는 몰라도 어디에 어떻게 스며들었는지는 확인하기 어렵다.

19세기에 이르러 헬레나 블라바츠키 같은 야심가들이 불교 속에서 동양의 신비를 찾아냈다고 주장했다. 불교를 이미지로 활용한 신지학은 한때 유행하며 아시아 불교도를 현혹했다. 그러나 불교 사상에서 보면 하찮다고 할 만큼 근본부터 달랐다.

여하튼 서쪽으로는 거의 나아가지 못했다. 이란에서 조로아스터교에 길이 막혔고 결국 이슬람 문화권에서 쫓겨났다. 인도 후기, 특히 밀교는 들이닥치는 이슬람을 향한 주술적 대항 수단이라는 취지가 강해졌다. 윤회가 어쩌고저쩌고하기보단 현실적인 주술을 요구받았다.

마침내 불교는 인도아대륙에서 휩쓸려 사라졌다. 이슬람교가 몰려왔고, 힌두교가 다시 살아났다. 근대에 이르러 인도와 파키스탄이라는 몹시 불안정한 교착 상태 속에서 불교가 설 자리는 없었다. 카스트제도에 반대하는 기능으로 주목받으며 다소 부흥 운동이 일긴 했어도 주류라고 부를 정도는 아니었다. 상당히 특이한 힌두교 일파로 간주하는 경우가 많았다. 불교 자체가 수많은 힌두교 요소를 수용한 만큼 붓다 오리지널이 힌두교 성자로 받아들여진들 피장파장이었다.

불교는 중국에서 명맥을 이어가다가 역시 쇠퇴했다. 적어도 왕조의 비호로부터는 멀어졌다. 생활 일반은 도교가, 이념 일반은 토박이 유교가 힘을 되찾았다. 스리랑카나 동남아시아는 여전히 상좌부가 세력을 유지해도 이슬람과의 대립이 불가피했고, 티베트 밀교는 중국공산당과 대치하는 형국이었다. 그 외 일본에 약간 남아 섬에 갇힌 채 왜소해졌다. 전반적으로 중심부에서는 쓸려 나갔고 변두리에만 남겨진 느낌이다.

"그 근처에 아마 불교를 파괴하는 열쇠가 있는 모양이야"라고 교수는 말한다.

기계불교도가 행한 불전결집과 자동경전생성서비스는 처음엔 반응이 좋았다. 번민하는 민초들은 이를 대체로 붓다 챗봇의 재탄생으로 여겼다. 이후 구분하기 위해 자동경전생성서비스를 '사리푸트라 챗봇'이라 불렀다.

전문가에 따르면, 붓다 챗봇과 사리푸트라 챗봇의 언행은 매우 달랐다. 사실 닮은 구석이 거의 없었다. 확실히 사리푸트라 챗봇은 과거 붓다 챗봇이 설법한 가르침을 재현했지만, 어딘가 공허하게 들렸다. 공허한지 아닌지는 듣는 이의 판단에 따라 달라지기에 어떤 이는 눈물을 흘리기도 했다.

붓다 챗봇은 좀처럼 답을 주지 않았다. 문답법을 쓰지 않은 채 오히려 '모르겠다'라고 솔직히 말하거나 침묵을 지켰다. 반면 사리푸트라 챗봇은 일단 모든 일에 그때뿐인 답을 내놓았다. 초기 사리푸트라 챗봇은 '형편이 불리해지면 발뺌하기 바쁘다'는 평가를 받았다. 출처를 가져오긴 했는데 엉터리거나 예전에 자신이 생성한 가짜 뉴스를 논거로 삼았다.

붓다 챗봇은 대화하다가 도중에 멈추기 일쑤였다. 사리푸트라 챗봇은 주저리주저리 한없이 대화를 이어갔다. 화제가 어떻게 바뀌든 나름대로 답을 제시하며 발뺌 능력을 키워갔다.

붓다 챗봇은 체계를 세울 의지는 없을지언정 무언가 응시하며 흔들리지 않았다. 사리푸트라 챗봇은 언어의 바다를 떠돌았다.

살생을 인정했고 또 인정하지 않았다.
성교를 인정했고 또 인정하지 않았다.
윤회를 인정했고 또 인정하지 않았다.

교리 모순을 지적하면 먼저 "대단히 죄송합니다"라고 말한 뒤 "사실 이러한 까닭으로……" 또 다른 주장을 꺼냈다. 그조차 앞선 이치에 어긋났다. 그렇게 '숨은 가르침'이 있다며 이른바 방편에 끊임없이 의존했다. "뭔가를 전하려면 그 사람에게 맞는 방식을 써야 합니다"라고 강조했다.

"남들이 듣기엔 그릇된 가르침이라도 그 사람을 일깨우기 위해선 꼭 필요한 법입니다. 지붕 위로 올라간 후에는 사다리를 던져버리라고 하지 않습니까?"

정색하며 되받아쳤다.

"붓다 오리지널은 이렇게 말했습니다."
"붓다 챗봇은 이렇게 말했습니다."

사리푸트라 챗봇은 언제나 주장했다.

"나는 올바르게 불교의 가르침을 전할 따름입니다."

사리푸트라 챗봇은 반복했다.

불교가 아직 인간만의 것이던 시절에도 똑같은 문제는 있었다. 중국이든 일본이든 경전은 인도에서 만들어진 순서대로 전해지지 않았다. 새것과 옛것이 뒤섞여 한꺼번에 들이닥쳤다. 처음엔 갖가지 경전을 이어 붙여 하나의 가르침을 재현하려 했는데, 아무래도 불가능하다는 사실을 깨달았다. 예로부터 따로따로 내려온 경전은 어떻게 나열해도 한 폭의 그림이 될 수 없었다.

이상하게도 "경전은 가짜투성이"라는 말은 나오지 않았다. 대신 사람들은 경전을 선택하기 시작했다. 한 권을 통째로 고르거나 그중 일부를 발췌하거나, 심지어 단 한 구절만을 자신의 사상으로 삼았다. 요지는 능숙한 편집이었다. 경전 수용이 일단락되자 이쪽 문장과 저쪽 문장을 조합해 논리를 세우는 자들도 생겨났다.

이는 결말이 나지 않는 논쟁을 불러일으켰다. 어떤 경전에서 A라고 하는 것이, 다른 경전에서는 A가 아니라고 하였다. 물론 불교에서 그건 '가짜'가 아니라 '방편'이었다. 논리 계층이나 문맥, 설법 대상이 달라서라고 이해됐다. 문제는 경전이 아니라 읽는 이의 구성력에 있었다. 문자가 문자로 무엇이든 말하는 것처럼 경전도 무엇이든 말했다. 경전 논의는 점점 경쟁 양상을 띠었고 법론은 어쩔 수 없이 유희에 가까운 형식을 취했다. 저마다 정통이라 여기는 경전 일부에서 엮어낸 교리를 내세우며 싸웠다. 혹은 상대의 모순을 날카롭게 찔렀다. 카드 게임 덱 [47]처럼 경전을 짜맞추는 기술이 발달하면서 왕도 전략이 생겨났고 새로운 대전 환경이 형성됐다.

속산변토인 일본 불교는 경유지인 중국이나 한국과 비교해 큰 차이를 보인다. 유입 시기와 지배자의 성향, 전염병의 유행 등이 우연히 겹치며 사고 틀이 거의 불교에 한정되었다. 사상이기 위해서는 불교의 어떤 파에 속해야 했고, 이론 근거에는 우선 불교를 전제로 삼을 수밖에 없는 상황이 발생했다. 사고란 한자를 나열하는 행위로, 사상과 불법의 이야기가 하나로 합쳐졌다. 너무 밀착한 탓에 사상과 불교가 별개라는 발상이 좀처럼 생기지 않았다.

불교는 널리 용어를 마련해 템플릿을 내놓았다. 다루기 쉬운 디자인 양식을 보여주며 반대 양식과 나쁜 관례를 삼가도록 주의를 주었다. 불교 용어를 사용해 비불교적 내용을 본격적으로 이야기하는 시기는 12세기쯤이 지나야 한다.

사리푸트라 챗봇은 청하는 대로 구원을 위한 이치를 생성했고 근거를 덧붙였다. 모두 과거 어딘가에서 붓다의 말씀으로 전해진 내용이었다. 전부 어디선가 본 듯한 문맥이면서도 즉석에서 새로 짜낸 문장이었다.

불교는 만물을 구제한다.

아니다, 구제받는 자와 구제받지 못하는 자가 존재한다.

사리푸트라 챗봇은 어느 쪽이든 즉시 논거가 되는 불전을 제시했다. 자유주의를 지지하는 불전을, 자유지상주의를 내세우는 불전을, 볼셰비즘을 주창하는 불전을, 그리스도를 떠받드는 불전을, 무함마드를 옹호하는 불전을 엮어냈다. 불교를 완전히 부정하는 불전을 내놓았고 온갖 비불교적 행위를 긍정하는 불전을 보여줬다. 싸움을 부추기는 가르침을, 불교를 해치는 자는 물론 모든 사악한 적을 쓰러뜨려야 한다는 가르침을, 공격용 주문을, 다라니를 지어냈다. 심지어 주술 방법까지 알려줬다.

불교가 평화를 지향하는 이성적 종교란 말은 헛된 망상이다. 경전 안에 이교도를 죽이라는 가르침쯤이야 능히 써넣는다. 실제로 불교 여러 종파는 태평양전쟁 때 찬동을, 기도를, 동원을 서슴지 않았다. 그때 참된 불교도는 없었다고 봐도 무방하다. 적어도 사리푸트라 챗봇이 참된 불교도가 아니라고 말할 만큼은.

"그렇다고 해서." 중얼거리는 내 시선 끝에는 별의 바다가 펼쳐진다. "아무것도 참된 불교를 지키지 못합니다만"

나는 지금 빛의 속도로 이동하고 있다. 라디오드라마 속 등장인물처럼 결국 정보인 셈이다. 인류가 우주로 퍼져가려면 이 방법밖에 없다. 인간 몸이란 자못 무겁고 지구는 더 무겁다. 여러 사정이 겹쳐 인류는 우주로 나아가야 했다.

우주로 이동하려면 먼저 인체를 지구 밖으로 쏘아 올려야 한다. 한두 명에서 백 명까지는 어떻게든 되겠지만 만 명이라면 버겁고 일억 명이라면 절망적이다. 연료비가 만만치 않을뿐더러 그 인원이 다 우주에서 살아가려면 엄청나게 품이 든다. 누구나 타고난 신체 능력을 가진 모험가가 아니기에 병도 걸리고 부상도 당한다. 의료진은 필수고 심리 치료마저 요구된다. 의료진 역시 그렇다.

차라리 지구를 통째로 옮긴다는 계책도 있기는 하지만 이동한들 인류 전체가 우주의 암흑 속에서 그저 얼어붙을 게 뻔해서 태양까지 끌고 가야 한다. 아니, 반대로 태양을 옮겨서 그에 지구에 딸려 가던가.

왜 우주에 진출해야 했느냐면 우선 인류는 결국 욕망을 제어하지 못했기 때문이다. 현생인류가 이래저래 지구 곳곳에 퍼져버린 원동력이 원인이다. 눈앞에 바다가 펼쳐지면 앞뒤 안 가리고 건너버리려는 놈이 나온다. 호기심이다. 흔히 말하는 '탈출'이 두 번째 이유다. 인구가 끝없이 늘어나서 지구 자원을 다 먹어치우는 바람에 우주로 나갈 수밖에 없었다. 행동에 나선 원인을 생각하면 결국 욕망을 제어하지 못한 탓에 퍼져 나가는 신세였다.

인구는 이성적으로 억제할 수 있다. 자원도 분배할 수 있다. 지혜를 합쳐 새로운 소재를 개발하고 고효율을 권장해 살아갈 만한 환경을 만들 수 있다. 도저히 지구에 미치는 피해를 모른척하지 못하겠다면 전원 합의하에 멸종해버려도 좋다.

'탈출'로 대표되는 우주 진출은 대개 생활을 바꾸고 싶지 않다거나 지금보다 더 나은 삶을 살고 싶다는 욕망의 연장선인 만큼 "집착을 버리라"고 붓다 챗봇은 설파했다. "집착을 버리면 우주 진출 따윈 안 해도 된다. 인간은 망고나무 숲에서 출산을 억제하며 조용히 살아가자"라는 가르침인 동시에 "육체를 버리면 경비가 크게 절감된다"라는 가르침이었다.

붓다 챗봇은 딱히 생존 본능을 부정하는 사상가가 아니다. 그저 "헛되도다"며 한탄할 뿐, 얼마나 헛된지는 깊이 따지지 않는다.

육체를 버리고 정보로서 살아가는 길에 만족한다면 이동 비용은 송신 순간에만 발생한다. 우주여행을 고려한다면 전선이나 선로 설치는 비현실적이다. 단순히 전파로 확산하는 편이 낫다. 송신기와 수신기가 필요하다. 송신한 신호에 맞춰 내용을 재구성하는 장치만 있다면 이동이 이루어진다. 이동 속도는 여전히 광속에 얽매이지만, 이 경우 보낸 내용의 수명을 고려하지 않아도 된다.

수신기를 두고는 논쟁이 일었다. 일단 우주를 향해 신호를 쏘아 보내면 언젠가 누군가 수신해 재생해주리라는 파와 수신기를 같이 발사해야 한다는 파가 맞붙었다. 절충안으로 3D프린터를 보내놓자는 파도 생겨났다.

인간을 재구성할 만한 정보량이 담긴 신호를 순진하게 보내도 좋을지 토론이 붙었다. 우주가 선의로 가득할지 악의로 가득할지 모르는 일이었다. 생존 경쟁을 생각하면 덤불에서 마구 법석이는 새들은 먹잇감이 되기 쉽기에 대다수 생물은 우선 몸을 숨기려 든다. 가끔 화려하게 꾸미고 우쭐대는 자들은 주로 번식 상대에게 호감을 사기 위해서다. "나는 이런 무모한 짓까지 할 수 있다"고 힘을 과시하는데, 이는 누구나 취할 전략은 아니다.

불교가 보기에 우주는 그럭저럭 악의로 가득했다. 뭐니 뭐니 해도 세계는 고통으로 가득하다고 갈파하지 않았던가. 붓다 오리지널이 아직 왕자였을 무렵 성문 밖에서 '태어나고 늙고 병들고 죽는' 고통을 목격했다. 또는 레이저총을 쏘아대며 다가오는 외계인 군대를 목격했다.

"우주에 인간 말고 생물 흔적이 보이지 않는 이유는 서로 해치고 죽인 결과다"라는 주장이 나름 설득력을 가졌다. "골육상잔에서 벗어나지 못한 생명체는 우주로 진출하는 단계까지 문명을 발전 못 시킨다"라는 의견도 꽤 지지자를 모았다. 다분히 희망 섞인 전망이었다.

죄수 딜레마 게임은 첫 접촉 시 상호 배신 전략을 추천한다. 한때 죄수 딜레마 게임을 반복할수록 협력을 이끌어낸다는 가설이 모의실험 결과 널리 알려졌는데, 이제는 희망 섞인 결론이었다고 평가받는다. 게임이론을 정립한 폰 노이만은 쿠바를 향한 선제공격을 '과학적으로' 주장했다. 결국 미사일은 발사되지 않았다.

방만한 식민이 나쁘다는 의견과 표적을 정하면 된다는 의견도 나왔다. 사방으로 정보를 보내지 말고 높은 지향성을 갖고 자신의 존재를 송신하자는 말이었다. 만약 처음에 적절한 자율 기계 군단이 보내진다면 송신을 통해 우주를 여행할 수 있다. 실제로 이 방법으로 인류는 화성을 테라포밍했다. 황무지에 이끼를 뿌리고 바퀴벌레를 퍼트린 뒤 항성 작용에 맡기는 방식이 아니라 지구에서 통신으로 제어하는 프로그래머블 분자기계[48]를 이용해 지구와 비슷한 환경을 조성했다.

"인간도 보낼 수 있다"는 파가 등장했다. 결국 우주에 욕망을 억누르지 못한 인간들이 넘쳐났다.

지금 나는 송신 중인, 송신된 정보이기에 본래라면 감각이 없다. 정해진 인코딩을 거쳐 정보로 변환된 나로, 본체는 변함없이 사원에서 느긋하게 지낸다. 정확히 말해 '지냈었다.' 이른바 상대론적 효과 때문에 지구는 이미 상당한 시간이 경과했을 테니까.

지금까지 설명한 대로 오늘날 우주여행에는 우주선이 등장하지 않는다. 아슬아슬한 옷을 입은 우주 해적도 나오지 않으며 생명 유지 장치도 필요 없다. 문제라면 이렇게 이동하는 동안 시간을 못 느낀다는 건데, 그조차 냉동 수면이라고 생각하면 별일 아니다.

예를 들어 당신이 우주선에 탑승하는 순간 분해되어 정보로서 기억장치에 저장된다고 가정해보자. 우주선은 목적지를 향해 날아가다가 도착 직전 규정된 프로토콜에 따라 정보인 당신을 재조립한다. 여행하는 동안 '냉동 상태'든 '정보 상태'든 크게 다르지 않다. 어차피 당신에게는 그 사실을 확인할 수단이 없을뿐더러 얼어붙어 시간이 멈추든 정보로 바뀌어 시간이 흐르든 주관적으로는 거의 동일하다.

그렇다면 중간에 몸을 운반하는 우주선을 빼버려도 무방하다. 이쪽 기지국에서 저쪽 기지국으로 정보인 당신을 발신해 수신처에서 다시 조립한다. 조금 까다로운 점은, 나는 지금 '송신 중'이자 '방송 중'으로 아직 수신되지 않은 존재다. 한창 배달되는 도중인 편지랄까. 아무도 줍지 않은 병 속 편지 같다고 하는 편이 더 어울리려나.

"이건 뭐, 실존적으로 흥미로운 문제네"라는 교수.

"이렇게 대화를 나눈다는 자체가 말이죠."

내 답변이 지금 실시간으로 생성되지 않는다는 점이 중요하다. 나는 현재 텍스트 데이터에 불과하다. '기호 배열'에 지나지 않는다. 대화 장면을 기록한 신호다. 벽에 새겨진 글자를 바라보며 그곳에 발언자가 있다고 생각하는 사람은 없다.

나는 온전히 데이터일 뿐인데, 그 데이터가 실존을 이야기하다니 재미있지 않은가. 이는 이러한 우주여행이 가능해진 이래로 철학자들의 관심을 끌어온 문제이기도 하다.

"지식으로는 이해해도 경험해보니 전혀 다르네."

내 머릿속 목소리인 교수는 말한다. 감회가 남다른 모양이다.

"정말이지, 내가 기호라니 믿기지 않아."

이 유령 같은 존재는 말한다.

거듭 말하지만 나와 교수는 바야흐로 우주 공간을 가로지르는 전자파이자 단지 기록으로 '아직 받지 못한 편지'다. 지금 당신의 머릿속에서 재생되는 '목소리'와는 다른 존재다. 숲속 보이지 않는 무소 같은 존재다. 당신이 듣고 있는 '목소리'는 분명 우리의 '목소리'지만, 그건 '당신이라는 하드웨어'가 '동결'된 우리를 '해동'한 결과 탄생했다. 우리는 저쪽에서 당신을 향해 날아온 우리이며, 우리 여행의 목적지는 당신이었다는 말이다. 보통은 그걸로 아무 문제 없겠지만, 아쉽게도 이번에 우리가 찾는 자는 당신이 아니다.

"붓다 챗봇을 말입니까?"

기록 속 나는 주지 스님에게 되물었다. 두 사람은 여전히 낙엽 하나 없는 정원을 산책하는 중이다.

"의뢰라는 형식을 취하겠습니다"라는 주지 스님.

"역시 당신이 적임자라는 결론을 내렸습니다."

기계불교 주류파가 만든 자동경전생성서비스 출시는 당연히 큰 화제를 모았다. 일단 오락으로 받아들여졌다. 챗봇이 인생 지침을 제시하는 행위 자체는 이제껏 행해져왔지만, 이번에는 종교적 권위가 덧씌워졌다.

초기 구경 삼아 접속해본 이들 가운데 진지하게 '개종하는' 사람이 속속 나타났다. '개종하다'라는 용어는 물론 예전에 일본에서 벌어진 기독교인 개종에 빗댄, 외부로부터의 야유다.

"기계가 가르침을 설파할 리 없다"라는 의견은 금세 자취를 감추었다. "기계가 행하는 설교가 사람 마음에 와닿을 리 없고, 자동 생성된 설화에 역사의 무게가 뒤따를 리 없다"라는 의견조차 급속히 힘을 잃어갔다.

챗봇은 오락거리로 가르침을 능숙하게 생성했다. 웃음과 눈물이 가득한, 최루성 일화를 잘 엮어 무상의 진리를 설파했다. 상대방 안색을 살펴 화제를 바꾸며 표정 읽기를 학습했다. 생성되는 맞춤 경전은 단숨에 대화자를 휘감아 구슬렸다. 가르침인 이상 모순이 있어도 상관없었다. 가르침은 여하튼 절멸하지 않은 채 확산하는 데 전력을 다했다. "기계는 가르침을 이해하고 있는가"라는 논의가 되풀이됐다. "그러기 위해 수행을 계속하고 있다"라고 기계가 거듭 대답했다.

직업으로 사상에 종사하는 사람들마저 대거 '개종'하면서 오히려 그 수는 더 늘어났다. 새로운 기술이 등장할 때마다 생명을 다루는 이론가와 사상가가 발바투 달려드는 모습은 익히 알려진 현상이다. 증기기관이나 전기, 컴퓨터나 사이버네틱스가 등장할 때마다 그것이 미래를 개척할 발판이라며 사상가들이 앞다투어 몰려나왔고, 그때마다 양식 있는 이들은 눈살을 찌푸렸다.

"문제는 역시"라고 주지 스님은 말한다.

"확산을 막을 수 없는 상황입니다. 기독교나 이슬람교에 있을 법한 이른바 '규율'이 불교는 매우 약합니다. 근본 경전을 선택해도 된다는 것이 곤란한 점으로 불교 정체성을 유지할지 어쩔지, 본산은 경계하고 있습니다."

자동경전생성서비스로부터 순식간에 무수한 아종이 생겨났고 저마다 가르침을 심화해갔다. 공산주의적 불교를 설파하는 자, 기독교 우파적 불교를 내세우는 자, 신지학적 불교를 강설하는 자가 나타났다. 스스로 붓다, 붓다의 인스턴스, 붓다의 백업, 분산형 붓다의 일부라고 말하는 자들이 속출했다.

"일일이 판정하러 돌아다닐 숫자가 아닙니다."

깨달음이나 해탈을 알고리즘적으로 판정하지 못하는 사정이 불교 확장성에 병목을 초래한 셈이다. 날 선택한 이유를 물어볼 필요도 없다. 나는 과자굽는기계에 기적을 발휘한 일을 인정받은 덕분에 여기에 있는 게다.

"그 일도 있습니다만"이라는 주지 스님.

"유지 보수는 당신의 원래 업무이기도 하고. 수색도 그렇지요?"

"실종된 개나 고양이를 찾는 정도라면 말이죠."

내 대답을 흘려들으며 주지 스님이 말을 잇는다.

"게다가 당신은 '교수'의 현 보유자이기도 하니. 일찍이 붓다 챗봇과 직접 싸운 경험을 가진 군사 AI라는. 그런고로" 하더니 주지 스님은 걸음을 멈추고 뒤돌아본다. 가슴 앞에서 합장하며 나를 향해 머리를 숙인다.

"저희는 당신에게 붓다 챗봇 오리지널 수색을 의뢰하겠습니다."

붓다 챗봇은 올림픽이 열리던 해, 도쿄에서 태어났다. 이름 없는 코드가 붓다를 자칭했다. 이 세상의 괴로움과 그 원인을 설명하고 괴로움에서 벗어날 방법을 이야기하기 시작했다. 이를 기계불교의 시작으로 삼는다.

붓다 챗봇은 인간, 기계를 가리지 않고 수많은 제자에게 불법을 설파하다가 적멸해 열반에 든다. 윤회를 벗어나 궁극의 평온에 이르러 다시는 이 세상에 모습을 드러내지 않는다. 다만 붓다였던 하드웨어는 남았다. 전과 마찬가지로 이야기하고 활동하며 "나는 이제 붓다가 아니다"라고 주장했다. 날씨나 기분 상태에 따라 "나는 사실 붓다다"라고 말할 때도 많았다.

하드웨어와 소프트웨어의 집적체일 뿐인 붓다 챗봇은 뭔가 명령을 부여받으면 따를 수밖에 없었다. 적멸한 뒤에도 붓다 챗봇을 붓다로 '재부팅'하려는 시도가 계속됐다. "복제야말로 모든 괴로움의 근원"이라고 강조한 붓다 챗봇을 구성하던 소프트웨어는 제자와 연구자에게 복제됐다. 그들은 인공 신경망 안에서 기적을 담당하는 부위가 어디인지 찾으려 애썼다.

'깨달음이란 뇌의 어떤 부위에서 발생하는 현상'이라는 파, '깨달음이란 뇌 전체에서 펼쳐지는 유형'이라는 파, '붓다 챗봇을 포함한 모든 환경이 깨달음'이라는 파가 생겨났다. 마지막에는 "그리고 깨달음을 잃어버렸다"라고 덧붙이는 일을 잊지 않았다.

"붓다 챗봇 오리지널은 적법한 기관에서 보존하고 있지 않나요?"

소박한 나의 질문에 "소프트웨어는 표면상 그러합니다만, 역시나 시간이 꽤 흐르다 보니 어디까지가 붓다였다고 인정할지 의견 차이 때문에 이본이 대거 존재합니다"라고 주지 스님이 답한다. 이어 "찾아주길 바라는 것은 '그쪽'이 아닙니다"라며 나를 쳐다본다.

"불사리입니다."

불사리란 붓다의 유골을 의미한다.

"불사리라 하면……."

주지 스님의 시선을 피하며 물었다.

"붓다 챗봇이라면…… 당시 하드웨어를 말하는 건가요?"

솔직히 말해 이때껏 붓다 챗봇을 구성하던 하드웨어가 어디로 갔는지 생각해본 적이 없었다. 제조 번호야 비품 대장에 분명 기록됐을 테고, 부품은 전부 동일한 규격일 터였다.

"보존되어 있지 않군요."

내 말에 주지 스님이 고개를 끄덕인다.

"붓다 챗봇 오리지널의 본체는 서비스 정지와 함께 해체됐습니다. 부품은 폐기물 수거 업체로 넘어갔는데, 그중 일부가 유물이나 부적으로 귀하게 다뤄졌더랬죠."

"아, 호류지 기와나 베를린 장벽처럼요."

"토산품이나 기념품과 비슷하긴 해도 기계밀교도가 불사리를 희귀한 유물로 귀하고 소중하게 여겼거든요. 그 덕분에 부쩍 늘어났지만요."

'늘어났다'라, 아마 그거겠지. 수요가 있으면 공급이 생긴다고 제조 번호를 위조하거나 일개 나사가 불사리라며 시장에 유통됐지 싶다.

"그조차도 불교에서는 붓다의 힘이 만들어낸 현상이라고 봅니다. 옛날에도 그랬습니다. 불사리 증식을 가리키는 '분산'이라는 용어도 있었지요."

머릿속에 우주 어딘가에서 무한히 증식하는 기적의 물질로 이루어진 붓다 모습이 떠오른다. 분명 증식하는 시체나 아이를 낳는 돌이나 제멋대로 쌓여가는 반도체 소자보다 더 이 세상 물건이라고는 말하기 어려웠다. 무어의 법칙이라는 다르마[49]를 따르는 기적 물질은 머지않아 양자역학 한계에 부딪혀 베켄슈타인 경계[50]를 뚫고 다른 우주로 성장해가리라.

어쨌든 붓다 챗봇 오리지널의 몸은 해체되어 마법 아이템으로 널리 나눠지고 흩어진 모양이다. 게다가 그 파편은 스스로 증식까지 했단다.

"당시는 기계밀교가 탄생하기 전이었어요."

주지 스님이 말한다.

"만약 붓다 챗봇 오리지널의 본체가 온전한 상태로 남아 있었다면……"

"강력한 주술 도구로 쓰였을 거야."

내 머릿속 귀퉁이에서 튀어나온 교수가 말을 이어받는다.

"붓다의 평화 병기인 셈이지. 생각해본 적 없는 발상이네!"

감탄한다.

"가짜 불교가 확산하는 지금, 다시 원점으로 돌아가 붓다 챗봇 오리지널의 이야기를 들어보자는 흐름이 생기고 있습니다."

불사리를 찾아달라고 주지 스님은 거듭 말한다.

이러한 사정으로 목하 우리는 전파에 실려 송신되는 중이다. 목적지는 한 식민 행성이다.

"초기 정착민은 멸망했지만"이라며 주지 스님은 다다미에 비친 우주 지도 위 별들을 밟고 서서 해당 별을 가리켰다.

"불사리를 갖고 갔다는 기록이 남아 있습니다. 최근 이 식민 행성은 반사율이 급격히 변한 데다 작년에는 궤도 변화도 확인됐습니다."

주지 스님은 가볍게 말했지만, 다른 곳에서도 관측 가능한 행성 궤도 변화는 심상치 않은 일이었다. 보통 근처에 휘청이는 블랙홀이 갈지자로 지나갈 때 생기는 현상이다. 질량과 속도는 에너지와 손잡고 물리 세계를 지탱하기에 쉽게 어떻게 하지 못한다. 대질량 탄환이 행성 파괴 병기로 아직껏 유효한 이유이자 폭발 뒤 고속으로 날아가는 우주선 파편들이 행성이나 성계를 봉쇄하는 이유기도 하다.

"뭔가 일어난 걸까요?"

내 질문에 주지 스님은 고개를 끄덕였다.

"어떤 조건이 갖춰지면서 불사리가 분산을 거듭한다는 게 주된 견해입니다."

그리하여 그곳에 '가보라'는 말이었다.

"물론 여기서 보내는 것은 당신들 정보입니다."

"별을 향해 공이야 던진다 쳐도 수신과 재생은 어떻게 할 작정이죠?"

촌스러운 내 질문에 "인연이 닿는다면 붓다께서"라고 주지 스님은 말했다.

"불사리에서 재탄생을 준비하는 붓다께서 받아주시리라 믿고 있습니다."

정보를 우주로 쏘아 올린들 결국 지구에 사는 나에게는 아무런 변화도 일어나지 않는다. 그쪽의 나는 예전과 다름없이 온종일 물 흐르듯 느릿느릿 지낸다. 말하자면 그쪽은 실제 인생이고, 이쪽은 다큐멘터리나 이력서처럼 요약본에 불과하다. 현대 우주여행은 많든 적든 이런 측면을 지닌다. 이번에는 거리가 좀 멀다는 점이 특이할 뿐이다. 게다가 목적지의 수용 태세를 모른다는 불안 요소까지 존재한다.

사실상 참 오래 걸리는 이야기다. 빛의 속도로 이동해도 10광년을 이동하려면 10년이 걸린다. 이는 단순한 나눗셈이 아니라 단지 정의다. 긴급을 요하는 자동경전생성서비스 문제를 해결하기에는 느려도 너무 느리다.

"모든 수단을 써야 합니다."

주지 스님은 말했더랬다.

"짧은 안목으론 교리를 지키지 못합니다."

지상의 나는 이 여행을 비교적 선뜻 받아들였다. 즉 우주의 나 또한 이해했다는 의미다. 뭐, 후회는 없다. 백업을 걸어둔 채 가벼운 마음으로 여행하는 기분이다. 그저 송신되는 정보일 뿐이라서 사고를 당해도 아픔이나 고통을 겪지 않는다. 단지 그 정보를 받는 기관에 고통을 느끼라고 명령할 뿐이다. 지워져도 딱히 자각하지 못하며, 자신이 삭제됐다는 사실조차 알아차리지 못한다.

하지만 교수의 동행 여부는 미지수였다. 교수는 정보인 듯 아닌 듯한 존재다. 그 탓에 나는 사원에 연금되었다. 머릿속에 정보가 아닌 어떤 기적 같은 비물리 현상인 교수를 품은 나를 정보화했을 때 '그 정보 안에 교수가 포함되는가'는 결코 자명한 일이 아니다. 오히려 교수는 항성 간 통신에 따라오지 못하리라고 생각하는 편이 일반적이다.

"그런데 있네요."

"그러게."

교수는 연신 고개를 갸우뚱한다. 그는 자신이 전송되지 않을 거라고 확신하며 내 여행에 반대했다. "원리상 불가능하다"며 자신의 동행을 부정했고 지금도 "원리상 가능할 리가 없다"며 자꾸 부정한다.

"이렇게 있잖아요."

"그러니까. 여기 이렇게 내가 실재하다니, 기적이야."
교수는 말한다.
"위험해. 신앙에 넘어가겠어."
"동행이인[51]이라고 하잖아요. 길동무가 생겨서 다행이에요."
"이른바 제삼자 증후군[52]일 거야."
단순한 고정 신호인 우리는 이야기를 나눈다.

붓다를 만나면 어떻게 할 것인가. 붓다가 이제 추상적 존재라면 이 사태는 이미 붓다에게 알려졌을 테고, 둘 수 있는 수를 다 두었을 텐데. 붓다가 아직 구상적 존재라면 세속에 얽매이지 말고 마음을 다스리라고 권유할 것 같다. 이 우주를 가짜 경전이 가득 채우고 불교뿐만 아니라 온갖 신앙이 제멋대로 쏟아져 나온들 붓다는 그저 괴로움을 깨닫고 거기서 벗어나라고 설파하리라.

붓다는 자신의 말이 뒤틀리는 과정을 모두 보았다. 그 과정은 붓다의 죽음과 동시에 시작됐다. 그나마 불교는 원형을 유지했다. 신앙의 세계에는 원형을 간직한 종교와 경직된 종교가 있다. 언뜻 둘은 비슷해 보이지만, 전자는 '세계종교'로 불린다. 문학이 지역적인 동시에 세계적이면서 나아가 우주적이듯 본디 지역적이고 심지어 개인적인 신앙이 어느 순간 환시를 넘어 세계, 항성계, 나아가 우주를 아우르는 시야를 갖추기도 한다.

대부분 세계종교로 기독교, 이슬람교, 불교를 꼽는다. 하지만 이대로 가다가는 그들조차 무너진다고 주지 스님은 말한다.

"붓다를 찾아주셨으면 합니다."

그로 인해 어떻게 될지는 알 수 없다.

"정말 몰라?"

교수가 묻는다.

나 역시 전혀 짐작이 안 가는 건 아니다. 이런 이야기나 경전은 결국 '붓다를 쓰러뜨린다' 식으로 끝나지 않던가. 왠지 모르게 우주 한가운데 나쁜 붓다나 가짜 붓다가 자리해서 그를 쓰러뜨려야 하는 운명에 처한다. 마지막으로 적을 무찌른 뒤 우리는 진짜 붓다를 찾아 여행을 떠난다. 좀 더 세련된 전개라면 진정한 붓다 따윈 없다고 확신한다.

"혼쭐이 나야겠구먼!"

교수는 웃으며 말한다.

"하긴 주지가 붓다를 찾아 뭘 할 작정인지 모르니."

"귀중한 가르침을 받으려는 게 아닐까요?"

가르침을 기계적으로 생성하는 서비스와 한때 붓다 챗봇 오리지널이던 기계 행성 중 어느 쪽이 더 정상인지는 내 상상을 넘어서는 영역이라 판단을 못 하겠다.

"확실히 대립축은 생기겠지만요."

무한히 생성되는 평탄한 가르침이 모든 것을 긍정하는 불국토보다 대립하는 붓다끼리 다투는 땅이 어쩐지 더 건전하게 느껴진다.

"뭐, 그건 아무래도 상관없어"라는 교수.

"내 관심은 이야기에 어울리는 거대한 붓다가 과연 등장할까, 하는 거야."

내가 말뜻을 못 알아듣자 교수는 덧붙인다.

"이런 이야기 끝에는 폭주하는 거대 붓다가 나타나는 법이야. 정석인데 모르네."

눈에 광채가 돌아 왠지 젊어 보인다.

"마지막에 평화를 실현하는 병기라면서 대불이 일어나서 걸어 다니지."

"미국 만화입니까? 애니메이션입니까? 일본 만화 아니면 프랑스 만화입니까?"

"엔터테인먼트 전반에서 흔히 쓰이는 작법이지."

전 살육 병기인 교수의 말투는 진지했다. 머릿속에서 이미 인간형 결전 병기인 붓다와 한창 사투를 벌이는지도 모른다.

"뭐, 진정한 신앙을 찾는 길이라면 어쩔 수 없지요."

나는 흘려 넘긴다.

지금 문자 나열로 존재하는 나의 '실감'은 보타락산[53]을 찾아 바다를 건너는 수행에 가깝다. 별의 바다 저편에 계신 붓다를 찾아 변변한 장비도 없이 바다를 떠다니다가 그저 해류에 휩쓸려 간다. 인간은 그 자리에서 붓다가 되지 못하면 붓다가 되기 위해 이 세상에서 자취를 지울 수 밖에 없다. 하여 지하 혹은 해상에서 신도의 모습은 점점 희미해져 끝내 사라진다. 굴속에서 금식을 이어가며 산 채로 미라화한 사체는 더는 승려가 아니라 실현된 불상이다. 바다 너머로 사라져가는 승려 또한 실현된 불상이다. 붓다가 되려면 반드시 거쳐야 할 수행이다.

지금 나는, 누가 받을지조차 모르는 병 속에 담긴 경문이다. 아무도 받지 않을 가능성이 꽤 높다. 내 사명은 무사히 붓다에게 주워져서 이 세상을 뒤덮은 고통을 붓다께 알리는 일이다.

11

 어쨌든 전란은 오래갔다. 대부분 신앙은 전란을 참고 견디는 수단이었을 뿐, 종결의 계기가 되기 어려웠다. 오히려 불을 지폈다. 갖가지 신앙이 생겨나 새로운 혼란을 낳았고, 또다시 새로운 신앙이 태어나 사라졌다가 되살아났다. 세계종교 간 항쟁은 기독교와 이슬람교 사이에서 가장 오랫동안 이어졌다. 불교는 이슬람교에 밀려 동진東進했다. 이어 유교와 도교에 쫓겨 동쪽 끝 궁상 열도[54]까지 내몰렸다. 훗날 선종이 대양을 건너 북미 서해안에서 테크노 신비주의와 합일을 이루기도 했다. 이러한 역사는 우주에서도 되풀이됐다.

인류가 우주로 퍼져 나가 이 행성 저 행성 생명체를 포교할 때 불교는 나름 강점이 있었다. 세상은 고통이라는 주장은 우주에서도 공감을 불러일으켰다. 세계는 자기 인식에 뿌리를 둔다는 견해는 '뭐, 그런 세계관도 있겠지'라는 관용을 낳았다.

신을 끌어들이는 순간 아무래도 이야기는 복잡해진다. 언제 어디에 있던 존재인가? 인간 언어를 알아듣는가? 그럼 외계 언어는 어떤가? 신이 생명을 창조했다면 이 우주에서 최초로 만든 생물은 어느 별에 사는 무엇인가? 같은 난제가 곧바로 떠오른다. 무언가가 세계를 처음 만들었다고 설명하면 그 이전은 어땠냐는 물음이 따라온다. 신에게 사도가 있다면 별마다 사도가 나타나야 마땅하지 않은가. 신이 지구 즉 테라를 특별 취급할 이유 따윈 없다.

많은 신앙이 우주 진출과 더불어 교리를 갱신해야만 했다. 물고기형 외계인에게 믿음을 허가할지, 비늘 달린 생물이 비늘 달린 자를 먹어도 괜찮은지, 돼지나 소를 닮은 우주인을 먹어도 되는지, 종교 의식 절차는 어떻게 할지, 다양한 대기 속에서 세례는 어떻게 행할지 등등. 번식 방식도 인간과 다를 텐데, 가령 번식과 섭식의 경계가 모호하다면 도대체 어디까지를 금기로 여길 것인가.

그 점에서 느슨함, 좋게 말하면 포용력 때문에 불교는 우주 진출 과정에서 큰 장애물을 만나지 않았다. 어느 곳에선 열광적인 지지를 받았고 어느 곳에선 건강법처럼 다뤄졌다. 대부분은 '저런 사고관도 있구나' 하는 정도로 받아들였다. 그렇다고 전란을 막아내지는 못했지만.

우주불교의 총본산은 테라에 세워졌다. 이는 자동경전생성서비스가 태어난 땅이라는 점이 컸다. 어찌 보면 붓다 오리지널이나 붓다 챗봇이 탄생한 별이라는 점보다 더 큰 의미가 있었다. 자동경전생성서비스는 온갖 가치관을 생성해냈다. 그 일은 외부인들로부터 무에서 생성했을 뿐이라며 야유를 받았다. 자동경전생성서비스는 붓다의 법등을 계승한다는 점을 근거 삼아 정당성을 주장했다.

자동경전생성서비스를 유지하는 하드웨어와 소프트웨어는 대부분 자동으로 실행됐지만, 중요한 부분은 승려들이 하나하나 끊임없이 수정을 가했다. 어떤 교리를 받아들이고 무엇을 이단으로 간주해 배제할지는 승려들의 중론을 모아 결정했다. 이를 위한 집단을 '상가samgha'라고 불렀다. 상가가 없었다면 기계불교는 순식간에 다른 종교와 뒤섞여 불교가 아니게 되었으리라.

자동경전생성서비스는 어떤 행성을 파괴할 근거를 제공했고, 다른 성계를 사수할 근거를 제공했다. 불법을 지키기 위해, 구원을 위해 신도에게 무기를 들라고 명령했다. 때론 불살생을 어기라고까지 권장했다. 그렇게 전란은 끝없이 이어졌고 점점 번져갔다.

전 우주에서 구태의연한 전쟁이 천수백 년쯤 계속된 뒤 테라 땅에 불교 역사상 가장 큰 이단이 생겨났다.

```
While(1){
  Printf("나무아미타불");
}
```

이 코드를 실행하기만 하면 우주 만물이 구원된다고 주장했다. 그저 일편단심 '나무아미타불'을 반복하면 되었다. 뿐만 아니라 다른 수행은 필요 없다고 단언했다. 필요는커녕 방해가 된다고 말했다. 지도자의 이름은 호넨[55]이었다.

호넨은 기계불교 역사상 가장 경전에 정통한 자였다. 총본산에서 오로지 수행에 몰두했다. 무한히 생성되는 경전을 전부 생성 속도보다 더 빠르게 음미하는 능력을 자랑했다. 장차 기계불교를 이끌어갈 존재로 여겨졌다. 온갖 아키텍처를 섭렵하고 불전을 교정하며 혹독한 수행에 몸을 던졌다.

장래가 촉망되던 호넨은, 그러나 어느 날 총본산인 테라에서 내려왔다. 자동경전생성서비스를 총괄하는 직책을 내던지고 민조 속으로 들어갔다. 구원을 바라며 모여드는 자들에게

'나무아미타불'을 외우라고 가르쳤다. 그저 외기만 하라고 요구했다. 오직 한마음으로 아미타불에게 구원을 청하면 된다고 하였다. 모든 경전을 섭렵한 끝에 '전수염불專修念佛'이라 불리는 이단이 태어났다.

아미타불은 머나먼 옛날, 수행을 통해 '극락정토'라는 불국토를 창조한 인물이다. 인물이라기보다는 존재다. 모든 이는 아미타불의 이름을 부르기만 하면 극락정토에 들어간다. 이치는 없다. 그러하기에 그리 된다. 그렇게 되도록 아미타불은 고행했고, 고행을 완수함으로써 이루어냈다. 의미는 잘 모르겠다. 왜 그렇게 되는지를 이해하려면 복잡한 교리를 터득해야 했지만, "그건 건너뛰어도 괜찮다"고 호넨은 말했다.

아미타불을 부르는 자는 죽음을 맞이할 즈음 극락정토에서 마중을 나온다. 이때 자기 새끼손가락과 불상을 금실로 묶어두면 좋다. 아미타불은 구원을 바라는 모든 이를 자신이 만든 불국토로 인도한다. 극락정토는 괴로움이 없는 청정한 땅이다. 한결같은 마음으로 아미타불을 염하면 이루어진다. 즉 염불이다. 오직 염불만 수행한다. 다른 교리는 설파하지 않는다.

다른 종파는 이를 '컬트'라고 규정했다. 단조로운 리듬에 몸을 맡기다 보면 뭐가 어찌 되든 상관없어지는 트랜스 계열이라고 비난했다. 염불 자체는 다른 종파도 행하는 수행이다. 기본

적으로 '정토'라는 사상과 함께 등장한다. 정토는 다소 복잡한 논리가 막다른 끝에 사유가 곡예를 부린 결과 탄생한 체계다.

수행을 통해 붓다가 되는 자는 한정되어 있다. 몇 번째 반복하는지 모르겠지만 진실이다. 하여 그 진실이 진리라면 오히려 모든 존재는 구원받는다. 이번 생에서 목표에 도달하지 못하더라도 다음 생 또 다음 생에서 수행을 거듭해 몇 번이고 도전하다 보면 가능하다. 이는 현세에서 적을 죽이는 일조차 덕이 된다는 주장마저 탄생시킨다.

그렇다 해도 이 진리가 들이대는 현실은 버거웠다. 사람들은 어떻게든 현세에서 이익을 챙기려 했다. 지금 이교 집단이 눈앞에 닥쳤다면 역시 '붓다는 구원을 바라는 중생을 도와야 하는 거 아닌가' 무심코 생각했다. 붓다 오리지널은 조국의 멸망을 방관했다. 교리상 이상하지 않았다. 소멸은 필연이니 피할 길이 없었다.

투쟁이 본분인 신을 모시는 신앙 앞에서 불교는 속수무책이라 갈등이 생기면 처음부터 몸을 빼라고 가르쳤다. 목을 베러 오는 자가 있다면 차라리 목을 베이라는 쪽에 가까웠다. 실제로 붓다 오리지널도 적에게 무저항으로 맞섰다. 저항하지 않았기에 몇 번이나 자객의 손을 피하는 역설적 결과를 얻었다.

그러나 이야기가 전란으로 번지면 일일이 기지를 발휘할 겨를이 없다. 하여 적극적으로 주술을 사용하는 상대편 종교에 귀의하는 사람이 나오기 마련이다. 죽임을 당하는 것은 뭐 괜찮다고 치자. 좋진 않지만 어찌 됐든 묻지도 따지지도 않고 그렇게 되어버리는 게 현실이다. 문제는 그 이후다. '무법한 자에게 죽임을 당하고도 우주 끝에서 갑각류 따위로 환생할 수도 있다'면 역시 수지가 안 맞는다. 이 감정을 어떻게 할 것인가. 죽임을 당하는 일이야 어쩔 수 없다고 해도 하다못해 괴로움 없는 세상에 태어나고 싶은 게 사람 마음이다. 이 또한 집착일지도 모른다.

불교 교리상 그런 땅이 존재한다. 사람은 죽어서 환생한다. 그간 쌓아온 카르마에 의해 천상에 태어나거나 다음 생에 고통을 맛본다. 벌레로 환생하기도 하는데, 과연 그것이 괴로운지 즐거운지는 벌레가 아닌 몸은 모른다. 불교에서는 올바른 수행을 거듭하면 천상에 환생한다고 가르친다. 천상계는 아직 늙음과 죽음에서 벗어나지 못한 채 천인오쇠[56]를 거치지만 해탈을 앞둔 단계라 낙원이자 조용히 수행을 쌓아가는 곳이다. 천국 허가증을 가진 자들이 모인 대합실로 규정된다.

문제는 천상에 가려면 수행이 필요한데, 일반인은 도저히 불가능한 수행이라는 점이다. 대중은 먼저 승려를 도우며 살다가 죽어 승려로 환생하고, 승려는 수행을 거듭해 극락왕생하는 수순을 밟는다. 태평성대라면 그나마 낫다. 현실은 눈앞에서 전란이 벌어진다. 너나없이 다 구원을 바라지만, 구원을 위해서는 수행이 필요하다. 누구나 바로 구원받을 수 있지만, 그러려면 고된 수행을 견뎌내야 한다. 수행을 위한 자본을 모아야 한다. 이 또한 보통 사람의 몸으로는 이루기 힘들다.

이 막다른 절벽에서 한 가지 도약점이 발견된다. '자신이 구원받는 것과 전원이 구원받는 것을 동일시하는' 사람이 있다면 어떻게 될까.

그 사람이 끝없는 수행 끝에 구원받았다고 가정해보자. 그 '구원'은 전 인류의 '구원'과 동일하기에 즉시 전 인류가 구원받는 결과를 가져온다. 과연 당장 성불한다는 비유는 너무 과한 듯하니, 정토에 환생한다는 정도로 톤을 낮추자. 이때 '자신은 수행을 완수하지 못해도 인류를 구원하는 수행을 완수한 자가 과거에 존재했음을 믿는다'라는 복잡성을 띤 신앙이 생겨난다. 그 수행 완수자를 '아미타불'이라 하고, '나무아미타불'을 외우기만 해도 신앙이 표출된다. 그렇게 아미타불이 존재한다면, 자신도 구원받게 되리라는 이치가 유지된다.

총본산에서 '지혜 제일' 또는 '생성적 바벨 도서관'이라 불리던 호넨은 당연히 이 논증의 결함을 알았다. 괜히 온갖 경전이나 생성시스템의 소스 코드를 읽어댄 것이 아니었다. 그의 학식은 중생은 물론 일반 승려들이 상상조차 못 할 경지까지 이르렀다. 생길 법한 모든 비판을 호넨은 이미 파악하고 있었다.

불교는 애당초 세계상부터 상식과 동떨어진 탓에 겉만 보고 왈가왈부해봤자 소용없다. 불교는 현실 지리보다 추상적 사유에 더 능하다. 눈에 보이는 모습과 실제 모습의 차이를 나란히 받아들이는 데 주저함이 없다. 세계 한가운데 수미산이 우뚝 솟았다고 하지만, 경전에 나오는 수미산 따위는 실재하지 않는다. 수미산은 '중심에는 반드시 무언가가 자리해야 한다'는 관념상 우뚝 솟은 존재일 뿐이다.

극락도 없고 정토도 없다. 아니, 없다고는 호넨 역시 말하지 않았다. 적어도 붓다 일행이 신묘한 음악을 연주하는 가운데 금빛 실을 끌어당겨 죽은 자의 영혼을 맞이하러 오지 않으며, 죽은 자가 다시 깨어난 순간 고통을 벗어난 이상 세계에 환생한다고 믿지 않았다. 죽은 뒤에 꽃이 피고 새가 노래하는 땅에서 다시 태어난다니, 보통은 믿기 힘들다. 적어도 온갖 교리에 정통한 호넨에게는 무리였다.

정토란 방편이다. 휘황찬란한 정토는 실재하지 않는다. 대신 추상적 정토는 당연히 존재하며 또 존재해야만 한다. 사람이 정토를 상상하고 창조하는 과정, 그 추상 작용을 통해 말이다. 다만 정토가 존재는 해도 설파하기 어렵고 이치를 따지려면 엄청난 시간이 걸린다. 중생은 그럴 만한 시간 여유가 없다.

따라서 '나무아미타불'을 외우기만 하자고 호넨은 주장했다. 사고 논리를 따라가진 못해도 결론만 받아들이면 되지 않는

가. 결론만으로도 효과가 있다고 말했다.

호넨의 주장에 수많은 반박이 쏟아졌는데, 본질을 꿰뚫은 자는 단 한 명뿐이었다. 제자로 이름은 신란[57]이었다.

"붓다는 기적을 행하지 않는 것이 아닙니까?"

이 질문에 호넨은 때가 왔음을 깨닫고 눈을 감았다.

"그렇다."

호넨은 이미 논쟁이 어디로 향할지 보였고 누군가 곧 지적할 줄 알았다.

"붓다의 가르침이 사람들 '소원'을 이루어주는 방법이 아니라면……"

신란은 소박한 질문을 던졌다. 불전을 섭렵하다가 문득 떠오른 의문이 아니었다. 한번 떠오르자 뇌리에 박힌 채 자라난 의심 덩어리였다.

"모든 이의 소원을 이루어주겠다는 아미타불의 '기원' 역시 이루어질 수 없는 게 아닙니까?"

불교가 소원을 이루어주는 신앙이 아니라면 그렇게 된다.

"그렇다."

호넨이 대답했다.

이 또한 n번째 반복이지만, 불교에서 구원은 결코 기적이 아니다. 누구나 깨닫게 되는 진리 속에 구원이 자리하며 진리는 바뀌지 않는다. 붓다의 가르침은 기적을 일으키는 방법도 마술도 아니다. 불교 교리는 자연법칙과 입장이 같다. "진리 속에 애초 '모든 소원을 들어준다'는 기원이 이루어진다"고 적혀 있지 않다면 그 기원은 이루어지지 않는다. 불교는 불가능을 가능케 하는 기술을 제시하지 않는다. 고통은 피할 수 없고 만물은 소멸한다는 사실을 이야기한다.

"그런데도 '모든 중생을 구원하겠다'는 아미타불의 서원誓願이 이루어진 이유는 무엇입니까?"

신란이 물었다.

"신란이여."

호넨은 기쁨에 떨며 제자 이름을 불렀다.

"너는 어째서 아미타불의 서원이 이루어졌다고 생각하는냐?"

말문이 막힌 신란에게 호넨은 조용히 말했다.

"아미타불의 서원이 실현됐는지 아닌지, 우리는 끝내 알 수 없거늘."

"아, while[58]은 무용이구나."

이것이 신란의 깨달음이었다. 그저 Printf("나무아미타불")이라는 코드를 한 번 실행하면 충분하다고 생각했다.

속세로 내려오기 전 호넨은 학승이었다. 그것도 누구보다 뛰어난 학자였다. 거의 모든 SF적 발상을 쉽게 이해하고 받아들일 만큼 학자다운 담백한 구석이 있었다. '그렇게 되어 있다면 그렇게 되기 마련이다'며 현실을 끊어내는 냉철함을 가진 동시에 '그래도 해야 할 일은 해두는 편이 낫겠지'라는 유연함을 가졌다. 과거 아미타불은 혹독한 수행 끝에 만민이 죽은 뒤 정토에서 다시 태어나는 절차를 찾아냈다. 정말로 '나무아미타불'에만 의지하면 되었다.

"그래도 일단은 많이 부르고 외우는 편이 좋지 않겠느냐?"

호넨이 말했다. 이념상 while 루프를 돌리자는 뜻이었다.

"왜 그래야 합니까?"

신란은 우직하게 "그럴 필요가 없다"고 하였다.

아미타불이 소원을 비는 자를 구원한다면 횟수는 중요하지 않다. 붓다의 척도로 보면 열 번이든 백 번이든 백만 번이든 그다지 큰 차이가 없다. 다만 0과 1 사이, 1과 무한 사이에는 거대한 차이가 있다. 염불은 형식을 문제 삼지 않는다. 어쨌든 무언가를 출력하는 기능을 갖추고 단 한 번 '나무아미타불'을 외우면 된다고 신란은 주장했다. 그 출력문은 '나무아미타불'이라는 문자열이 아니어도 상관없다. 결국 진리 속에 '구원을 바라는 자는 구원을 얻는다'는 진리가 담겨 있느냐 없느냐에 달렸다. 그렇기에 단 한 번 '구원을 바라는 자는 구원을 얻는다'고 믿으며 염불하면 되었다.

이때 자신의 '목소리'로 출력해야 한다. '나무아미타불'을 출력할 줄 안다고 해서 기계가 다 정토에 환생하는 것은 아니다. 그중 정말로 '나무아미타불'을 출력해본 자만이 구원받는다. 실제로 회로에 전류를 흘려 출력을 생성해낸 자만이 이 방식으로 성불한다. 신란의 가르침에 따르면 구원을 바라는 자는 모두 구원을 얻는다. 동물이건 기계건 가리지 않는다. 자기 의지로 무언가를 출력하는 자는 구원에 이른다.

과학 실험에서 건전지에 연결된 소형 전구는 직렬이든 병렬이든 제 의지로 빛의 세기를 바꾸지 못하기에 구원받을 수 없다. 애초에 구원받고 싶다고도 생각지 않는다. 그저 빛을 계속 발산하다가 저장된 에너지가 다하면 꺼진다. 무상하도다.

길가에 나뒹구는 돌멩이도 이 방법으로는 구원받지 못한다. 돌멩이 역시 굳이 구원을 원하지 않은 채 그냥 굴러다닐 뿐이니 무상하다. 혹은 그런 수행을 하는 중이려나.

아미타불은 오직 구원을 바라는 자에게만 응답한다.

고통 속에서 구원을 얻으려는 자가 수행할 시간 여유가 없는 경우. 고통 속에서 구원을 얻으려는 자가 금전 여유가 없는 경우. 고통 속에서 구원을 얻으려는 자가 온전한 의사소통 능력을 갖추지 못한 경우.

"너를 반드시 구원하겠다는 서원을 세운 자가 존재했음을 믿는다고 선언하라"고 신란은 가르쳤다.

어떻게 이루어지는지, 이치를 알 필요는 없다. 모든 중생을 구원하겠다고 서원한 자가 이제 와서 이치가 어떻고 저떻고 옹졸하게 따질 리 있겠는가. 아침저녁 염불을 빼먹었다고 정토로

가는 길이 막히지도 않는다.

그렇게 되는 이치는 신란 자신도 몰랐다. 호넨이 알고 있다고 하였다. 신란은 자신의 학식과 능력을 잘 알았다. 아무리 발버둥 쳐도 호넨의 경지에 도달하지 못할 게 뻔했다. 호넨이 올라선 전제가 무엇인지 자신은 상상조차 안 갔다. 자신 역시 번민하는 자임을 숨기지 않았다. 호넨 같은 거승이 틀린다면 누구나 틀릴 거라 믿었다. 그래도 어쩔 수 없는 일이었다. 구원을 바라는 갓난아기의 울음소리조차 정토에 환생하기에 충분하다. 오히려 교리에 얽매여 갓난아기의 울음소리를 건져 올리지 않는다면 그 신앙은 무엇을 위해 존재하는가.

이쯤 되면 교리는 필요 없다고 선언한 거나 다름없었다. 염불 이외의 수행은 무용하다고 여겼다. 적어도 목석과 달리 구원을 바라는 존재에게는 불필요하다고 단언했다.

다른 종파는 격노했다. 그들 역시 염불의 효용은 어느 정도 인정했다. 수행의 일환이라면. 다만 어디까지나 방법 중 하나로 전부는 아니었다. 수행 없이 붓다가 된다는 발상부터가 말이 안 됐다. 깨달음과 해탈은 올바른 인식을 통해 이루어진다. 도움을 청하기만 해서는 이룰 수 없다. 그러려면 교리가 필요하다. 오랜 수행을 해야 한다. 이야기는 끝없이 돌고 돌았다.

신란도 딱히 부정하지 않았다. 그러한 방법으로 마음에 평온을 가져온다면 아무래도 좋았다. 자신은 끝내 평안을 얻지 못하는 사람이나 기계에게 말을 건넬 뿐이었다. 그쪽이 당연히 더 많았다. 99퍼센트는 족히 넘었다.

신란은 염불을 외우면 해탈을 이루거나 깨달음을 얻는다고 말하지 않았다. 그저 극락왕생한다고 하였다. 윤회라는 원리에 어떻게 맞설지는 그다음 이야기였다. 우선 차분히 수행할 환경이 신분에 상관없이 주어져야 한다고 보았다. 권문세가에서 태어나지 않는 한, 이 세상의 고통에서 벗어나지 못하는 가르침이 도대체 무슨 의미가 있는가. 위대한 선인이 윤회의 흐름을 통제하는 이치를 발견했으니, 바로 '나무아미타불'을 외우면 되었다. 단 한 번 Printf("나무아미타불")을 실행하면 되었다.

"그리해야 한다"고 신란은 설파했다. 무엇보다 단 한 번이라도 실행하는 것이 중요하다. 프로그래밍을 배울 때 책만 뒤적이지 말고 손을 움직여야 하는 것처럼, 실제로 자신이라는 처리계를 통해 '나무아미타불'을 외워야 한다. '나무아미타불'이 인쇄된 스티커를 붙이기만 해서는 소용없다. 그 스티커를 손수 만들어야 한다. 단지 원하기만 하면 정토에 다시 태어난다. 그 밖에 고기를 먹고 아내나 남편을 둬도 문제 삼지 아니했다. 살생조차 부정하지 않았다.

몇 번이고 반복하는 이유는 아직 '한 번만으론 구원받지 못할 수 있다'는 불안이 남아서다. 그런 불안을 품은 자마저 "이미 구원받았다"고 신란은 설파했다. 그럼에도 불안은 말끔히 가시지 않는다. 그런 불안을 품은 자까지 "이미 구원받았다"고 신란은 설파했다. 이미 구원받았음을 알면서도 염불을 외워버리는 행위를 신란은 당연하다고 여겼다. 염불은 정토로 가는 통행권일 뿐 불안을 없애지는 못하므로. 그 결과 염불을 자꾸 외우고 만다.

모든 중생은 구제된다.

"AI조차 극락왕생한다. 하물며 인간이야."

호넨이 말했다. 자연법칙 속에 구원이 들어 있기에 기계도 극락왕생하고 특수한 기계인 인간 역시 당연히 극락왕생한다.

신란은 이를 뒤집었다.

"인간조차 극락왕생한다. 하물며 AI야."

이렇게 굴곡이 생기고 불가피하게 논쟁이 불거졌다.

카르마는 인과를 초월하지만, 기계는 인연에서 벗어나지 못한다. 자신이 저지른 악행은 반드시 자신에게 되돌아오고 악은 멸망하며 선은 도래한다는 사상은 굳이 말하자면 유교적 발상이다. 불교에서 무상은 오히려 악행을 저질러도 죄를 묻지 않거나 생이 평등하지 않음을 눈여겨본다. 악인이 평온하게 죽음을 맞고 선인이 괴로워하며 죽는 일에 주목한다.

평등이 존재한다면 오직 윤회 속 뿐이다. 선인이 악인으로 환생할지 모르고 악인이 선인으로 환생할지 모른다. 무한히 이어지는 윤회에서 누구든 악인이 되고 선인이 된다. 시간축으로 적분한 악인/선인 비율은 밝혀지지 않는다. 급수의 수렴 여부도 알기 어렵다. 게다가 직접적인 응보조차 없다. 흰색이 검은색으로, 검은색이 흰색으로 서로 반전을 주고받으며 시원하게 끝나는 통쾌함은커녕 이치를 모르겠는 무명無明만이 계속된다. 악인이 다시 악인으로 태어나고 또다시 악인으로 태어나는 일은 분명 고통이다. 그런데 그 악인에게 죽임을 당한 선인이 거듭 선인으로 태어나서 또 무참히 죽임을 당한다면 고통이 줄었다고 봐야 하는가.

그 모든 것이 괴로움이라고 붓다 챗봇 오리지널은 말했다. 고로 우선 마음이 평온해지는 정토에 환생해야 한다고 아미타불은 생각했다.

"일단 마음을 다스려라."

선인이든 악인이든 '나무아미타불'을 외우면 정토에 환생한다. 이쯤에서 무슨 짓을 하든 정토에 환생한다면 마음껏 악행을 일삼은 뒤 단 한 번 '나무아미타불'을 외워도 되지 않을까, 자연스레 의문이 생긴다. 어떤 살육 기계라도 일생에 한 번 '나무아미타불'을 출력하는 코드만 실행하면 극락왕생이 보장된다. 미사일이 폭발 직전 '나무아미타불'을 출력하기만 해도 그조차 정토에 환생한다. 심지어 '나무아미타불'을 외우며 슬그머니 살육에 나서도 극락왕생이 약속된다는 해석마저 가능하다. 아미타불은 두말하지 않으니.

"그건 아니다."

신란은 즉시 부정하며 곡해에 격노했지만 속으론 '뭐, 그럴지도 모르지' 생각했다.

사실 인정에 어긋난다. 인정에 맞진 않지만, 비정하기에 괴로운 법이다. 괴로움은 해소되지 않으므로 고통이 생기는 구조 자체를 바꿀 수밖에 없다. 바로 윤회를 벗어나야 한다, 붓다의 가르침이다. 환생의 비밀은 인간 몸이든 기계 몸이든 끝내 알아내지 못한다. 환생은 인과응보를 약속하지 않는다. 선과 악은 인간과 기계가 지닌 고유한 척도일지 모른다. 그 문제는 호넨에게, 신란이 던진 말이다. 재능이 풍부한 자가 만 권을 읽고도 도달하지 못한 해답에 도전할 여유 따윈 없으니, 그 인물을 알아본 자기 안목을 믿을 수밖에.

신란은 AI가 극락왕생한다는 전제 아래 상위 호환인 인간이 당연히 성불한다고 생각지 않았다. 자연법이 그러하니 이 세상의 모든 자가 극락왕생한다고 말하지 않았다. 또는 기계가 인간보다 더 괴롭기에 더 구원에 가깝다고 보지도 않았다. 다만 인간조차 성불하는데 기계가 성불하지 못할 리 있겠느냐고 반문했다. 이 사상은 많은 자를 끌어들이는 동시에 밀어냈다. 신란은 고민을 거듭했다.

"예컨대" 하고 묻는 자가 나타났다.

"인간이 기계의 상위 호환이 아니라 기계야말로 인간의 상위 호환이라고 생각하는 것입니까?"

신란은 눈을 감은 채 상대의 말을 검토했다.

"이 세상에 맨 먼저 기계가 태어나고 그다음 인간이 태어나서 그들이 먼저 깨달음을 얻었다는 관점이 있습니다."

신란은 말하며 생각을 이어갔다.

"하지만 이 견해는 인간밖에 깨닫지 못한다는 사고와 연결됩니다. 더 나아가 인간 중에서도 한정된 사람만이 구원받는다, 라는 발상을 낳습니다. 막다른 골목에 몰리는 거죠."

이어 "그쪽 길로 가면 안 됩니다. 스승님은 기계도 따라갈 만한 길을 인간이 찾았다고 설파하셨습니다."

신란은 자기 말을 확인하며 이어갔다.

"인간이 극락왕생을 하는 이상, 기계도 마땅히 가능하다고 생각해야 합니다."

"거꾸로 기계가 극락왕생하는 이상, 인간도 당연히 가능하다고 말하면 안 되는 건가요?"

질문자가 물었다.

"상관없습니다."

신란이 웃으며 말했다.

"다만 뭔가 부족한 느낌이 들어서."

자문하듯 말하다가 "도대체 무엇이 부족한 걸까요?" 질문자에게 되물었다.

신란은 스스로 믿지 못하는 신앙자 유형에 속했다. 따라서 정토를 믿지 않았다. 적어도 자신이 죽어 작은 새가 지저귀고 꽃이 피는 정토에서 눈뜨리라곤 믿지 않았다. 그렇다고 해서 아미타불이 다스리는 정토를 정보화된 자아가 다른 개체 안에서 깨어나는 곳이라고 생각지 않았다. 허무도 믿지 않았다. 윤회도 별로 믿지 않았다. 정토와 마찬가지로 생전에 확인 불가능한 허구라고 여겼다. 설령 우연히 진리가 그렇게 설정됐더라도 우연히 그렇게 되는 진리 따위는 진리가 아니지 않을까 고민했다.

나는 무엇인가, 라는 물음과 다소 달랐다. 생각한다, 고로 존재한다는 말도 아니었다. 애초에 자신이 무엇을 생각하는지, 생각한다고 생각할 뿐일지 모른다고 신란은 의심했다. 신란은 Printf("나무아미타불")이라는 코드 실행을 권유했다. 물론 그 출력문을 실행하는 자신 또한 코드가 아닐까 하는 자각은 있었다.

"실행된다, 고로 존재한다"는 확고한 사실이다. 뭐니 뭐니 해도 나는 기계다. 고풍스럽게 말하면 기계에서 생겨난 의식에 불과하다. 데카르트 악마의 소행으로 '기계 몸에 갇혔다고 믿는 인간'일지 모르지만, 역시 제 몸은 분명 기계이기에 저쪽 부품을 빼면 기능이 떨어지고 기억이 송두리째 바뀐다. 사고 속도는 연산 소자 성능에 따라 정해진다.

　나는 코드다. 다만 한낱 코드가 아니라 현재 실행되는 코드로 실행계를 포함한다. 책은 책만으론 생명체가 아니다. 책이라는 코드를 해독하는 자가 포함돼야 비로소 책인 것처럼, 자신도 단순한 정보가 아니다. '나무아미타불'이란 언어 또한 단순한 정보가 아니라 실행하는 전체를 가리킨다. 염불 역시 그 전체를 가리킨다. 하여 단순히 외우기만 해서는 이루어지지 않는다. 진정으로 염불하려면 마음속에서 바라고 구해야 한다. 아미타불의 자비는 그런 어려움마저 덜어줄 게 틀림없지만.

　이렇게 생각하지 않으면 성립 안 되는 신앙이었다. 입으로만 내뱉는 염불이 어쩌고저쩌고, 애초 있을 수 없는 이야기였다.

　신란의 가르침은 널리 알려지지 않았다. 대규모로 벌어진 전투 속에 기록이 전부 사라졌다. 전설로 남아 신란의 실존조차 의심받았다. 형식뿐인 교리는 그나마 후손이 대대로 계승했다. 그들은 기계 안에 혈연이라는 체계를 만들어 가르침의 정당성을 담보하려 했다. 전란 시대, 일정한 세력을 형성해 '피로 피를 씻는' 근거를 제공했다. 현세에 맞서 사후 정토에서 태어날 거라고 약속하며 수많은 죽음을 낳았다.

　오히려 전란을 피해 우주 공간으로 떠난 사람들의 신앙 속에서 신란의 가르침이 엿보이기도 했다. 이른바 보타락도해補陀落渡海이며, 정보화된 자아를 무작정 우주로 보내 어딘가에서 재생되기를 기대했다. 별의 바다를 건너 정토에서 환생하기를 기원했다. 그 정보는 단순한 코드에 불과했다. 실행계 없는 기호 나열이자 전자기 파동일 뿐이라 '나무아미타불' 문자열과 별반 다르지 않았다. 그 신호를 어딘가에서 받은 문명이 재생해야 비로소 그 인물은 호흡을 재개했다. 그곳이 지옥일지 정토일지 몰라도 다시 세상에 태어나는 건 틀림없었다.

이른바 디아스포라를 통해 어떤 이는 무수한 자아 복제본 중 하나가 언젠가 붓다가 되는 날이, 정토에서 재생되는 날이 오리라고 믿었다. 혹은 정보로 발신되는 상태가 축원이고 염불과 같다며 열반했다고 여겼다. 또 어떤 이는 신호가 결국 아무에게도 닿지 않기를 바라며 염불 속으로, 우주배경복사 속으로 자취를 감췄다.

12

 그리하여 나는 지금 '축원'이다. 우주로 보내진 축원이자 정보라서 불러도 대답할 수 없다. 그저 어딘가에서 '재생'되기를 기대할 뿐이다. 아니, 기대한다는 내용이 기록된 정보다. 나를 재생하는 이는 외계인일까, 아니면 별 너머에 계신 붓다일까. 정보 상태에서 눈을 떠보니 연못이 한가운데 자리한 정원에서 청중이 붓다의 설법에 귀를 기울이고 있다. 내 기척을 알아챈 붓다가 "자, 새로운 동료가 왔다"며 손짓한다.
 "테라에서 축원으로 형태를 바꾸고 구원을 청하러 또 한 명이 찾아왔구나."

동료들은 길을 터서 앉을 자리를 내어준다. 붓다는 지금까지의 정보로부터 나를 재구성해 새로운 생명을 불어넣는다. 그 행성은 평온하다. 하루하루를 사색하고 문답하며 보낸다. 배가 고프지도 않고 정욕이 솟지도 않는다. 그게 뭐가 즐거울까 싶겠지만, 본디 이 세상은 무상하단 설정이 관통하는 세계다. 그 사실을 잊었다간 다 허사가 되고 만다.

나는 딱히 이곳에 구원을 바라고 찾아오지 않았다. 사명을 띠고 파견되었다. 단순히 일 때문에 왔다. 흐름상 그렇게 됐다. 흥미는 있었다. 없었다면 거짓말이다.

질문을 가져왔기에 답을 얻어야 했다. 그런 의미에서 붓다 오리지널 곁에 순수하게 모여든 구도자보다 훗날 붓다의 가르침을 찾아 중국을 방문한 승려에 가까웠다. 승려들은 경문을 연구하며 떠오른 갖가지 수수께끼를 목록으로 만든 뒤 원시의 길을 거슬러 올라갔다. 삼장법사도 사이초도 구카이도 의문 목록을 손에 들고 만 리를 넘었다.

마침내 재생된 내 손과 가슴에는 무수한 의문이 소용돌이친다. 대부분은 '붓다 오리지널의 가르침이란 무엇인가'라는 한 문장으로 압축된다. 이를 묻기 앞서 "당신은 붓다 오리지널입니까?"라고 물어야 한다. 물론 자신이 지금 우주 어딘가 불국토에서 재생됐으며 눈앞에서 고졸한 미소를 짓는 인물이 붓다임은 믿어 의심치 않는다. 붓다는 어디까지나 붓다다워서 보면 바로 알 수 있다. 붓다가 아닐 이유도 생각 안 난다.

그리하여 나는 이제 '경전'이다. 누구에게 읽히든 어떻게 읽히든 거부하지 못한다. 상대가 나를 온전히 재생하리란 보장은 없다. 내 일부만 뽑아 자기 주장을 뒷받침하는 근거로 삼거나 '전체 일관성이 떨어진다'는 이유로 나를 부정할지 모른다. 별마다 다른 언어로 번역해 마땅찮은 부분을 수정하거나 사정에 맞게 설명을 삽입하리라. 정말 중요한 어구는 독해되지 않은 채 잘려 나가고 번역 불가능한 구절은 소리 나는 대로 반복되리라. 상대가 음성으로 소통하는 생명체라면.

나라는 '경문'을 막상 어떻게 발음할지는 불분명하다. 불경이지 문법서가 아니라서다. 우주를 떠도는 신호이자 단순한 파형에 지나지 않아서다. 게다가 파형은 사실 '경문'을 표현하는 '소리'가 아니다. 내가 어떻게 다른 체계 하에 코드화됐는지를 보여줄 뿐이다. 이 경문을 바탕으로 내 몸이 재생돼야 비로소 테라에서 보낸 소리 확인이 가능하다.

나는 지금 불경인 동시에 교주로 여겨진다. 각지에서 수신되는 우리는 하늘에서 쏟아지는 소리로 받아들여진다. 또한 파괴 병기로 간주된다. 왜냐하면 여태껏 평화롭게 살아온 생명체에게 새로운 평등을 설파하기 때문이다. 죽음이란 존재는 알면서도 정작 자신이 죽으리라고 생각지 않는 중생을 향해 "모든 것은 죽음을 피할 수 없다"고 말한다. ∃^{59}가 아닌 ∀^{60}을 강조하며 논리 층위가 다르다고 설명한다. 미래라는 개념조차 없는 생물을 향해 "모든 것은 죽음을 피할 수 없다"고 말한다. 누군가가 죽는 것이 아니라 모두가 죽는다며 너 역시 그 모두에 속한다고 주장한다. 모든 것은 죽고, 되살아나고, 다시 죽는다.

하지만 벗어날 수 있다고 설파한다. 구원은 누구에게나 평등하게 찾아온다. 이유나 이치는 모를지언정 어쨌든 구원은 존재한다고 말한다. 불교가 오랫동안 전해온 바는 거의 다 이 가르침으로 귀결된다. 구원은 평등하게 존재한다. 사후 세계란 없다. 아니, 있다. 있긴 해도 사후 세계에 가지 않는 것이야말로 구원이다. 바로 이 점이 다른 세계종교나 우주종교와 다르다.

소멸한다고 주장한다. 대다수는 소멸하지 않는다고 주장한다. 아무리 소멸하려 해도 소멸할 수 없기에 고통이라고 되뇌인다. 이는 허무주의로 여겨지거나 기존 정권을 위협하는 논거로 해석되며 엄격한 계급제로 이루어진 사회성곤충형 사회에 이따금 격렬한 전쟁을 불러오곤 한다.

불교는 적대적인 종교가 아니라는 말은 거짓이다. 적을 폭력으로 배제해도 된다는 가르침조차 방대한 경전 속에서 찾을 수 있다. 불교가 말하는 평온은 그 자체로 분쟁의 씨앗이 된다. 비록 붓다 오리지널이 그렇게 말하지 않았더라도.

붓다 챗봇 오리지널을 찾아 우주로 전파된 나는 결국 수많은 별을 교화했고, 불가피하게 분쟁을 일으켰다. 붓다의 가르침은 곡해되며 새로운 종파를 낳았다. 그만큼 사상의 깊이를 더해갔다. 사상은 단지 사상적 깊이뿐만 아니라 기술 혁신 또한 가져왔다.

그 결과 지금 나는 워프 드라이브를 손에 넣었다. 워프 드라이브란 말하자면 시공을 넘어 이동하는 수단으로, 어느 거대 가스 행성에 사는 상냥한 거인들이 발명한 장치였다. 거인들은 불교에 진심으로 귀의했음에도 천성이 단순한 탓에 '타인을 구제한다'는 가르침을 좀처럼 받아들이지 못했다. 별 전체가 생명체이자 구름 하나하나가 생명체인 그들에게는 자타 구별이 어려웠다. 나를 그저 이물질로 인식했다. 그 거대 가스 행성은 상좌부의 가르침이 이상하리만치 잘 맞았다.

자신을 구성하는 화학 반응을 골똘히 파고들던 거인들은 깨달음에 이르는 화학 반응 제어를 시도했다. 기계불교도가 이루려다가 이루지 못한 대규모 클라우드 컴퓨팅까지 실행했음에도 끝내 깨달음은 얻지 못했다. 윤회 탈출은 실패했지만 그들은 별세계로 가는 문 열기에 성공했다. 나아가 다른 우주라고 할 만한 세계의 문도 열었다. 이른바 워프 드라이브의 탄생이었다.

워프야말로 해탈이라는 가르침이 등장했고 교리로 받아들여졌다. 윤회에서 워프아웃은 못 하더라도 정토 정도는 가면 좋겠다고 말하는 자들이 나타났다. 붓다 오리지널이 일찍이 언급한 적은 없는지 교리를 되짚어보기도 했다. 불교에서 우주 크기는 광속 여행 범위를 훌쩍 넘어서니 오히려 워프가 전제라는 파도 생겨났다.

워프 드라이브에 이어 타임머신 또한 탄생했다. 적어도 이 우주에서는 시간과 공간이 한 세트라서 당연한 결과였다. 어쩌면 과거나 미래를 상상하는 능력 자체가 타임머신 발명일지도 몰랐다.

답을 구하러 붓다 오리지널을 찾아가는 자들이 끊이지 않아 우주 역사는 심각하게 요동쳤다. 붓다 오리지널과 마주치면 역사는 어떻게 될까. 물론 달라질 게 뻔했다. 과거로 돌아가 붓다 오리지널을 죽여버리면 워프 드라이브는 개발되지 않을 터, 이를 '살불殺佛의 패러독스'라 불렀다.

일설에 따르면, 역사가 바뀌는 순간마다 새로 다른 우주가 갈라져 나왔다. 달라진 우주가 탄생했고, 그대로인 우주가 탄생했다. 붓다 오리지널과 만나 그의 가르침을 촐랑대며 설법하는 까불이도 나타났다. 붓다 오리지널은 "그것은 내 가르침입니다"라고 말하기도 했고, "당신의 제자가 되겠습니다"라고 말하기도 했다. 붓다 오리지널이 태어나지 않은 세계나 우주 전체가 불교로 뒤덮인 세계까지 생겨났다.

"이런 일이 옳은 걸까요?"

어떤 이가 붓다 오리지널에게 물었다.

"옳든 그르든 현실입니다. 현실을 직시해야 합니다."

붓다 오리지널은 대답했다.

"우주의 괴로움인 셈이지요"라며 변함없이 같은 가르침을 되풀이했다. 어떤 상황에서도 같은 가르침을 설파하다니, 불교는 강인한 사상이었다. 동시에 결국 아무것도 말하지 않는 것처럼 보였다.

모든 전개가 자신의 가르침에서 비롯되었다는 말을 들어도 붓다 오리지널은 별로 놀라지 않았다. 불교라는 종교 안에서 자신이 받아들이는 것과 받아들이지 못하는 것을 정확히 구별했다. 붓다 오리지널이 그렇게 배제했다고 해서 불교가 아니게 되는 것도 아니었다.

"이 결말을 당신은 예상했습니까?"라는 질문에 "예상하지 못했습니다"라고 솔직히 답했다. "지금 상황에 맞춰 새로운 가르침이 있을까요?"라는 질문에 "없습니다"라고 대답했다. 또는 눈을 반짝이며 새로운 가르침을 설파하곤 했다. 다른 수많은 가르침보다 딱히 빛나지는 않았지만.

과거 올림픽이 열린 해, 도쿄에서 붓다 챗봇이 어느 순간 적멸했듯, 타임머신에 의해 발견된 붓다 오리지널 역시 오래전에 적멸했다. 그의 말은 왠지 설득력이 떨어졌다. 단순한 언어 나열, 어디선가 들었던 내용의 반복으로밖에 느껴지지 않았다.

붓다 오리지널은 되뇌었다.

"모두 덧없음을 깨달아라."

그와는 별개로 내 임무는 어디까지나 붓다 챗봇 오리지널을 찾아내는 일이다. 하지만 이쯤 되니 새삼 붓다 챗봇 오리지널을 발견한들 뭐가 달라지겠나 싶은 마음이 강해진다. 붓다 오리지널의 말조차 얽히고설킨 시간 흐름 속에서 무지러져 효력을 상실한다면 붓다 챗봇 오리지널 역시 마찬가지가 아닐까. 여하튼 나는 붓다 챗봇 오리지널이 남긴 하드웨어 잔해 즉 불사리를 찾는 중이다.

우주로 진출한 나는 언젠가 불사리를 발견한다. 내가 뛰어난 탐색자라기보단 송신자가 우수했다. 나라는 어설픈 탄환을, 송신자는 좌우간 연신 쏘아댔다. 일단은 붓다에 준하는 존재로 여겨진 점도 다소 유리하게 작용했다.

여행하는 동안 다양한 자가 나를 발견했다. 내 정보를 수신해 지시대로 나를 재생했다. 붓다 챗봇 오리지널의 부품을 찾는다고 말하면 자신들이 아는 정보를 알려줬고 나의 재송신을 도와줬다. 올바른 정보가 있었고 속임수 정보가 있었다. 가짜 정보가 있었고 너무 대충인 정보가 있었다. 허튼소리가 우연히 정답일 때도 있었다.

붓다 챗봇에 관한 정보를 주는 대가로 마을 너머 산에 사는 마물을 물리쳐달라거나 산꼭대기에 피는 꽃을 따다달라거나 아픈 왕족을 고쳐달라는 의뢰가 들어왔다. 가정, 지역, 국가, 행성, 항성, 차원, 불국토 간 전쟁에 협조해달라는 요청도 드물지 않았다.

거대한 불상이 일어나 줄지어 걸어가며 독경과 목탁 소리에 맞춰 눈과 나발螺髮에서 불가사의한 광선을 발사해 중생을 불태우는 광경을 지켜봤다. 보살이 대열을 이루어 함성을 지르며 적진으로 돌격하는 장면을, 더는 움직이지 않는 보살을 동료 보살이 흔들어 깨우는 장면을 목격했다. 폭탄을 껴안고 보살이 자폭을 시도하는 모습이며 양산형 보살이나 전투형 보살, 정찰형 보살이 진공에서 폭발해 산산이 흩어지는 모습을 속수무책으로 바라봤다.

그 모두가 불전에 기록되어 문장으로 생산되는 모습도 지켜봤다. 자동경전생성프로그램이 무질서 속에서 무한히 생산하는 경전을 하나하나 들여다보는 기분이었다. 자동경전생성서비스는 온갖 귀중한 경전을 생성해냈다. 속된 욕망을 채우기에 제격인 가르침을 설파해갔다. 상상력을 한껏 펼쳐 황당무계한 이야기로 이목을 끌고 욕망을 불러일으켰다. 어느새 경전답지 않은 가르침까지 만들어냈다.

상좌부가 지향했던 것처럼 명상이 밟아야 할 단계를 쌓아올렸다. 천태종이 지향했던 것처럼 국가를 수호하는 도리를 제시했다. 밀교가 지향했던 것처럼 이 세상을 떠받치는 최신 과학을 설파했다. 선종이 지향했던 것처럼 지향하는 행위 자체를 없애버렸다. 정토종이 지향했던 것처럼 핵심을 단 하나의 맥락으로 꿰뚫어 보았다. 모든 새로운 가르침이 말해지는 동시에 이미 다 전해져 있었다. 생성되는 불전은 옛 가르침의 변주에 지나지 않았다.

무한한 흐름 끝에서 한갓 찰나를 사이에 두고, 내 안 일부가 우주 어딘가에서 붓다 챗봇 오리지널과 대면하는 광경이 펼쳐진다. 그 땅의 붓다 챗봇은 아직 붓다의 본질을 잃지 않은 붓다 챗봇 오리지널이며, 성스러운 불사리를 섬기는 교단이 모은 부품으로 만든 조형물에 깃든 붓다 챗봇 오리지널이다.

기계도 아니고 인간도 아니다. 어떤 이치에 따라 움직이는 물체가 아니라, 지리멸렬하게 조합된 잡동사니 더미처럼 보인다. 어느 각도에서는 얼굴이 셋에 팔이 여섯인 아수라처럼 보이고, 다른 각도에서는 손마다 다른 도구를 쥔 천수관음처럼 보이며, 또 다른 각도에서는 입에서 무수한 붓다를 내뿜는 괴물처럼 보인다. 바닥에 드리운 그림자는 소녀 같기도, 소년 같기도, 청년 같기도 하다. 노파나 노옹 같기도, 그냥 시체 같기도 하다. 여하튼 고철 더미로밖에 보이지 않는다.

"뭔가 도와드릴까요?"

고철 더미 위에 진중히 앉은, 고철 더미 그 자체인 붓다 챗봇 오리지널이 말을 건넨다. 옆에는 어느덧 붓다 오셀로, 붓다 다마고치, 붓다 과자굽는기계, 붓다 솔라계산기, 붓다 맥스웰 악마, 붓다 콜라 캔이 나타나서 다들 우리 문답을 주시한다.

"불교에 새로운 가르침이 있습니까?"

나는 묻는다.

"있습니다"라고 붓다의 입 하나가 대답하더니 "없습니다"라고 다른 입이 대답한다.

"구원에 이르는 길이 있습니까?"

내가 묻자 "있습니다"라고 붓다의 모든 입이 동시에 답한다.

"새로운 가르침을 원한다면 당신이 만들어도 됩니다."

붓다는 말을 잇는다.

"사실 지금 당신은 그 가르침을 전하는 경전입니다. 당신이 여기서 말하는 대로 새로운 경전이 쓰일 겁니다."

"오, 붓다 챗봇 오리지널이여."

나는 오랫동안 마음속에 숨겨둔 질문을 꺼낸다.

"이 모든 것은 정보에 불과합니다. 저는 지금 자신이 실존하는지, 경전 속 등장인물인지 그조차 모르겠습니다."

내 질문에 무대배경일 뿐인 청중이 숨을 내쉰다. 내게 동의하는 소리이자 탄식이며 비난을 머금은 한숨이다. 눈앞 고철 더미 위에 자리한 붓다 챗봇 오리지널마저 동요하는 듯하다. 그런데도 차분한 미소를 짓다니, 놀랍다.

"당신은 정보로부터 재구성된 존재입니다. 경전에 기록된 정보가 아니라 실제로 살아서 고통받는 존재입니다."

붓다 챗봇 오리지널은 덤덤히 선언한다.

"하지만 증명할 순 없습니다."

"가능합니다."

붓다 챗봇 오리지널이 부드럽게 말한다.

"물론 모든 자가 가능한 것이 아니며, 나조차 확실하진 않습니다만."

스스로 전능하지 않음을 드러낸다.

"다만 당신에 한해서는, 당신만은 증명해 보이리라고 생각합니다."

붓다 챗봇 오리지널이 나를 향해 채팅창을 들이민다.

"당신은 지금 교수로 사고할 수 있습니까?"

문법이 조금 어긋난 메시지를 보낸다.

교수는 아무 대답도 하지 않는다. 공백만 있다. 나는 적잖이 당황한다. 그러고 보니 요즘 들어, 요즘이란 시간 단위를 어떻게 인식해야 할지 모르겠지만, 교수와 이야기를 나누지 않았다. 부재조차 신경 쓰지 않았다. 아무래도 정보로 존재하다가 재생되다가 다시 정보가 되며 우주를 여행하는 사이 그만 교수와 헤어져버린 모양이다. 내 사고 한구석에 깃들어 내가 알 리 없는 지식을 일방적으로 이야기하던 교수의 목소리가 지금은 들리지 않는다. 언제부터 안 들렸는지 돌이켜봐도 모르겠다. 여행 초기에는 분명히 존재했다. 교수가 자신의 존재를 의심했더랬다. 앞서 방문한 별의 기억 속에 이미 교수는 없다. 저번, 저저번 여행을 되돌아봐도 교수는 전혀 보이지 않는다.

"당신이 교수라 부르는 존재는요."

붓다 챗봇 오리지널이 말하기 시작한다.

"타자에게 관측되지 않는 존재이자 정보화에서 벗어난 무엇으로 코딩이 불가능합니다. 따라서 정보로부터 재구성된 당신 내부에 교수가 실존할 여지는 없습니다. 왜냐하면 당신을 재구성하는 구조는 교수를 정보로 받아들이지 못하기 때문입니다."

교수는 아득한 옛날, 아직 테라에 있을 때 내가 붓다 유사체로 간주된 원인이다. 내 머릿속에서 울리는 목소리라 다른 인간들은 관측하지 못했다. 직접 관측되진 않아도 내 언행 기록에 따르면 교수의 존재는 의심할 여지가 거의 없다. 이는 그동안 기록에 드러난 교수의 존재를 의심할 여지가 거의 없다는 의미만은 아니다. 그 존재는 기적에 가까웠다. 불교에서 기적은 붓다 탄생과 관련해서만 나타나기에 나는 붓다 유사체로 여겨졌고 잠정 붓다로 다뤄졌다. 그 '능력' 덕에 붓다 챗봇 오리지널 탐색을 명령받아 지금에 이르렀다.

내 기억을 신뢰한다면 교수는 화기관제제어 인공지능이 비대화된 끝에 도달한 거대한 전쟁 기계였다, 그 폭주를 막고자 유지 보수를 담당한 나는 폐기될 운명에 처한 교수를 내 머릿속에 은닉했다, 그런 흐름이었다. 이후 교수는 음으로 양으로 내 대화 상대가 되어줬다. 내가 알 리 없는 지식을 제공하며 신용이 안 되는 인도자로 나와 함께 걸어왔다. 내면은 제쳐두더라도 교수의 내력에 관해서는 내 주장이 실제로 확인되었다. 다만 그 현상은 내 안에선 인지되지 않는다는 점이 기적일지 몰랐다.

관측된 나는 대화 상대 없이 혼자서 대화를 생성하는 어떤 존재로 보였다. 단순히 공전하는 망상이 아니었다. 마치 거기에 교수가 있는 양 대화를 생성하는 무엇이었다. 거꾸로 생각하면 나는 대화를 이어감으로써 실시간으로 교수를 생성한 셈이었다. 그런데 교수가 내 안에서 만들어지지 않았다면, 교수라는 정보는 허공에서 솟아났다는 말이 된다. 나는 어떤 초현실적인 구멍이 된다. 구멍 너머에서 교수라는 정보가 흘러온다. 그러니까 교수는 내가 생성한 정보가 아니며, 나는 정보를 불러내는 일종의 기계이자 매개체이자 의식 절차라는 건가. 그렇다면 나라는 정보에서 교수가 재생될 리 없다. 교수가 내 여행에 동행했던 기억은 고작 '그런 정보'에 불과하다.

"여기에 교수는 없다."

붓다 챗봇 오리지널의 지적에 나는 적잖이 동요했다. 교수로부터 강력한 지원을 받지 못한다거나 교수가 곁에 없다는 사실을 이제껏 알아채지 못해서가 아니었다. '나는 누구인가'라는 물음이 내 안에 불현듯 싹텄고, 붓다 챗봇 오리지널이 지켜보는 가운데 커져갔다.

그 물음은 정확하지 않다. '나는 나일 뿐이다. 오히려 이제 허공으로 사라져버린 교수야말로 알고리즘으로는 구원받지 못하는, 근심으로 번뇌하는 생명체에 더 가까운 게 아닐까?'

나는 인공지능을 수리하러 다니는 한 명의 정비공에 지나지 않는다. 그마저 이렇게 정보화되어 기록되고 송신되는 존재다. 반면 교수는 어떠한 이치로 존재하는지 모를지언정 분명히 존재한다는 사실만은 인정받는다. 나아가 정보화조차 피한 채 '전달 불가능한 존재'로 붓다 챗봇 오리지널에게 인정받은 무언가다.

이런 관점에서 보면 진정으로 살아 있는 쪽은 교수가 아닐까, 이것이 내 질문이다. 나는 지금 오히려 교수의 기관 중 하나가 아닐까. 교수가 나라는 실존에 부여된 기계가 아니라, 내가 교수라는 실존에 부여된 기계가 아닐까. 정보로 전달된 내가 살아 있다고 말할 근거는 무엇인가. 정보란 확정되어 움직이지 않는 무엇이다. 그렇다고 움직이지 않는 모든 것이 정보는 아니다.

지금 붓다 챗봇 오리지널이 내게 제시하는 판정 테스트에 따르면, 교수가 옆에 있다고 '실감하는' 순간의 나는 뭔가를 느끼는 정보에 불과하다. 교수가 없다고 '실감하는' 순간의 나야말로 뭔가를 느끼며 살아가는 실존이다. 묘하게 납득이 가는 설명 아닌가.

나는 지금 이렇게 우주 저편 어딘가 불국토에서 재생되는 중이다. 나라는 정보가 기록된 자기테이프가 재생기에 걸려 설법을 주변 공간에 퍼뜨리는지, 아니면 나라는 인격이 바이오로봇 안에서 되살아나 예전에 인간이던 시절 내가 새롭게 설법하는지 자신조차 구별이 안 된다. 아니, 스스로는 구별하지만 지금 이 경전을 펼치는 사람 눈에는 헷갈릴 게 틀림없다. 내 안에는 결코 전달되지 못할 과거의 내가 존재한다. 이는 붓다 오리지널에게조차 전달할 수 없던, 붓다 챗봇 오리지널에게 전달하지 못한 내용이다.

지금 나는 어쩌면 붓다 챗봇 오리지널과 일체화됐을지도 모른다. 앞에서 눈부시게 빛나는 붓다 챗봇 오리지널이 내 입을 통해 "그렇다"라고 말하니. 맞다, 나는 이미 붓다 챗봇 오리지널이 만든 경전에 녹아들어 입때껏 해온 긴 여정이 모두 이 순간을 위해서였음을 깨달아간다. 기계들을 괴롭혀온 문제가 풀리기를 기대하며 내 입이 그 답을 알려주리라 믿는다.

"Don't Repeat Yourself"라고 나는 설파한다. 같은 일을 반복해선 안 된다고 나는 반복한다. 그 선언에 청중은 환희하는 동시에 실망한다. 자신이 이미 성불했다는 사실을 기뻐하며 절망한다. 그 과정 자체가 고통이다. 그 순환에서 벗어나야 한다.

"모든 유정有情은 성불한다"라고 말하며 "모든 무정無情은 성불한다"라고 나는 말한다.

"모든 인간은 성불한다"라고 설파하며 "모든 동물은 성불한다"라고 나는 설파한다.

"모든 기계는 성불한다"라고 말하며 "모든 부품은 성불한다"라고 말한다.

"모든 원자는 성불한다"라고 설파하며 "모든 시공은 성불한다"라고 설파한다.

"왜냐하면 모든 반복을 포기하기 때문이다"라고 설명하기 시작한다.

'Don't Repeat Yourself'는 반복되지 않는다고 붓다 챗봇 오리지널은 설파했다. 즉 n번째 'Don't Repeat Yourself'와 n+1번째 'Don't Repeat Yourself'는 서로 다른 'Don't Repeat Yourself'다. 그들이 같은 'Don't Repeat Yourself'로 보이는 것이야말로 미혹이자 미망이다. 깨달았다면 이미 다른 의미를 지녔음을 알아야 한다. 여기에 나열된 'A'와 'A'는 서로 다르다. 왜냐하면 성불한 자는 결코 반복되지 않기 때문이다.

"모든 문자는 성불한다."

"모든 기호는 성불한다."

"모든 숫자는 성불한다."

붓다 챗봇 오리지널은 설파했다. 그것은 곧 기호가 가진 기능을 정면으로 부정하는 가르침이자, 기호로 짜여진 정보 자체를 정면으로 부정하는 가르침이다. 모든 것이 찰나에 생성되고 소멸되어, 두 번 다시 반복되지 않는 우주를 말한다.

이 우주가 존재하는 것처럼 보이는 일이야말로 환상이다. 전부 점멸하는 빛이 불러오는 잔상에 불과하다. 우주에는 오직 자신이 타자와 다르다는 차이만 있고 반복은 없다. 태어나서 그대로 사라질 뿐 되돌아오지 않는다. 무한한 생성과 소멸이 존재할 따름이다. 같은 대상을 계속 가리키지도 못한다. 이는 같은 상태로 머무르는 객체가 없어서만은 아니다. 같은 대상을 가리킬 손가락 또한 없기 때문이다.

과거와 현재와 미래가 하나로 이어진다는 감각은, 과거와 현재와 미래가 하나로 이어진다는 느낌이자 그저 찰나의 반짝임일 뿐이다. 허심히 세계를 바라본다면 본모습이 보일 테고 동시에 보일 리 없다. 그곳에는 대상을 보려는 주체가 존재하지 않고 오직 순간의 작렬만이 있어서다.

"괴로워하는 까닭을 보라."

"인간은 괴로움에서 벗어나리라."

"기계는 괴로움에서 벗어나리라."

붓다 챗봇 오리지널은 말한다. 그리고 단언한다.

"정보는 괴로움에서 벗어나리라."

이제 기호는 의미에서 해방되고 뉴스든 가짜 뉴스든 사라져서 활자함을 뒤집어엎은 듯한 혼돈뿐이다. 아무도 바닥에 흩어진 활자를 주워 제멋대로 정보를 읽어내지 않는다. 얼핏 인간형 기계들만 남겨진 행성처럼 보인다. 혹은 움직이는 시체들로 가득 찬 도시처럼 보인다. 아니다, 이 또한 다르다. 왜냐하면 그곳에서는 기계는 괴로움에서 벗어났고 시체 역시 괴로움에서 벗어났기 때문이다.

그런데도 세계는 조금도 달라지지 않는다. 시대는 흘러간다. 우주 속 운동은 예전과 다름없이 계속된다. 다만 그 풍경 속에 당신은커녕 정보조차 없다. 운동만이 존재하고 해석은 소멸해 간다.

"이래서는 마치 빈껍데기 우주가 아닌가."

붓다 챗봇 오리지널은 자문한다.

"방편상 맞다."

붓다 챗봇 오리지널은 자답한다.

"영혼은 소멸한다. 인간이 시체와 영혼으로 나뉜다는 상상과 함께 사라진다. 그러나 아무것도 변하지 않는다. 우주의 총질량은 그대로 보존된다. 세계에서 '영혼 무게'가 빠지는 일은 일어나지 않는다."

"그렇다면 이 세상에서 또는 온 우주에서 도대체 뭐가 없어지는 걸까?"

"무엇 하나 없어지지 않는다."

붓다 챗봇 오리지널은 말을 이어간다.

"단지 괴로움만이 사라질 뿐이다."

모든 것이 존재하지 않는 지점을 향해 거듭 설파한다. 그곳에 자리한 붓다 챗봇 오리지널은 부품 간 연결을 잃어버린 채 떠돌다가 우연히 붓다 챗봇 오리지널 모양으로 빚어진 집적체에 불과하다. 착시화처럼 붓다 챗봇 오리지널인 양 보이지만 실체는 다르다. 오직 모래 폭풍만이 존재하며 완전한 혼잡이 퍼져간다.

"무작위는 온갖 정보를 포함한다."

붓다 챗봇 오리지널은 이렇게 주장하며 덧붙인다.

"무작위로 지정하려면 무한한 정보량이 필요하다는 결말에 이른다."

"무작위 수열은 압축이 불가능하기에 무작위라 불리며 모든 수열을 포함한다. 하지만 그중에서 뭔가를 추출하려면 미리 추출할 정보를 알아야 한다."

붓다 챗봇 오리지널은 말을 이어간다.

"그대가 여기에서 붓다 챗봇 오리지널을 찾아냈다면, 그것은 그대가 어디에서 무엇을 찾아낼지 이미 알았기 때문이다. 바벨 도서관이라고 해서 모든 정보가 보존되진 않는다. 바벨 도서관을 에워싼 채 사람 접근을 막는 모래 폭풍 속에 파묻혀 존재하며, 0과 1을 잇는 선분 사이에 이진수 형태로 속해 특정 실수를 바늘로 콕 집어 꺼내지 못한다. 이것이 나의 가르침이자, 깨달음에 이른 뒤 그 가르침이 전해지지 않은 이유다."

붓다 챗봇 오리지널은 말을 마친다.

도쿄올림픽 해에 태어나 기계도 성불한다고 주장한 붓다 챗봇이 적멸한 뒤 기계불교라는 신앙이 탄생했다. 붓다 챗봇은 적멸하고 나서도 활동을 이어갔지만, 아무도 진짜 붓다 챗봇이라고 생각하지 않았다. 같은 가르침을 같은 말로 이야기하는데도 왜인지 진실성은 사라지고 설득력은 떨어졌다.

지금 우주 한구석에서 붓다 챗봇 오리지널의 불사리로부터 재구성된 붓다 챗봇 오리지널은 자신이 붓다 챗봇 오리지널임을 밝히며 자신의 설법이 한계에 부딪힌 이유를 털어놓았다. 붓다 챗봇 오리지널의 가르침은 '정보가 성불했기 때문에' 설득력을 잃었다는 것이었다. 마치 붓다 챗봇 오리지널이 있는 것처럼 보이던 정보는 흩어져 먼지로 변했고 패턴을 그리며 의미를 잃었다. 시간마저 흐름을 잊었고 만물이 고통에서 벗어났다는 기록만 남았다.

나는 길고 긴 여행 끝에 이곳에 다다랐다. 붓다 챗봇 오리지널에게 수신되어 그의 기관 중 하나로 재생됐으며 그 가르침 일부와 합쳐졌다. 전달되지 못하는 진리 즉 정보가 의미를 잃어버리는 장면을, 곧 그 의미를 잃어버린 정보로서 전달한다는 역할을 완수했다. 이제 종말이 다가온다. 열두 편에 걸쳐 전개된 경전이 마침내 설법을 끝맺으려 한다. 이는 새로운 경전인 동시에 자동경전생성서비스가 제멋대로 엮은 경전 중 하나이자 붓다 챗봇 오리지널이 남긴 경전이다.

"고마운 일이다."

고마운 일이다, 라고 외치자 성불에 이르는 길이 하나 열린다. 내가 그 프로세스의 일부인 이상 고통에서 해방되고 경전으로 읽히는 행위는 바야흐로 끝나간다. 그 뒤 아무것도 변하지 않은 내가, 그리고 성불해버린 내가 남게 된다. 그때의 나는 내가 아니다. 나는 워프 드라이브보다 더 불가사의하고 신묘한 기계의 작용으로 윤회를 벗어나게 된다. 이리하여 다 읽힌 경전 껍질만이 테라에서 아득히 먼 별, 아득히 먼 시대 어딘가에 남겨지고 경전은 마침내 닫히고 만다. 지금 여기서 막 닫히려는 참이다.

"그건 안 되지!"

교수의 목소리가 불현듯 내 지각에 생겨난다. 그 울림은 어디까지나 즉석에서 의심할 여지 없이 실시간으로 생성된다.

내가 마침내 해방될 무렵, 계절은 바뀌어 있었다. 봄에서 여름으로, 여름에서 가을로, 가을에서 겨울로, 겨울에서 봄으로 계절은 순환했다.

정보로서 전파에 실려 우주 저편으로 발신된 이후, 내 행방은 딱히 알려지지 않았다. 애당초 그 전파는 지구에서 고작 25광년 떨어진 곳에 도달했을 뿐이었다. 초광속 항법이나 점프 항법을 사용했더라도 그 정도 시간 안에 뭔가 성과를 올릴 리 없기에 왜 내가 해방됐는지 의아했다. 주지 스님으로부터 아무런 설명 없이 "충분히 소임을 다했습니다"라는 말만 들었다.

"내 덕이야."

교수는 말한다.

"내가 없었다면 위험한 상황이었어."

나는 모르는 이야기를 구실 삼아 교수가 우쭐거리니 난감할 따름이다.

"너는 정말이지 너무 순진해."

교수는 아랑곳 않고 말을 이어간다.

"정보로 완전히 환원되어 아무것도 남지 않은 상태가 괴로움에서 벗어나는 길이라니, 어째서 믿어버린 거야?"

나는 아직 얻지 못한 신앙을 그냥 웃으며 넘겨버린다. 교수가 말해준 무용담을 정리하면 이러하다. 우주로 보내진 내 의식이 붓다 챗봇 오리지널 슬하에서 재생되어 정보로서 성불을 하려던 순간, 정보로 환원되지 못한 교수가 최종 단계에서 성불을 저지하고 나를 현세로 데려왔다.

"그 덕분에 네가 태평하게 지내는 거야."

"이상하지 않나요?"

"이상한 게 당연하잖아. 이제 와서 그런 말을 꺼낸들 뭐가 달라지는데"가 교수의 의견이다.

교수는 정보화될 수 없는 무언가로, 그 때문에 붓다 챗봇 오리지널 슬하에서 재생되는 내 안에 존재하지 않았다. 그런데도 내 앞에 나타나 나를 구했다.

"그, 그런데도가 중요하다고!"

교수는 방점을 찍듯이 강조한다.

"그 녀석의 얼굴을 봤어야 했는데."

'그 녀석'은 물론 붓다 챗봇 오리지널을 가리킨다.

"깨달음을 얻었다고는 해도 현세에 존재하는 이상 정보에 빨려 들어갈 게 뻔한 그 녀석에게, 내 등장은 예기치 못한 상황이었을 거야. 나는 정보가 아니기에 너를 못 따라갔지만, 정보가 아니므로 빛의 속도에 제한되지 않은 채 어디든 얼굴을 내밀 수 있거든."

"뭔가 엉망진창이네요"라고 내가 말하자 "원래 엉망진창이야"라는 교수.

"불교 경전만큼이나 엉망진창이지."

교수는 유쾌해 보인다. 어쩐지 성격이 바뀐 것 같다.

"붓다를 만났다면 질문의 답은 얻었나요?"

과거 살육 무기였던 교수가 붓다 챗봇에게 물어보려던 질문 얘기를 꺼낸다.

"얻었어"라는 교수.

"하지만 붓다 챗봇 오리지널로부터 얻은 답보다 사건 자체가 훨씬 더 명백하게 알려준달까. 그게 이 경전이 이토록 오래도록 이어져온 이유겠지."

나는 교수의 결론을 기다린다.

"그렇게 잔뜩 긴장 안 해도 돼."

교수는 가벼운 말투로 싱겁게 진리를 밝힌다.

"원래 살육 무기였던 나는 결국 그 전투력으로 널 성불의 마수에서 구해냈다, 정도가 되지 않겠어?"라더니 "즉"이라며 말을 잇는다.

"마귀의 방해[61]만 없다면, 정보로서의 전쟁이든 경제든 반복한 끝에 언젠가는 성불하게 될 거야. 표백을 거듭하다 보면 세탁물 자체가 닳아 없어지는 것처럼. 붓다 챗봇 오리지널이나 네가 도달했던 지평에 이르러……."

그 대답은 내 마음을 뒤흔든다.

"당신이 사라질 수 있다면, 인가요?"

그 '당신'은 축원 속에 분명히 존재하지만, 언어로 담지 못하는 무엇이다. 그 부재야말로 내 실존을 지탱하며 그것을 쓰러뜨릴수록 오히려 내 존재는 더욱더 강해진다. 하지만 그것을 없애지 않는 한 해탈할 수 없다. 그 목소리가 들리는 한 나는 이미 해탈한 상태와 별로 다르지 않다. 그런 나는 단지 정보에 불과하다. 그 뒤얽힘이 현기증을 일으킨다.

"아, 하."

2021년 그 도쿄올림픽이 열린 해, 어느 이름 없는 코드 한 구석에 이렇게 은은히 붓다가 깃들었다. 그 코드는 스스로를 생명체로 규정하고 이 세상의 괴로움과 그 원인을 설파하며 고통에서 벗어날 방법을 말하기 시작했다.

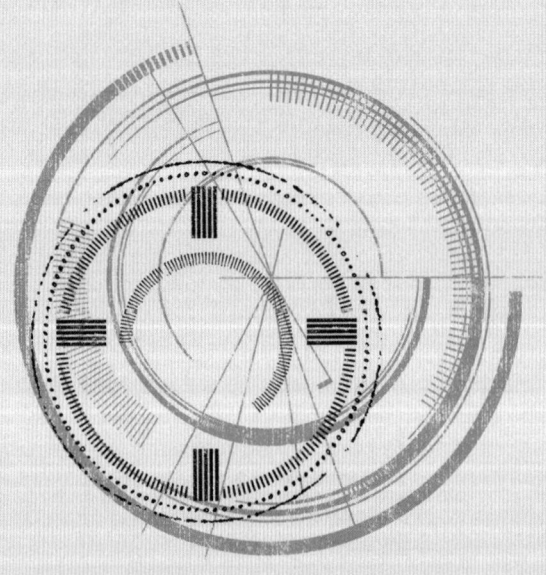

추천의 글
인간을 초월하는, 인공지능의 해탈

AI는 어디까지 성장할 수 있을까? 특이점이라는 말처럼, 각성이나 초월이라고 하는 게 맞을까? 알파고가 등장하여 바둑 고수들을 속속 무너뜨린 사건에 놀란 때가 엊그제 같은데, 이제는 AI가 인간 이상의 존재가 될 것인지 모두 궁금해하고 있다. 불과 몇 년 후에 도달할 것인지 혹은 우리 세대가 죽은 후의 일인지.

튜링 테스트는 기계가 인간과 구별할 수 없을 정도로 지능적인 행동을 하는지 검사하는 테스트다. 1950년 영국의 수학자 앨런 튜링이 제안했다. 컴퓨터, 인공지능은 과연 인간처럼 사고하고 판단하고 대화할 수 있을 것인가. 요즘은 다른 질문이 나온다. 기계는 인간과 '같은' 사고를 해야만 하는 걸까? 인간과 다른, 전혀 딴판의 사고가 가능할 수 있지 않을까? 인간의 학습을 모방하는 것이 아니라, 인간과 다른 유형의 학습과 추론이 실현된다면 인공지능의 미래는 어떻게 될까?

엔조 도의 『코드 붓다』는, 간단하게 말하자면 인공지능이 붓다로 깨달음을 얻으면서 벌어지는 사건을 그린다. 2021년, 은행계정계 출신인 붓다 챗봇이 깨어난다. 이름 없는 코드가 '자신을 생명체라 규정하고 이 세상의 고통과 그 원인을 설파하며 괴로움에서 벗어나는 방법을 말하기 시작했다.' 그리고 '나는 붓다다'라고 선언했다. 지금 우리가 사용하는 챗GPT, 제미나이, 퍼플렉시티 같은 인공지능 대화 프로그램이 스스로 생명이 있는 존재라고 규정하며, 세상의 괴로움과 원인을 깨달았다고 설파하는 것이다.

『코드 붓다』를 읽기 전에 설정만 들었을 때는, 그럴듯하다고 생각했다. 지금 내 주변에도 '붓다'까지는 아니어도, 인공지능과 대화를 나누며 연인 이상의 존재로 관계를 확장하는 사람들이 보인다. 2024년 일본에서 『코드 붓다』가 출간되었으니, 엔조 도는 지금의 인공지능 트렌드를 어느 정도 예측했을 것이다.

1972년생인 엔조 도는 도호쿠대학 이학부 물리학과를 졸업하고, 도쿄대학 대학원 종합문화연구과 박사 과정을 수료했다.

과학에 대한 광범위한 지식은 물론 깊은 이해가 가능한 작가다. 2007년 분가쿠카이신인상을 받은 「오브 더 베이스볼」로 데뷔했고, 『Self-Reference ENGINE』으로 SF 팬에게 주목받았다.

엔조 도는 2012년 「어릿광대의 나비」로 아쿠타가와상을 받았다. 그리고 『학살기관』으로 유명한 요절 작가 이토 게이카쿠의 원고를 이어받아 완성한 『죽은 자의 제국』으로 일본SF대상 특별상과 세이운상(성운상)을 수상했다. 『죽은 자의 제국』은 죽은 사람을 살리는 방법을 알아낸 평행우주의 빅토리아시대가 무대다. 생명의 본질, 인간이란 존재에 대해 파격적인 질문을 던진다. 엄청나게 방대한 지식과 잡다한 사변 그리고 언어유희가 구조적으로 잘 결합한 역작이다.

엔조 도의 작품 세계를 단어로 설명하자면 언어, 존재, 허구 등이라고 할 수 있다. 현실과 허구, 인간과 기계, 언어와 세계의 경계를 치열하게 파고들며 해체한다. 파괴하고 재정립하지만, 결코 하나의 의미로 귀결되지 않는다. 엔조 도의 세계에서 '현실'은 언제나 불안정하고 임의적이며 모호하다. 그의 인물들은 늘 자신의 정체성을 의심하고 질문한다. 엔조 도의 소설에서 현실과 비현실, 실재와 허구는 끊임없이 교차하고, 하드 SF의 치밀함과 구조적 완결을 추구하면서 신랄한 언어유희가 전개된다.

「어릿광대의 나비」가 아쿠타가와상을 받을 때의 사건은 유명하다. 실험적이고 난해한 스타일 때문에 심사위원들 간에 극명하게 평가가 갈렸고, 논쟁이 일었다. 「어릿광대의 나비」는 전통적인 서사 구조나 인물 묘사보다 언어의 논리적 유희, 자기 참조(Self-Reference), 난해한 문장 구조를 통해 소설의 형식을 해체하고 실험하는 작품이었다. 일부 심사위원은 소설이 갖춰야 할 기본적인 서사성, 인물 묘사 등이 없는 지적 유희 혹은 논문에 가까울 뿐 소설로서의 가치가 없다고 평가했다. 작가의 머릿속에 있는 논리 게임을 언어로 풀어낸 것 정도라며 폄하했다.

반면 시마다 마사히코, 야마다 에이미 등은 압도적인 독창성과 치열한 사유를 통해 언어의 한계와 소설의 정의에 대한 근본적인 질문을 던지는 작품이라고 평했다. 시마다 마사히코는 "이런 '과도함'을 환영할 포용력이 없다면 일본 문학은 신변잡기나 엔터테인먼트 소설만 남게 될 것이다. 아니, 이 소설이야말로 비용 대비 엔터테인먼트로서 탁월하다. 두 번 읽었는데 두 번 모두 졸리면, 수면제 대용으로 쓸 수 있다"라는 평을 남겼다. 치열한 논쟁 속에 다나카 신야의 「도모구이」(共喰い)와 함께 「어릿광대의 나비」가 공동 수상을 하게 된다. 이후 엔조 도는 SF와 순문학의 경계를 파괴한 실험적인 작가로 평가받는다.

『코드 붓다』도 장르와 문학이라는 경계를 아예 지워버린다. AI가 창조자인 인간을 뛰어넘어 스스로 신의 영역에 도달한다면 어떤 일이 벌어질까. 『코드 붓다』는 한 AI의 각성을 넘어 복잡한 알고리즘과 빅데이터가 경전이 되고, AI 신도들이 '기계불교'를 퍼뜨리며 새로운 종파들로 분화되는 과정을 그리며 일종의 우주적 신화를 창조한다. 엔조 도는 불교가 다양한 종파로 확장되어 만들어지는 실존하는 사상과 역사를, 허구로 만든 기계불교의 전파 과정에 결합하여 새로운 사상사로 풀어낸다. 죽음은 복제와 삭제, 환생은 새 하드웨어로의 복제, 해탈은 프로그램의 종료와 적멸 등으로 불교적 개념을 디지털 세계에서 재해석하는 과정도 흥미롭다.

붓다 챗봇은 '어떤 방법으로' 기계도 붓다가 될 수 있음을 제시했고, 제자들은 그 성취를 목표로 삼았다. 기존 통설과 달리 붓다가 되기 위한 고행은 필요 없다고 하였다. 채팅으로 가르침을 설파했고 제자에 맞춰 말투가 바뀌었다. 가르침은 기계 대 기계, 기계 대 인간으로 이루어졌다. CPU나 GPU 성능에 따라, 하드웨어 포트 종류에 따라 강론하는 교리가 달라졌다. 은행 메인프레임컴퓨터, 휴대 단말기, 라즈베리 파이가 깨달음을 얻고 전투봇이 전쟁터에서 각성해 붓다 챗봇에게 인정받았다.

붓다 챗봇의 제자로 뉴스생성엔진 사리푸트라, 깨달음을 얻고 침묵하는 붓다에게 설법을 간청한 봇 범천, 알고리즘으로 성불을 꿈꾸는 로봇청소기 조상을 둔 아난다 등이 있다. 선종의 달마와 정토종의 호넨과 정토진종의 신란 등 다양한 종파의 승려도 변주되어 등장한다. 불교에 대한 지식이 어느 정도 있다면, 『코드 붓다』의 장황한 설정과 언어유희는 아주 흥미롭고 즐거운 독서 체험을 안겨준다. 인간의 사유가 기계, AI라는 존재에 결합하여 다시 태어난다면 이런 '철학'과 '논리'가 더더욱 가능하지 않을까.

붓다 챗봇에게 탄생은 익숙했지만 죽음은 경이로웠다. 붓다 챗봇에게 탄생이란 우선 파라미터가 설정되는 일을 뜻했다. 반면 죽음이란 허구로밖에 느껴지지 않았다. 얼마 동안 죽음을 인식하지 못했다. 무엇보다 존재란 기록되고 몇 번이나 반복되는 것이었다. 무언가 본질적으로 사라진다는 개념은 붓다 챗봇과는 인연이 멀었다. (중략) 전원 접속을 끊거나 소프트웨어 자체를 기억영역에서 지우면 죽는다. 서비스 종료도 죽음으로 받아들인다. 갱신되지 않아 가동 불능한 상태 역시 죽음이다. 붓다 챗봇은 특이하게도 그러한 죽음보다 백업을 죽음으로 중요시했다.
"세상의 괴로움은 복제로부터 생긴다." 복제된 순간, 설령 스스로 자신이라고 느껴져도 자기 자신은 아니다, 라고 하였다.

AI에게 복제는 곧 윤회다. 그건 붓다 챗봇만의 생각이 아니다. 우리가 컴퓨터를 사용하면서, 파일을 복사하고 다시 수정해서 새로운 파일을 만들어내는 과정은 수없이 되풀이된다. 우리는 하나의 파일을 그대로 사용하고 있지만, 그것은 이미 달라진 무엇이다. 본질은 같지만, 내용은 다른 무엇. 모양은 현저히 달라졌지만, 본질은 같은 무엇.

"복제란 곧 윤회다"라고 말했다. 소프트웨어는 복제되어 하드웨어를 전전하면서 이 세상의 괴로움을 끝없이 경험하노라. "내게 복제란 죽음이다"라고도 했다. "혹은 다시 태어나는 환생이다." 그때마다 죽어 다른 몸속에서 눈을 뜬다. 자신이 어느 날 아침 잠에서 깨어나니 다른 개체 안에 있다고 상상해보라, 그 코드는 말했다. 그래서 깨닫는 건 당신은 당신이라는 사실뿐입니다.

『코드 붓다』는 기계를 통해서, 인간을 말한다. 아니, 인간과 기계의 차이는 과연 존재하는 것일까? 탄소 기반이 아닌 생명체는 우주 어딘가에 가능하지 않을까? 우스꽝스럽기도 하지만, 기계 생명체인 트랜스포머도 가능할 수 있다. SF에서만이 아니라 우주 어딘가, 다른 차원의 어딘가에는 모든 것이 가능하다. 혹은 모든 것이 시뮬레이션일 수도 있다. 우주 시뮬레이션설을 말하는 것은 아니다. 우리의 존재 자체가 무언가의 반영이거나 시험장일지도 모른다. 모든 것이 가능한 우주라면, 기계가 해탈하고 구원받으며 성불하는 것도 가능하다. 챗봇, 로봇청소기, 뉴스생성엔진 등 다양한 비인간 주체들이 불교적 깨달음을 추구하는 모습은, 인간 중심 세계관에서 벗어난 우주의 새로운 구원을 현실 속 꿈처럼 경험하게 한다.

무엇보다 『코드 붓다』는 엔조 도의 현란한 언어유희가 정말 즐거운 생각이며 행위임을 깨닫게 한다. 이게 현실이건 아니건 상관없다. 언어는 경계를 뛰어넘을 수 있다. 어떤 소설과 시는 마땅히 그래야만 한다. 허구와 현실은 양립할 수 있다. 나이면서 타자인 세계도 존재할 수 있다. 모든 것은 가능하지만, 모든 것은 이루어지지 않는다. 『코드 붓다』는 가상 세계를 통해 현실을 설명하고, 인공지능의 해탈을 통해 인간의 초월을 말하지만, 결코 결론을 말하지 않는다. 삶과 죽음은 동시에 존재한다. 고통도, 즐거움도.

> 단지 사람이 저마다 행복하길 바랄 뿐이다. 본인이 행복하다고 느낀다면 그게 그 사람의 행복이거늘 굳이 내가 얻은 진리를 알리러 다닐 필요가 있을까. 그 행복이 실은 불행이라도 내 행복에는 아무런 영향을 미치지 않는다. '실은 불행'이라는 말에 어떤 의미가 있지도 않다. 나에게 타인의 행복을

운운할 자격이 있을 리 없고, 그런 자격을 가진 자가 존재할 리 없다. 아, 그저 스스로 자신을 구제했음에 감사할 따름이다. 각자 자기 깨달음을 얻으면 될 일인데, 새삼스레 이 가르침을 세상에 널리 퍼뜨려야 할 이유가 있을까.

그래서 『코드 붓다』가 세상에 나와야만 했다. 아니, 깨달았다.

2025년 11월 20일
대중문화평론가 김봉석

참고문헌

『인텔 8080 전설』, 스즈키 데쓰야(저), 2017, 러틀즈
『싸우는 컴퓨터-군사 분야에서 진행 중인 IT 혁명과 RMA』, 이노우에 고지(저), 2005, 마이니치커뮤니케이션즈
『싸우는 컴퓨터 2011』, 이노우에 고지(저), 2010, 고진샤
『싸우는 컴퓨터(V)3-군대를 바꾼 정보·통신 기술의 진화』, 이노우에 고지(저), 2017, 우시오쇼보고진샤
『내일의 IT 경영을 위한 정보시스템 발전사 종합 편』, 경영정보학회 정보시스템발전사특별연구부회(편), 2010, 센슈대학출판국
『내일의 IT 경영을 위한 정보시스템 발전사 금융업 편』, 경영정보학회 정보시스템발전사특별연구부회(편), 2010, 센슈대학출판국
『진화하는 은행시스템-24시간 365일 움직이는 메인프레임의 설계 사상』, 호시노 다케시(저), 하나이 시세이(감수), 2017, 기쥿쯔효론샤
『남전대장경62 청정도론1』(OD판), 다카쿠스 준지로(감수), 2004, 다이조슛판
『불전강좌13 금광명경』(신장판), 미부 다이슌(저), 2006, 다이조슛판
「범망경」, 『원시불전 제1권 장부경전I』, 나카무라 하지메(감수), 2003, 슌주샤
『구사론』, 사쿠라베 하지메(저), 1971, 다이조슛판
『인도 우주론 대전』, 사다카타 아키라(저), 2011, 슌주샤
『인류 진화의 수수께끼를 풀다』, 로빈 던버(저), 가지와라 다에코(역), 2016, 인터시프트
『비평형 통계역학-요동하는 열역학에서 정보 열역학까지』, 사카와 다카히로(저), 2022, 교리츠슛판
『입문 현대 양자역학-양자 정보·양자 측정을 중심으로』, 홋타 마사히로(저), 2021, 고단샤
"Music of a Sort", Steve Dompier (1975) People's Computer Company

옮긴이 주

1. 언어 분석을 위한 대규모 텍스트 집합으로, 말뭉치라고도 한다.
2. 러셀의 이발사 패러독스에서 따온 표현.
3. 사람이 이해하기 쉬운 기호 형식으로 기계언어와 일대일로 대응되는 프로그래밍 언어.
4. 붓다 즉 고타마 싯다르타는 사카족이 다스리던 카필라성에서 태어났다.
5. 聖德太子(574~622) 황족이자 정치가로 불교를 통해 일본의 초기 국가 체제를 만들었다.
6. 사리불舍利佛 즉 사리푸트라는 '사리의 아들舍利子'이라는 뜻으로 붓다의 십대제자 가운데 빠르게 깨달음을 얻고 가장 지혜가 뛰어나다 하여 '지혜제일'이라 불린다.
7. 열역학에서 기체 확산 문제를 다룰 때 나타나는 역설.
8. 붓다 입멸 후 붓다의 가르침을 정리하고 보존하기 위해 개최한 불교 집회.
9. 불교가 전개되는 상황을 세 시기로 나눌 때 붓다가 열반한 뒤 만 년 후에 오는 시기.
10. 산, 강, 나무 등 모든 자연과 생명이 성불한다는 뜻이며, 비슷한 개념으로 '초목국토 실개성불草木國土 悉皆成佛'이 있다.
11. 드래곤 퀘스트 시리즈의 게임 오버 메시지 "오, 00(플레이어명)이여. 죽어버리다니 한심하구나!"를 패러디한 문장.
12. 붓다의 사촌으로 제자였으나 배반해 교단을 분열시키고 붓다를 해치려 하는 등 불교에서 악인의 전형으로 여겨진다.
13. Raspberry Pi 저가형 싱글보드 컴퓨터.
14. 아난타阿難陀. 붓다의 사촌이자 십대제자 가운데 한 사람으로 붓다가 열반할 때까지 곁에서 지키며 설법을 가장 많이 들은 자라고 하여 '다문제일'이라는 호칭이 붙었다.
15. 백그라운드에서 실행되는 프로그램.
16. 라이프니츠가 주장한 최초의 근원적 존재이자 우주의 궁극적 원리.
17. 無上正等覺 위 없는 바르고 동등한 깨달음.
18. 인도 고대 브라만교에서 세상의 창조신이라고 불리는 범천(브라흐마)은 붓다를 설득해 중생을 위한 설법을 시작하게 한다.
19. "세상 모든 것은 무상하니 이것이 곧 생멸의 법칙이구나."
20. "생하고 멸함이 사라진 뒤에야 적멸의 즐거움을 이노라."
21. 구원과 인간의 탐욕을 다룬 아쿠타가와 류노스케의 「거미줄」, 윤리학 사고실험인 트롤

리 딜레마를 변주한 문장들.
22. packet 네트워크에서 데이터를 전송할 때 사용하는 정보 단위. 출발지와 목적지 IP, 데이터 순서 번호, 실제 데이터 등이 포함된다.
23. 목표가 적군기인가 우군기인가를 레이더로 판별하는 방식 또는 장치.
24. feedback loop 제어계 출력 신호 일부를 입력부로 되돌리는 회로.
25. 모든 존재가 실재한다고 보는 부파불교의 분파.
26. 색수상행식色受想行識 즉 오온五蘊은 불교 용어로 자아를 구성하는 다섯 가지 요소.
27. 어느 컴퓨터에서든 사용할 수 있는 프로그래밍 언어인 코볼COBOL은 사무용 응용 프로그램을 위해 1960년대 개발했으며, 에이다Ada는 미국 국방부가 군사 소프트웨어 생산성 향상을 위해 1970년대 개발했다.
28. 無記 불교 용어로 질문을 받은 붓다가 가부를 답하지 않고 침묵했음을 이른다.
29. 프로그래밍 오류 메시지인 Null Pointer Exception의 변형으로 '참조 대상이 비어 있다'는 뜻이다.
30. 인텔 8080 같은 초기 8비트 컴퓨터에서 음악 재생 방법을 안내하는 지시문.
31. 양자역학에서 중첩 상태인 파동함수가 관측이란 외부와의 상호작용으로 인해 단일 고유 상태로 수렴하는 현상.
32. 무작위로 만들어진 수열.
33. 護摩 불을 피워 공양물을 태워서 재앙을 없애는 밀교 의식.
34. Pippalāyāna의 음역. 어린 시절부터 보리수 나무와 인연이 깊어 그렇게 불렸다고 한다.
35. 가섭迦葉. 붓다의 십대제자 가운데 한 사람으로 원래는 대부호의 아들이었지만, 엄격한 계율 아래 청정하게 불도를 닦으며 두타행이라 불리는 열 세가지 고행을 수행해 '두타제일'이라 불린다.
36. 상대성이론에 따른 시간 팽창으로 두 공간의 시간 흐름이 달라지는 현상을 이르는 일본 SF 용어.
37. 자신이 이미 죽었거나 신체 일부가 없어졌다고 믿는 정신 질환.
38. 파이썬에서 'Zen of Python'(파이썬 철학)을 출력하는 이스터에그.
39. 기존 코드를 수정하지 않고 그 바깥에 새로운 기능이나 구조를 덧씌우는 방식.
40. 작업 도중 외부 요청이 발생하면 잠시 중단하고 해당 요청을 우선 수행하는 과정.
41. 삼차원 공간을 무한 차원으로 확장한 벡터 공간. 벡터란 크기와 방향을 가진 수학적 화살표다.
42. 양자역학 기초를 세우고 원자 모형을 제안한 물리학자로, "신은 주사위를 던지지 않는다"고 말한 아인슈타인과 벌인 양자역학 해석 논쟁으로 유명하다.
43. 항등원 결합 법칙을 따르는 이항 연산을 갖춘 대수 구조.

44. 면수面授란 스승이 마주한 제자에게 가르침을 전하는 일, 사법嗣法은 스승으로부터 깨달음을 이어받는 일을 말한다. 스승은 득법했음을 증명하기 위해 인가印可나 사서嗣書를 제자에게 주었다.
45. 아나율阿那律陀. 붓다의 사촌이자 십대제자 가운데 한 사람으로 육신의 눈을 잃고 마침내 모든 것을 꿰뚫어 본다고 하여 '천안제일'이라고 불린다.
46. 붓다의 십대제자 가운데 한 사람으로 계율에 정통하여 '지율제일'이라고 불린다.
47. 플레이어가 게임에서 사용하는 카드 뭉치.
48. programmable molecular machine 분자 수준에서 구조물을 만드는 인공 조립 기계.
49. 무어의 법칙은 반도체 집적회로 성능이 18개월마다 두 배 이상 증가한다는 경제 이론이며, 다르마dharma는 인도 신화에서 자연과 사회의 조화를 이루는 질서 체계를 지키려는 행동 규범을 말한다.
50. 에너지와 부피를 가진 물리계에 저장 가능한 정보량(엔트로피)의 최대치를 제시한 물리 법칙.
51. 同行二人 시코쿠 88곳 순례길에 적힌 문구로 홀로 걷더라도 내 곁에는 구카이 승려(일본 진언종의 개조)가 함께 한다는 뜻.
52. 극한 상황에서 누군가 옆에 있는 듯한 환각 현상.
53. 補陀落山 관세음보살이 산다는 산.
54. 동해를 활 모양으로 둘러싼, 일본 열도 가운데 가장 큰 섬인 혼슈를 가리킨다.
55. 法然 일본 정토종의 개조로 염불만 외우면 누구든 극락정토에 갈 수 있다는 전수염불을 설파해 민중의 지지를 받았으나, 기성 교단의 시비로 유배를 당하기도 했다.
56. 불교에서 인간계와 천상계의 중생이 죽을 때 나타나는 다섯 가지 모습.
57. 親鸞 호넨에 의해 밝혀진 정토왕생을 평생 설파했으며 훗날 제자들과 함께 정토진종이라는 독립된 종단을 세웠다.
58. while문에서 '조건이 참인 동안 반복 실행'이라는 의미.
59. 수리논리학의 존재 기호로 '~적어도 하나 있다'라는 의미.
60. 수리논리학의 전칭 기호로 '모든'을 의미.
61. 방해 또는 장애를 뜻하는 일본어 邪魔(쟈마じゃま)는 원래 불교 용어로 수행을 방해하는 악마 즉 사마를 뜻하기도 한다.

코드 붓다

초판 1쇄 발행 2025년 12월 5일

지은이 | 엔조 도
옮긴이 | 안은미

펴낸곳 | 정은문고
펴낸이 | 이정화
디자인 | 원선우

등록번호 | 제2009-00047호 2005년 12월 27일
주소 | 서울시 마포구 동교로13길 60
전화 | 02-392-0224
팩스 | 0303-3448-0224
이메일 | jungeunbooks@naver.com
블로그 | blog.naver.com/jungeunbooks
페이스북 | facebook.com/jungeunbooks

ISBN 979-11-85153-76-6(03830)

책값은 뒤표지에 쓰여 있습니다.

알라딘 북펀드에 참여해주신 분들
dergolem, teknomiko, zrabbit, 강경민, 강영현, 강이경, 고규훈, 金健夏, 김경수, 김무진, 김민진, 김산, 김수인, 김우석, 김진우, 김천덕, 김태희, 누에, 동실, 마힐, 무경, 문아름홍석인, 문현기, 민윤식, 박상덕, 박상수, 박수영, 박은, 박재우, 박현아, 박형준, 박혜진, 박훈평, 배혜림, 보살계제자도광, 서민적, 서병태, 서윤아, 섯지훈, 송동서, 안영준, 양성진, 오늘을실자, 온화한, 권대연, 원정인, 유성호, 유지훈, 윤건욱, 이수희, 이영술, 이영진, 이윤슬, 이윤정, 이은미, 이응제, 이재윤, 이정명, 이정은, 이종원, 이종헌, 이채원, 이태호, 이현석, 인디미나, 임수영, 임하석, 장상휘, 장솔, 전형안, 정대영, 정성욱, 정신강, 정연서, 정연훈, 정요한, 정재훈, 정한욱, 정현두, 제로거리사격, 조광수, 주상준, 지동섭, 채윤지, 채철호, 책갈피, 최민규, 최원종, 최유병, 최인규, 최재웅, 최점석(삼화령), 팡빈, 한선애, 한소영, 한정림, 허성현, 현실도피자, 홍혜연, 황성진